钱宾四先生
学术文化讲座

论中国诗

小川环树 著　　谭汝谦　编

谭汝谦　陈志诚　梁国豪　合译

中华书局

图书在版编目(CIP)数据

论中国诗/(日)小川环树著;谭汝谦编;谭汝谦,陈志诚,梁国豪译. —北京:中华书局,2017.4
(钱宾四先生学术文化讲座)
ISBN 978-7-101-12279-4

Ⅰ.论… Ⅱ.①小…②谭…③谭…④陈…⑤梁… Ⅲ.古典诗歌-诗歌研究-中国-文集 Ⅳ.I207.22-53

中国版本图书馆 CIP 数据核字(2016)第 280541 号

书　名	论中国诗	
著　者	〔日〕小川环树	
编　者	谭汝谦	
译　者	谭汝谦　陈志诚　梁国豪	
丛书名	钱宾四先生学术文化讲座	
责任编辑	傅　可	
出版发行	中华书局	
	(北京市丰台区太平桥西里 38 号　100073)	
	http://www.zhbc.com.cn	
	E-mail:zhbc@zhbc.com.cn	
印　刷	北京新华印刷有限公司	
版　次	2017 年 4 月北京第 1 版	
	2017 年 4 月北京第 1 次印刷	
规　格	开本/889×1194 毫米　1/32	
	印张 10¾　字数 200 千字	
印　数	1-6000 册	
国际书号	ISBN 978-7-101-12279-4	
定　价	40.00 元	

图书策划:活字文化 ▮

目　录

总　序

金耀基

　　今年是香港中文大学新亚书院创校六十周年，新亚书院之出现于海隅香江，实是中国文化一大因缘之事。六十年前，几个流亡的读书人，有感于中国文化风雨飘摇，不绝如缕，遂有承继中华传统、发扬中国文化之大愿，缘此而有新亚书院之诞生。老师宿儒虽颠沛困顿而著述不停，师生相濡以沫，弦歌不辍而文风蔚然，新亚卒成为海内外中国文化之重镇。1963 年，香港中文大学成立，新亚与崇基、联合成为中大三成员书院。中文大学以"结合传统与现代；融会中国与西方"为愿景。新亚为中国文化立命的事业，因而有了一更坚强的制度性基础。1977 年，我有缘出任新亚书院院长，总觉新亚未来之发展，途有多趋，但归根结底，总以激扬学术风气、树立文化风格为首要。因此，我与新亚同仁决意推动一些长期性的学术文化计划，其中以设立与中国文化特别有关之"学术讲座"为重要目标。我对新亚的学术讲座提出了如下的构想：

"新亚学术讲座"拟设为一永久之制度。此讲座由"新亚学术基金"专款设立，每年用其孳息邀请中外杰出学人来院作一系列之公开演讲，为期两周至一个月，年复一年，赓续无断，与新亚同寿。"学术讲座"主要之意义有四：在此"讲座"制度下，每年有杰出之学人川流来书院讲学，不但可扩大同学之视野，本院同仁亦得与世界各地学人切磋学问，析理辩难，交流无碍，以发扬学术之世界精神。此其一。讲座之讲者固为学有专精之学人，但讲座之论题则尽量求其契扣关乎学术文化、社会、人生根源之大问题，超越专业学科之狭隘界限，深入浅出。此不但可触引广泛之回应，更可丰富新亚通识教育之内涵。此其二。讲座采公开演讲方式，对外界开放。我（个人）相信大学应与现实世界保有一距离，以维护大学追求真理之客观精神，但距离非隔离，学术亦正用以济世。讲座之向外开放，要在增加大学与社会之联系与感通。此其三。讲座之系列演讲，当予以整理出版，以广流传，并尽可能以中英文出版，盖所以沟通中西文化，增加中外学人意见之交流也。此其四。

　　新亚书院第一个成立的学术讲座是"钱宾四先生学术文化讲座"。此讲座以钱宾四先生命名，其理甚明。钱穆宾四先生为新亚书院创办人，一也。宾四先生为成就卓越之学人，二也。新亚对宾四先生创校之功德及学术之贡献，实有最深之感念也。1978年，讲座成立，我们即邀请讲座以他命名的宾四先生为第一次讲座之讲者。八十三岁之龄的钱先生缘于对新亚之深情，慨然允诺。他还称许新亚之设立学术讲座，是"一伟大之构想"，认为此一讲座"按期有人来赓续此讲座，焉知不蔚成巨观，乃与新亚同跻于日新又新，而有其无量之前途"。翌年，钱先生虽困于黄斑变性症眼疾，不良于行，然仍践诺不改，在夫人胡美琦女士陪同下，自台湾越洋来港，重踏上阔别多年的新亚讲堂。先生开讲的第一日，慕其人乐其道者，蜂拥而至，学生、校友、香港市民千余人，成为一时之文化盛会。在院长任内，我有幸逐年亲迎英国剑桥大学的李约瑟博士、日本京都大学的小川环树教授、美国哥伦比亚大学的狄百瑞教授和中国北京大学的朱光潜先生，这几位在中国文化研究上有世界声誉的学人的演讲，在新亚，在中大，在香港都是一次次文化的盛宴。1985年，我卸下院长职责，利用大学给我的长假，到德国海德堡做访问教授，远行之前，职责所在，我还是用了一些笔墨劝动了哈佛大学的杨联陞教授来新亚做八五年度讲座的讲者。这位自嘲为"杂家"、被汉学界奉为"宗匠"的史学家，在新亚先后三次演讲中，对中国文化中"报"、"保"、"包"三个钥辞作了渊渊入微的精彩阐析，从我的继任林聪标院长信中知道杨先生的一系列演讲固然圆满成功，而许多活动，更是多彩多姿。联陞先生给我的信中，也表示他与夫人的香港之行十分愉快，还嘱我为他的讲演集写一跋。这可说是我个人与"钱宾四先生学术文化讲座"画上的愉快句点。此后，林聪标院长、梁秉中院长和现任的黄乃正院长，都亲力亲为，年复一年，把这个讲座办得有声有色。自杨联陞教授之后，赓续来新亚的讲座讲者有余英时、刘广京、杜维明、许倬云、严耕望、墨子刻、张灏、汤一介、孟旦、方闻、刘述先、王蒙、柳存仁、安乐哲、屈志仁诸位先生。看到这许多来自世界各地的杰出学者，不禁使人相信，东海、南海、西海、北海，莫不有对中国文化抱持与新亚同一情志者。新亚"钱宾四先生学术文化讲座"的许多讲者，他们一生都在从事发扬中国文化的事业，或者用李约瑟博士的话，他们是向同代人和后代人为中国文化做"布道"的工作。李约瑟博士说："假若何时我们像律师辩护一样有倾向性地写作，或者何时过于强调中国文化贡献，那就是在刻意找回平衡，以弥补以往极端否定它的这种过失。我们力图挽回长期以来的不公与误解。"的确，百年来，中国文化屡屡受到不公的对待，甚焉者，如在"文化大革命"中，中国传统的文化价值，且遭到"极端否定"的命运。正因此，新亚的钱宾四先生，终其生，志力所在，都在为中国文化招魂，为往圣继绝学，而"钱宾四先生学术文化讲座"之设立，亦正是希望通过讲座讲者之积学专识，从不同领域，不同层面，对中国文化阐析发挥，以彰显中国文化千门万户之丰貌。

　　"钱宾四先生学术文化讲座"讲者的演讲，自首讲以来，凡有书稿者，悉由香港中文大学出版社印行单行本，如有中、英文书稿者，则由中文大学出版社与其他出版社，如哈佛大学出版社、哥伦比亚大学出版社，联同出版。三十年来，已陆续出版了不少本讲演集，也累积了许多声誉。日前，中文大学出版社社长甘琦女士向我表示，讲座的有些书，早已绝版，欲求者已不可得，故出版社有意把"讲座"的一个个单行本，以丛书形式再版问世，如此则搜集方便，影响亦会扩大，并盼我为丛书作一总序。我很赞赏甘社长这个想法，更思及"讲座"与我的一段缘分，遂欣然从命。而我写此序之时，顿觉时光倒流，重回到七八十年代的新亚，我不禁忆起当年接迎"钱宾四先生学术文化讲座"的几位前辈先生，而今狄百瑞教授垂垂老矣，已是西方新儒学的鲁殿灵光。钱宾四、李约瑟、小川环树、朱光潜诸先生则都已离世仙去，但我不能忘记他们的讲堂风采，不能忘记他们对中国文化的温情与敬意。他们的讲演集都已成为新亚书院传世的文化财产了。

二〇〇九年六月二十二日

自　序

　　1981 年 10 月，应新亚书院邀约，我往访香港中文大学，并为新亚书院"钱宾四先生学术文化讲座"做了三次演讲，总题是《中国风景之意义及其演变》，另外又在中文大学中国语文系及新亚研究所演讲《风流词义的演变》。这四次演讲所据的日文稿本大都是我的旧作，由曾留学京都大学的谭汝谦氏等翻译，我只不过是照译文朗读罢了。

　　在访港时，承新亚书院金耀基院长提议，决定公刊四次演讲的讲稿，盛情可感。但是讲稿的篇幅过于短小，不足以单行出版，故从旧著《风与云——中国文学论集》（东京，1972 年）选取数篇有关中国旧诗的论文，又从拙著《中国语言学研究》（东京，1977 年）选取一篇，予以补充，遂成此书。全书蒙谭汝谦氏等诸贤苦心翻译。惟其中《陆游的"静"》一篇，是用我于 1980 年在台北"中央研究院"国际汉学会议所作报告的中文提纲略事增饰而成，而有关《敕勒歌》的一篇，则是据 1981 年春访问北京大学时所作的报告，略改梁国豪君等的译文而成的。

回想起来，我早岁留学中国，厕身北京大学诸硕学讲堂末席，旁听聆教，已是 1934 年至 1935 年的事了。当时，我必须竭尽心力，始能理解讲授的内容及作成简略的笔记，完全不敢妄想将来自己有机会厕身中国的大学教坛披露心得。

归国后，自 1936 年赴任仙台的东北大学至 1974 年依例从京都大学退休为止，荏苒三十八年之间，我倾注心力的地方，主要是以日语讲解中国古典文学。至于讲读之余所发表的论文，大半是为日本读者介绍中国名著，实不足以登大雅之堂。今不揣谫劣冒昧，敢献一得之愚，无非乞求博雅指教。对于莅临讲席不吝教正的列位教授、耐心迻译拙稿的诸贤，以及曾聆听拙见的学生诸君，谨志感谢之忱。

小川环树

1984 年 2 月于京都

第一编

第一章　风景的意义

"风景"之初义

每当我们到户外、郊外去眺望之时，即有种种东西映入我们的眼目之中。所有这些映入我们眼中的东西，我们通常都称之为风景或景色。如以绘画描绘的话，就成为风景画。在日本，并没有风景诗的叫法，通常称为叙景诗之类。此中的"景"字，一般想法，认为是"风景"二字的缩略，可是，这个"景"字和"风景"二字合成的词语之间，果真是完全同义吗？我认为这是值得怀疑之事。

长久以来，我对于中国的叙景诗（landscape poetry）或自然诗（nature poetry）之发展都抱着关心的态度。自然诗中所谓自然（nature）的观念之变化，不言而喻是个重要的问题，不过，对于与之相类的风景（landscape）之观念是怎样地发展、变化的问题，我认为更应予以注意。为了明白其观念发展之步骤，首先对"风景"一词之意义究竟经过了怎样的变化之问题作一考察，那是必要的。在这里，我想就涉猎过二三书籍后所得的结果，和随之而产生的一二点疑问，以及个人对这些问题的看法，略述一下。

一、"风景"一词最初的意义

（一）"风景"一词初见于晋文："风景"一词作为一个独立词语在文献中出现，就管见所及，以晋代（四世纪）为最早。《晋书·王导传》载：

> （1）过江人士，每至暇日，相要出新亭饮宴，周颛中坐而叹曰："风景不殊，举目有江山之异。"皆相视流涕。惟导愀然变色曰："当共戮力王室，克复神州，何至作楚囚相对泣邪？"众收泪而谢之。（《晋书》卷六五）

此又见《世说新语·言语》，暇日作美日，举目作正自。《通鉴》卷八七（永嘉五年）条略同。江山作江河。胡三省注：言洛都游宴，多在河滨，而新亭临江渚也（日本）。秦鼎注：风景，风光景色也（《世说》笺本卷三）。

问题在于文中之"风景"二字，关于此二字之含义，日本的秦鼎于注中所言之"风光景色也"的说法，大致上是正确的。可是，若以今天的读者来说，恐怕会引起误会，因为风光与景色这两个词语，我们都同样作为 landscape 的意思而用之故。其实，"风景"二字，若以现代日本语来翻译的话，似乎应该翻作"风"和"光"（即英文之 light and wind）才对哩！（"风景"这个词语，本来并非单指目中所见之物而已，还包含有温暖的感觉这层意义。）

（二）景，光也：为什么有这样的看法呢？理由如下："风"字并没有问题，必须要加以确定的，应该是"景"字的意义。根据《说文解字》，"景"字的本义原是"光"的意思。

> （2）许慎《说文》："景，光也"（七上日部）。段玉裁注增日字作"景，日光也。"段注又曰："光者明也。日月皆外光，而光所在处物皆有阴，光如镜，故谓之景。后人名阳曰光，名光中之阴曰影，别制一字，异义异音，斯为过矣。"

据段玉裁所言，物体受日月之类的外光照临时发出之光度，即为景。段氏的说法大概承自刘熙的解释而来。

> （3）《释名》："景，竟也，所照处有境限也。"（《释天》）

再据段氏之言，因光线照射而生出的阴影便称为"影"，惟在古代，景和影并无区别，两者俱以景字表现出来。简言之，景字包括了光和阴影两方面的意思。

至于"景"亦用以指日光以外之光而言，可据《纂要》等所言而知。

（4）梁元帝《纂要》：日光曰景。原注：星月之光，通谓之景。（《初学记》卷一、《太平御览》卷三引）

（三）六朝诗中所见"景"字的含义：今从《文选》所见"景"字的用法来看，绝大多数显然指光或光度而言。至于指日光本身的用例，则有如下四首：

（5）陆机《苦寒行》云：不睹白日景。（《文选》卷二八）

（6）又《豫章行》云：促促薄暮景。（同上）

（7）张载《七哀诗》（第二首）云：朱光驰北陆，浮景忽西沉。李善注：浮，行也。（卷二三）

（8）谢灵运《登江中孤屿》：怀新道转回，寻异景不延。李善注：延，长也。（卷二六）

月光亦可谓之为景，据下诗即可明白：

（9）曹植《公讌诗》云：明月澄清景，列宿正参

差。李善注:《说文》曰:景,光也。(卷二〇)

但是,直至齐、梁时代为止,所谓"景",与其说是指放出光线的物体(即天体,特别是日和月)本身,不如说是放射出来的光或辉耀的光芒而言。同时,亦可兼指光所照临之空间范围及光线扩散所之处。上引《释名》所说的即是如此,而段玉裁对此点亦加以注意。从这方面来说,跟我们现今所谓"风景"一词的观点(idea)有其相合之处。

(10)谢灵运《拟魏太子邺中集诗序》云:天下良辰美景,赏心乐事,四者难并。(卷三〇)

(11)梁简文帝《答湘东王书》云:暮春美景,风云韶丽。(《广弘明集》卷一六)

在上列引文中"美景"一词所指者为美丽的景致(fine view,法文为belle vue)之意。但在他们(谢灵运等)所处之时代来说,所谓之景致,应该令人充分意识到那是指在明丽的阳光照射下的情况而言,此意念相信当时必定具存,决无所失。这种与下文提及有如"天气"一词——那是唐代以后的诗人之用法——相类似的观念和感觉,亦可说是美景的景字所附带含有的。

至于风、景二字合成一词之用例在《文选》中并无所见（此据《文选索引》），这颇出乎我意料之外。我因而将整本《阮亭古诗钞》读遍，亦仅能于鲍照之诗中发现唯一的用例，其后翻检他集中的全部作品，但依然是只得此一用例而已。

（12）鲍照《绍古辞》（七首之一）：暖岁节物早，万萌迎春达。春风夜媕娟，春雾朝晻霭。软兰叶可采，柔桑条易捋。怨咽对风景，闷瞀守闺闼。……（《鲍参军诗注》卷四）

如果从起首"暖岁"以下六句来看，这明显是指春天的景致。所以，这里所说的"风景"，虽然是指闺中妇人眼中所见的全部"节物"，但仍在明丽的阳光照临之下，这层意思，依然保留着，并没有失去。

"风景"之"景"字的含义既如上述。至于"风"字，即是空气的意思。因而，六朝文人所谓之"风景"一词若翻成英文的话，便是 light and atmosphere。此二者正是欧洲近代绘画之用语。

在其他南朝诗人的作品之中，发现以下二例：

（13）宋孝武帝《登鲁山》云：粤值风景和，升高从远眺。（《古诗纪》卷五五）

（14）王同《奉和往虎窟山寺》：风景共鲜华，水

石相辉媚。(《全梁诗》卷一三)(原注，和简文)

王囿之作所咏者为春天的景致。推想齐梁之诗文中用此词语者当在不少吧！

此外，"风物"亦为六朝诗人所用之词语。

（15）殷仲文《南州桓公九井作》云：景气多明远，风物自凄紧。(《文选》卷二二)

这虽然是写秋日之作，但一齐用上"景气"和"风物"四字，若将之简缩，正好成为"风景"二字。其实，"景气"与"风物"二语，包含着互相重复的观念，"景气"的"气"是个稍微抽象性的概念，这气引起人的感觉之作用便是风。

（四）物色和风景

"风景"一词在刘勰的《文心雕龙》中亦仅得一见而已。他说：

（16）自近代以来，文贵形似，窥情风景之上，钻貌草木之中，吟咏所发，志惟深远，体物为妙，功在密附。(《物色》)

这里所说的"形似"，无疑地是指描写（特别是自然描写）的态度而言。刘勰在这里取来作为说明诗人描写对象的话是"风景"和"草木"。既然二物为互相对举的（二语所包，共有四物），则所谓"风景"者仍应该 is light and atmosphere。《物色》全文所论者为诗文中自然描写问题，因而，当中就自然界事物随着季节变动而出现的各种姿态如何使诗人内心感动的问题加以考察，这种考察占去其篇幅之半。"物色"与"风景"并非同义词，风景不过是物色的一部分而已。

所谓物色，乃指万物（包括有生和无生之物）的色样与姿态而言。此词亦见于鲍照之诗中：

（17）《秋日示休上人》云：物色延暮思，霜露逼朝荣。（《鲍参军诗注》卷三）

《文选》中将所收之赋（凡五十六首）分为十五类，其中立有"物色"一类。

（18）李善注曰：四时所观之物色而为赋；又云：有物有文曰色，风虽无正色，然亦有声。（《文选》卷一三）

此类所收录之四首赋作中，除潘岳之《秋兴赋》外，题目全属自然景象，那就是风、雪和月（秋者四时之一，则认为自然现象亦无不可）。

还有"景物"一词，依然可见诸鲍照的赋作之中：

（19）《舞鹤赋》云：氛昏夜歇，景物澄廓。（《文选》卷一四）

这"景物"亦与现代语中所用者含义不同，或许指的是亮光中的物象也说不定。

二、唐宋诗中"风景"（或"景"）的语义变化

唐诗方面之倾向大致如下：

（一）见于唐诸家所作诗文者

首先试举王勃（648—675）诗赋中所见之例看看：

（20）《羁游饯别》云：琴声销别恨，风景驻离欢。（《全唐诗》卷五六）

（21）《春思赋》（《王子安集注》卷一）

（22）《三月上巳祓禊序》（卷七）

（23）《梓州郪县兜率寺浮图碑》（卷一七）

其他如"初景"、"凉景"等词语亦可于王勃诗中见到：

（24）《山亭夜宴》云：林端照初景。（《全唐诗》

卷五五）

（25）《咏风》云：肃肃凉景生，加我林壑清。（同上）校云：景一作风。

在（24）例中之"初景"，可能说的是初月的光辉之意。而（25）例中的"凉景"疑作凉风为是，倘使景字是正确的话，所指也该为月光吧。

李峤（644—713）诗作之中可见二例：

（26）《送骆奉礼从军》云：琴尊留别赏，风景惜离晨。（《全唐诗》卷六一）

（27）《送李邕》云：落日荒郊外，风景正凄凄。（卷五八）

此全为送别之作，与王勃之例同趣，在（27）例中，上句因言落日，则下句之景字显与日光所射者有关。此外，李峤作品尚有"夏景、景色、曙景、画景、斜景"等语，都各只得一见而已，惟有"胜景"一词较引人注意。

（28）《刘侍读见和山邸十篇重申此赠》云：英藩盛宾侣，胜景想招寻。（卷六一）校云：景一作境。

窃疑作"境"为是，盖此篇为五言排律，下文既有

"朝游极斜景"之句，则此处不宜重用景字。除此"胜景"之外，其余诸例无不可当"景，光也"之训来解释。景色二字都指光明辉映之色而言，与现代之用法不同。

（29）《人日侍宴大明宫恩赐彩缕人胜应制》云：凤城景色已含韶，人日风光倍觉饶。（卷六一）

这里所谓"风光"，由于是说春天的景象之故，则仍然附带包含着温暖的感觉之意。

（二）盛唐三大家诗中所见"景"字之含义

在盛唐的诗作之中此一词语之用法又如何呢？为了对此问题加以了解，我曾翻查过王维（699？—761）、李白（701—762）、杜甫（712—770）三大诗人的作品。幸而三家的作品都有完整的引得（索引）可查，非常便利，我的翻查工作可以完全依靠它们。[1]

通观三家作品，"风景"一词之含义，与南朝诗文所用者大致相同，而且这词仍然大都在歌咏春日之景的作品中出现。所以，"风景"依然可以译成"风"和"光"。

"风日"一词可见于李白的作品中：

（30）《官中行乐词》云：今朝风日好。（《李太白文集》卷五）

青木正儿博士将此句翻译成日文时，译成："今朝ハ天气ガ好イ。"[2]（译者按：即"今天早上天气好"。）日文的"天气"略与此处之"风日"相当。

王维作品中有"风气"之用语。[3]

（31）《留别崔兴宗》云：前山景气佳。（《王右丞集笺注》卷一三）

此"景气"之含义与"风景"几乎完全相同，气与风所表现者乃同一观念，即所谓换字法而已。

但是，若以光所照及之处为景字的本义，则由之可引申出"景致"（view）的意义。

李白诗中有"佳景"一词：

（32）《泛沔州城南郎官湖诗序》云：此湖古来贤豪游者非一，而枉践佳景，寂寥无闻。（《李太白文集》卷一八）

此"佳景"似乎可以译作"美好的景象"，然而，在别的诗中，"佳景"的"景"仍然指月光而言，如见于下一首者即为其例：

（33）《游秋浦白笴陂》（第一首）云：但恐佳景

晚，小令归棹移。（《文集》卷一八）

其余"烟景"一词中，可以分析为"烟"（烟霭）和"光"两方面，至于"光景"一词属于同义之连语，与今人所谓之"境况"之意义并不相同。

杜甫诗中亦可见到"风景"一词，与王、李相同的一如上文所引晋周颉故事用法一样。至于"风物"和"景物"之类的用法，亦与晋、宋诗人所用之含义相同。

总而言之，盛唐以前诗人使用此字，可以说是几乎完全继承南朝诸家之法，无所改变的了。

六朝诗人的风景观

风景一语，由风和光（光和空气）的意思，转而为风所吹、光所照之处，再转而指人所观览的物的全体，其经过已论述过了；而其观览的行动，是在户外、野外进行的，在第一节也提到了。

这意义的风景，即六朝诗人所见到的风景，是怎样的呢？或者，六朝诗人是怎样看风景的呢？关于其特色，现在稍作论述。

构成风景的东西——亦即是观览的对象——以自然物（包括生物、无生物）为主，当然，也可以是人工的东西，例如建筑物等。如果把野外的风景、景观当作一幅图画来看，画面里的楼阁、城郭，或者船、车等，当然也可以画上去；这些和画中的人物一样，只是点景、点缀，而不是画的主题。

"赋"可说是六朝诗的原型，现在让我们先看看赋所描写的风景的构成内容。《文选》所载的赋，正如上面所说，分为十五类，在开头的"京都"到"畋猎"四类（十五首）的各篇里，自然物的描写虽然不是没有，但这些只不过是作为背景（background），赋的作者注重的是其中人的活动。

但是，到了第五的纪行类，这固然是以远行的人、旅行者为主角，而描述途中风物的，也不是没有。例如班彪的《北征赋》，以"隮高平而周览，望山谷之嵯峨"两句开始的一段：

（1）隮高平而周览，望山谷之嵯峨。野萧条以莽荡，迥千里而无家。风猋发以漂遥兮，谷水灌以扬波。飞云雾之杳杳，涉积雪之皑皑。雁邕邕以群翔兮，鹍鸡鸣以唶唶。游子悲其故乡，心怆恨以伤怀。……（《文选》卷九）

这段历叙嵯峨的山谷、萧条的原野、突然吹起的风、扬波的谷水、云雾、积雪，还有成群飞翔的雁、悲鸣的鹍鸡等，这可说是后人行旅诗的前例。

第六游览类所收三首，都是描写旅行者所见之物，可以说这些赋的主题就是风景或景观。例如魏王粲的《登楼赋》，叙述从当阳县城楼眺望，接近结尾的八句，是描写在原野赶路征夫的四周风物：

（2）步栖迟以徙倚兮，白日忽其将匿。风萧瑟而并兴兮，天惨惨而无色。兽狂顾以求群兮，鸟相鸣而举翼。原野阒其无人兮，征夫行而未息。……（《文选》卷一一）

其中将匿的白日、萧瑟的风声、狂顾求群的野兽、互相鸣叫的鸟、无人的原野，这些影像（images）和上引班彪的《北征赋》大略相同。但是在班赋里的"游子"，是作者自己，而王粲赋里的"征夫"是当作景观中的点景人物，只是这点不同。其实，王赋的"征夫"的悲哀，也是作者伤心的投影。

王粲在这篇赋里所描写的影像，在他的《七哀诗》里也有大略相同的描写：

（3）荆蛮非我乡，何为久滞淫。方舟溯大江，日暮愁我心。山冈有余映，岩阿增重阴。狐狸驰赴穴，飞鸟翔故林。流波激清响，猴猿临岸吟。迅风拂裳袂，白露沾衣衿。独夜不能寐，摄衣起抚琴。丝桐感人情，

为我发悲音。羁旅无终极，忧思壮难任。(《文选》卷
二三)

王诗的总题《七哀》，原义难知。不过，这篇是叙述他
托身荆州时行旅的经历，却无可疑。从内容来说，这可入
行旅类(《文选》卷二六、卷二七)。篇中"方舟溯大江"
以下十句，和他的赋比较，赋的叙述是并列的，只是列举
景观中的物象；而诗的描写是具体的，表现出刻画之工。
特别是"山冈有余映，岩阿增重阴"两句，上句是说落日
余光的反射，下句是说光的阴影渐渐扩大的样子，这描写
可说是以光为中心。六朝叙景诗的特点之一，已在王粲的
诗里表现出来了。

作为景观的中心，并不仅是日光，有时也会是月光。和
王粲同时代的诗人刘桢(公干)的《公讌诗》，可作为例子：

（4）月出照园中，珍木郁苍苍。清川过石渠，流
波为鱼防。芙蓉散其华，菡萏溢金塘。……(《文选》
卷二〇)

以落日的光（所谓斜阳）作诗材的，在晋以后，越发
多起来。例如，在谢瞻(385—421)的诗(《王抚军庾西阳
集别为豫章太守庾被征还东》)里，有以下两句：

（5）颓阳照通津，夕阴暖平陆。（《文选》卷二〇）

上句"颓阳照通津"是说斜阳的光，下句"夕阴暖平陆"大概是言其阴影（黄昏的暗澹之色）。

在稍前的谢混（叔源，？—412）的诗里，早就歌咏春天黄昏的风物。他的《游西池》有以下数句：

（6）逍遥越城肆，愿言屡经过。回阡被陵阙，高台眺飞霞。惠风荡繁囿，白云屯曾阿。景昃鸣禽集，水木湛清华。……（《文选》卷二二）

"高台眺飞霞"的"飞霞"是说晚霞，次句的"惠风"是说春天的暖风，全篇是春天黄昏的景色，"景昃"是说阳光西倾，"水木湛清华"（如照花房英树的日译，这句的意思大概是"映在水面的树木，静静地浮着清冷的花"），这句是写在斜阳的光中所见到的景物。[4]

大约和谢瞻同时的谢灵运（385—433），是以山水作为主要题材，倾力描写山水胜景的诗人。而值得注意的是，在他的山水诗里，不少是描写日光的。例如《初往新安桐庐口》（7）和《七里濑》（10），均是描写日光的。两首皆是叙写秋景，都是行旅诗。让我们先看看《初往新安桐庐口》：

（7）……既及冷风善，又即秋水驶。江山共开旷（开，一作闲），云日相照媚。景夕群物清，对玩咸可喜。（黄节《谢康乐诗注》卷四）

其中"云日相照媚"一句，并不仅是写浴在阳光中的云彩光辉之状，由"景夕群物清"一句，明显可知作者所眺望一切景物的清丽鲜明，是由"景夕"即是斜阳所照而生的，这是作者凝视之所在（末句"对玩咸可喜"）。

顺带说一说，这"对玩"两字是表示诗人的态度、熟视风景的态度。小尾郊一博士曾注意到谢灵运的诗文里屡次出现的"赏心"一语，详细论析"赏"的字义沿革，证明由赏赐之义，转而为赏扬、赏识之义，再转为赏玩、欣赏之义。小尾氏所引《世说新语》的赏玩一语，也即是欣赏山水之景（自然美）的意思[5]：

（8）刘尹云：孙承公狂士，每至一处，赏玩累日，或回至半路却返，（《世说新语·任诞》）注，中兴书曰，承公……性好山水，……名埠胜川，靡不历览。

晋张协（景阳）的诗里，有"玩万物"一语：

（9）《杂诗》（十首之三）云：金风扇素节，丹霞启阴期。腾云似涌烟，密雨如散丝。寒花发黄采，秋

草含绿滋。闲居玩万物，离群恋所思。……（《文选》卷二九）

这里，张协所看着的是"万物"，而"玩"字，固然含有欣赏的意思，我想强调一下，这儿也有对风景凝视的态度，而这种态度可说是引发出六朝叙景诗的。

言归正传，让我们看看谢灵运的《七里濑》一诗：

（10）羁心积秋晨，晨积展游眺。孤客伤逝湍，徒旅苦奔峭。石浅水潺湲，日落山照曜。荒林纷沃若，哀禽相叫啸。遭物悼迁斥，存期得要妙。……（《文选》卷二六，黄氏注卷四）

开首两句，是说作者旅愁（"羁心"）累积，想借散步眺望以遣去，而作者所眺望的景致，毕竟还是落日余光所照之处（"日落山照曜"）。另一首诗《石壁精舍还湖中作》也是一样：

（11）昏旦变气候，山水含清晖。清晖能娱人，游子憺忘归。出谷日尚早，入舟阳已微。林壑敛暝色，云霞收夕霏。芰荷迭映蔚，蒲稗相因依。披拂趋南径，愉悦偃东扉。……（《文选》卷二二）

第二句"山水含清晖"的清纯的光辉，虽不能说是专指日光，第五句"出谷日尚早"到第六句"入舟阳已微"，是说太阳的运行，第七、第八两句的"暝色"和"云霞"，即是夕照和晚霞，也就是确指落日的余光而言，所以，在第九、第十两句，"映蔚"的芰荷和蒲稗，正是在这残光中所见之物。谢灵运诗，光线感觉作用之大，有如斯者。

让我们再看谢灵运的另一首诗，也是表现光线的感觉的：

（12）《登江中孤屿》云：江南倦历览，江北旷周旋。怀新道转迥，寻异景不延。乱流趋正绝，孤屿媚中川。云日相辉映，空水共澄鲜。表灵物莫赏，蕴真谁为传。想象昆山姿，缅邈区中缘。始信安期术，得尽养生年。（《文选》卷二六）

其中"云日相辉映"一句，和前三首相同，是说云和日互相辉映，"空水共澄鲜"一句写天空和江水的清澈鲜明之色，是在此光之下之所见。

到此为止，是和其他诗人同趣的；不过，读"表灵"、"蕴真"两句，更读到"想象昆山姿"以下几句时，我不禁作出一个推测：作者描述眼前所见孤屿的景致的同时，以此比拟作昆仑山。昆仑是一向被认为在世界西陲绝域的神秘的山，也是仙人居住的山。所以，在结句里表明祈求

"安期术"（即长生不老之法）的心怀，并以此终篇。

谢灵运是佛教信徒，不仅和佛教僧侣密切交往，并且为《金刚般若经》等作注。他在庄园里建造"精舍"（即寺院），其诗《石壁立招提精舍》里，有"敬拟灵鹫山，尚想只洹轨"两句，实不可忽略：

（13）……敬拟灵鹫山，尚想只洹轨。……禅室栖空观，讲宇析妙理。（黄节注卷三）

谢灵运在前诗里说"想象昆山姿"，其实，在他心目中，不就正是灵鹫山吗？如果是这样的话，他所说的"表灵"、"蕴真"，是指这山蕴藏的神秘力量明显地显现出来，而这样的神秘力量大概是因诸佛所居而有、并显现出来的。灵鹫山（梵语叫作 Gṛdhrakūta，耆阇崛山）是作为佛陀说法之地而著名，据《观经疏》说，是诸圣仙灵居住的地方。

（14）《翻译名义集》耆阇崛条云：大论云……此山久远同名灵鹫；观经疏云：诸圣仙灵依之而住。……（卷三《众山篇》）

可是，佛的居所，即佛土，是光明遍满的，在《观无量寿经》等可见：

（15）无量寿佛，有八万四千相，……复有八万四千光明，一一光明，遍照十方世界。《大无量寿经》云：无量寿佛威神光明，最尊第一，诸佛光明所不能及，或有佛光，照百佛世界，或千佛世界，……其有众生，……见此光明，皆得休息，无复苦恼。

这光明是佛的智慧的光辉，也是救济众生的伟大力量的显现，并不属于此世间，而是属于他界（the other world）。谢灵运在山水之间所看到的"清晖"，虽然是现实的光辉，但可能他以为是看见了佛土或者净土的光明。落日的光照耀满山的样子，晚霞如焰的深红色，在他心中，大概就会浮现出遍满佛土的光明。这是我的臆测，这样想的话，在谢灵运的诗里，可见特别偏爱光所映照的山水景象，是有其原因的。谢灵运是最欣赏山水之美的诗人，我认为他的欣赏观点是和他佛教的世界观表里一体的。

晋宋之间，山水诗盛行。刘勰这样说：

（16）宋初文咏，体有因革。庄老告退，而山水方滋。（《文心雕龙·明诗》）

"庄老告退，而山水方滋"，流行的老、庄哲学——即玄学——衰落了，代之而起的是山水诗盛行起来，其中的关系，我以前不能明白，因为我以为晋宋的山水诗是由老庄的隐遁思想引发而生的。后来，我知道理解错了。刘勰说的"庄老"是指近人所说的"玄言诗"，这正如钟嵘所评："理过其辞，淡乎寡味"、"皆平典，似《道德论》"。

（17）永嘉时，贵黄老，稍尚虚谈，于时篇什，理过其辞，淡乎寡味。爰及江表，微波尚传：孙绰、许询、桓、庾诸公诗，皆平典，似《道德论》，建安风力尽矣。（《诗品序》）

就是说很散文化的、毫无趣味的意思吧。虽然流行一时，不能持久，是当然的事。这是不久就"告退"——衰退的原因。

谢灵运等的山水诗，和这些玄言诗不同，富于清新之趣。特别是谢灵运，他的哲学是本于佛教的信仰，这也是玄学的一种；但是，他是通过感觉来表现，作为眼所能见到的美来表现他之所信。这大概是他的诗能大成功，能为人所喜的原因。这样解释的话，刘勰的话就没有矛盾了。

附带说一下，追随他的诗人，并不限于和他有相同信仰的。他所发见的美，并不拘于作者的主观，而作为客观的美，给继承、发展下来。例如南齐的谢朓（玄晖）的诗：

（18）《晚登三山还望京邑》云：灞涘望长安，河

阳视京县。白日丽飞甍，参差皆可见。余霞散成绮，澄江静如练。喧鸟覆春洲，杂英满芳甸。……（《文选》卷二七）

其中"余霞散成绮，澄江静如练"一联，尤为人所共知，这是落日残光中所见的景象，就不用多说了。

以上所说不过是六朝叙景诗的一面，环绕"风景"的语义而展开的论述。

风景之新义

中唐以后，风景一词的词义发生了变化，在九世纪诗人刘沧的作品就可以见到这种变化。

（1）《咸阳怀古》云：风景苍苍多少恨，寒山半出白云层。（《全唐诗》卷五八六）

这二句因为抒写秋怀之故，并不带春光温暖的感觉，与以前诸家大异其趣。此外，刘氏又有下面二句：

（2）《送李休秀才归岭中》云：南泛孤舟景自饶，蒹葭汀浦晚萧萧。（同上）

这里的"景"字，我怀疑不是光明的意思，也并不指光所照物，而是指"景致"，亦即 view 的意思。同时代的雍陶的作品有"诗景"一词：

（3）《韦处士郊居》云：满庭诗境飘红叶，绕砌琴声滴暗泉。（《全唐诗》卷五一八）校云：境一作景。

如果"诗境"可以作为"诗景"的话，此词当可译作"诗的风景"。也就是说，此词具有适宜于构成诗句的景象的意思。这种句法，我想盛唐以前是没有的。

诗景一词也见于其他中唐诗人的作品，例如：

（4）姚合《送徐员外赴河中从事》云：闲坐饶诗景，高眠长道情。（《全唐诗》卷四九六）

（5）朱庆馀《杭州卢录事山亭》云：山色满公署，到来诗景饶。（同上，卷五一四）

（6）《送唐中丞开淘西湖夏日游泛因书示郡人》云：空余孤屿来诗景，无复横槎碍柳条。（同上）校云：送一作和。

从上列例子看，"景"字或可译作 scenery 了。

朱庆馀亦言"入诗"，这用不着说，就是将事物捕捉放入诗里，或拿某物或某种观察作为写诗素材的意思。

（7）《同友人看花》云：纵是残红也入诗。(《全唐诗》卷五一四）

也就是说，诗景即是入诗的素材。因此，姚合有"景思"一词：

（8）《和王郎中召看牡丹》云：纵赏襟情合，闲吟景思通。(卷五〇二）

这就是将某种"景"入诗时的刻苦构思。

（9）朱庆馀《叙吟》云：有景皆牵思。(卷五一五）
（10）姚合《闲居遣怀》云：好景时牵目。(卷四九八）

两句也都是这个意思。那么，对姚、朱、雍诸人来说，似乎"景"不但是构诗的主要素材，若缺少了它，就会做不成诗。而且，彷佛是所有的景都应该成为诗。

贾岛在这几个诗人当中，是最具异才的一个，我查阅他的集子，却不见"诗景"一词。不过，他有下列二句：

（11）《玩月》云：他人应已睡，转喜此景恬。(《全唐诗》卷五七一）

此篇以月为题，"此景"似乎是指月光，其实这"景"是"恬"的，使观赏者宁静安乐的。因此，我想这景并非单指月光而言的了。贾氏又有这样一句：

（12）《南斋》云：独自南斋卧，神闲景亦空。（卷五七二，后文有云"帘卷侵床月"。）

这"空"字不是平常空洞、空虚的意思，而可能包含一切使人心烦之物都已消失的意思。此篇虽然也提到月亮（其后文说"帘卷侵床月"），"景"字大概是指诗人所见的整个景致而言了。

张籍出生比贾岛早十多年，他也用过"诗景"一词。这是我所看到最早的例子：

（13）《送从弟戴玄往苏州》云：江天诗景好，回日莫令赊。（《全唐诗》卷三八四）

张氏诗中又有"胜景"一词：

（14）《胡山人归王屋因有赠》云：虽作闲官少拘束，难逢胜景可淹留。（《全唐诗》卷三八五）

后来，我又发现韩愈的诗里也有"风景"一词：

（15）《晚寄张十八助教周郎博士》云：日薄风景旷，出归偃前檐。（《全唐诗》卷三四二）原注：张籍，周况也。

A.C. Graham 把"风景"二字翻成英文 view 字：

（16）The sunlight thins, the view empties.（*Poems of the Late T'ang*, translated by A. C. Graham, Penguin Books, 1965, p. 75）

这虽然不算错误，但由于上文有"日薄"二字，在韩愈心目中，可能仍有"光所照处"的意思，至少在逻辑上，阳光余晖应该还没有完全消失——我是这样理解的。

日本释空海（遍照金刚，弘法大师，774—835）的《文镜秘府论》，以引录大量在中国已经佚亡的文学批评资料著称，"景"字常常在该书中出现，其意义大致都指 view 而言。例如：

（17）十七势、第十五"理入景势"云：诗不可一向把理，皆须入景，语始清味，……其景与理不相惬，理通无味。

第十六"景入理势"云：诗一向言意，则不清及无味，

一向言景，亦无味，事须景与意相兼始好。(《文镜秘府论》卷二）

（18）"论文意"云：诗贵销题目中意尽，然看当所见景物与意惬者相兼道。……昏旦景色，四时气象，皆以意排之，令有次序，令兼意说之，为妙。(同上，卷四）

这里所说的"景色"，下文详释如次：

（19）旦，日出初，河山林嶂涯壁间，宿雾及气霭，皆随日色照著处便开，触物皆发光色者，因雾气湿着处，被日照水光发。至日午，气霭虽尽，阳气正甚，万物蒙蔽，却不堪用。至晚间，气霭未起，阳气稍歇，万物澄净，遥目（环按：遥疑当作耀）此乃堪用。至于一物，皆成光色，此时乃堪用思（时字疑衍）。所说景物，必须好似四时者。春夏秋冬气色，随时生意。取用之意，用之时，必须安神净虑。目睹其物，即入于心；心通其物，物通即言。言其状，须似其景，语须天海之内，皆入纳于方寸。至清晓，所览远近景物及幽所奇胜，概皆须任意自起。(同上，卷四）以上皆据《弘法大师全集》卷八，1910 年刊本录。

据此，（18）所言"景色"具有光之色的意义，此"景"亦即指"光"而言。也就是说，光照万物的时候，万物显得特别鲜明。由此可见，这里所言"景物"，亦可以理解为光照之物。

上面引录（17）"十七势"二条，也许是《王昌龄诗格》的佚文（罗根泽之说，见罗著《中国文学批评史》第二册，上海，1967年，第30页）。至于（18）（19）二条本于何书，虽然不明，但唐人已具此说，殆无疑问。空海于公元803年（唐贞元十九年，日本延历二十二年）往长安，806年（唐元和元年，日本大同元年）归国，他所录的书籍当是中唐时代出版者。然则，把"景"和"意"分开来讲，是中唐以前便开始的了。

总之，后来"景"字完全失掉了光明的涵义，仅成为英文 view 或 scenery（景象、景致）的同义词。这一转义的发生比较晚，极可能在韩愈的后一辈的时代。在张籍、贾岛以及较后的诗人的作品中，这个转义词的使用开始明显——这个现象也不容看轻。姚合等人，深受贾岛的影响。贾岛以苦吟著称，亦以苦吟终其身，一生安于自己寂寞的生活境遇。他对于大自然的看法（即世界观）和别人不同。贾氏独特的世界观，也许就是使"风景"含义有所转变的原因之一。总而言之，张、贾以及后来诗人的诗境非常狭小，他们见到的外景总是局限于狭小的范围。

中唐诗人所用"诗境"一词的意义，不难了解，亦与这些诗人的世界观有密切的关系。请看下面两句诗：

（20）朱庆馀《陪江州李使君重阳宴百花亭》云：
醉里求诗境，回看岛屿青。（《全唐诗》卷五一四）

"诗境"——富有诗意的境界——这意味着和外界隔绝而自成范围的一个孤立的世界。这里所称的外界就是官场、尘俗的世界。这一群诗人把自己关闭在这孤立的世界里，与此同时，也就不管世间俗务，独来独往，专从大自然挑选自己喜爱的"景"（景象，view 或 scenery）并以此构筑诗章——这就是他们追求、向往的目的。他们爱用的字眼中有"清景"和"幽景"二词。这二词六朝诗人也曾用过，但其含义不外指清朗的光辉或光明所照之处罢了。然而，在中唐诗人的篇章中，这二词已别具新的意义。我认为他们的孤独感于此可以充分反映出来。请看下面一句，也是朱庆馀作的：

（21）《题钱宇别墅》云：林居向晚饶清景。（《全唐诗》卷五一五）

这里作者说"饶"，即是"清景"不止一个。那么，要精确地翻成英文的话，当是复数 sceneries（场景、布景）无疑了。至此，"景"——也就是"胜景"或"景胜"，已经变成了可以细数列举的东西了。

进入唐末五代，出现了以"潇湘八景"等为题的绘画：

（22）郭若虚云：黄荃……事王蜀……至孟蜀……有《山居诗意》、《潇湘八景》等图传于世。(《图画见闻志》卷二)

八景的"景"，不用说是景胜、胜景的意思。唐末诗人杜荀鹤（846—907）的作品中有"江山景"一语：

（23）《冬末同友人泛潇湘》云：与君剩采江山景，裁取新诗入帝乡。(《全唐诗》卷六九二)

这里的"江山景"大概就是画家所绘八景之类的东西。

画家把他所写的风景图题写为"〇〇景"，大概也是中唐以后才开始的。关于这一点，或可用郑谷的一首诗佐证：

（24）《予尝有雪景一绝，为人所讽吟，段赞善小笔精微，忽为图画，以诗谢之》（此系诗题，见于《全唐诗》卷六七五)

郑氏所称一绝，就是：

（25）《雪中偶题》：乱飘僧舍茶烟湿，密洒歌楼酒力微。江上晚来堪画处，渔人披得一蓑归。（《全唐诗》卷六七五）

郑谷自己把这首诗叫做"雪景"，很是值得我们注意。"雪景"是诗的题目，又有可能是段赞善所作图画的题目。如果是画题的话，这就是较早而且确实的一个例子。后来我又发现另一资料：

（26）郭若虚云：朱澄（仕南唐）……李中主保大五年（公元947年），尝令与高太冲等合画《雪景宴图》，时称绝手。（《图画见闻志》卷四）

宋朝有几座出名的建筑物，一座叫做多景楼，另一座叫做万景楼。多景楼在润州（今镇江市）北固山上甘露寺背后。北宋（十一世纪）诗人曾为多景楼赋诗如下：

（27）方回曰：寺在京口，多景楼在寺中，天下绝景也。（《瀛奎律髓》卷一"登览类"，晁端友君成《甘露寺》诗注）

（28）晁端友《登多景楼》云：楼上无穷景。（同

上）

（29）杨蟠（公济）《甘露上方》云：沧江万景对
朱栏。（同上）

宋时嘉州（今四川乐山市）有万景楼：

（30）《舆地纪胜》云：万景楼，宣和太守吕由诚
作，所望阔远，诸邑边塞，指顾目览，尽在掌握。（卷
一四六"嘉定府"）

（31）《蜀中名胜记》云：远景楼，在州治北，太
守黎锌建，苏轼记。（卷一二）

这里万景的"景"字，意思就是 scenery（景象、景
致）。从此以后，诗家用景字，都是这个意思，六朝时代的
古义一去不复返了。

宋以后论诗诸家都认为写景和抒意（或抒情）同等重
要，因此诗人在适当地兼顾两者的时候，煞费苦心。关于
这一点，欧阳修征引梅尧臣的几句话，可供参考：

（32）圣俞（梅尧臣）常语余曰："诗家虽率（一
作主）意而造语亦难。若意新语工，得前人所未道者，
斯为善也。必能状难写之景，如在目前，含不尽之意，
见于言外，然后为至矣。……"余曰："……状难写之

景，含不尽之意，何诗为然？"圣俞曰："……若严维'柳塘春水漫，花坞夕阳迟'，则天容时（一作物）态，融和骀荡，岂不如在目前乎？又若温庭筠'鸡声茅店月，人迹板桥霜'，贾岛'怪禽啼旷野，落日恐行人'，则道路辛苦，羁愁旅思，岂不见于言外乎？"（《欧阳文忠公集》卷一二《诗话》）

梅尧臣举例而讲明之，由此可见他所谓"景"，其实包括"天容物态"，亦即诗人所观览的一切。

南宋诗家在论说近体诗的作法时，往往把景和情（或云景物与情思）分开来讲。例如，周弼的《三体诗法》及其继承者范晞文的《对床夜语》乃至方回的《瀛奎律髓》等，都以欧梅二公之语为祖。

此说直到明末依然流行。我们试看王夫之《姜斋诗话》，就可知道："景"仍是诗人所见之物的意思。以下一段可以做我的解释的佐证：

（33）王夫之曰：身之所历，目之所见，是铁门限。即极写大景，如："阴晴众壑殊"、"乾坤日夜浮"，亦不逾此限。非按舆地图便可云"平野入青徐"也，抑登楼所得见者耳。……（《姜斋诗话》卷二）

注　释

1. 都留春雄等编 :《王维诗索引》，1952 年京都油印本，1978 年名古屋采华书林重印本 ; 花房英树编 :《李白歌诗索引》，1957 年京都大学人文科学研究所刊 ; 洪业编 :《杜诗引得》，1940 年北京哈佛燕京学社刊。

2.《汉诗大系》八 "李白"（东京, 1965 年），第 211 页。

3. 此篇据《唐文粹》卷十五上，是崔兴宗作（目作《留别王维》），并世人也。

4. 花房英树 :《文选》第三册，东京，1974 年，第 276 页。我怀疑 "湛清华" 的 "华" 也是光彩的意义。如果是这样的话，这三字的意思就是 :"充满着清纯的光彩"。

5. 小尾郊一 :《中国文学表现的自然和自然观》，东京，1962 年，第 542 页。

第二章　风流词义的演变

一

　　"风流"这词语在中国文学是怎样使用的呢？其意义又如何演变的呢？关于这些问题，冈崎义惠教授作过精深的研究（《日本艺术思潮》第二卷，上；《风流的思想》，东京，1944 年），他的书几乎把所有要点都说尽了。不过，还有一些问题是冈崎教授没有论及的，我想略作补充。

　　第一是"风流"一词最初的词义问题。这个词语是由"风"和"流"两字结合而成的。由于这种结合方式，日本学者之中有人把"风"和"流"看作对立或对等的关系。其实，"风之流"才是这个词语本来的意思。风流二字连用的例子，大概最早见于《淮南子》卷八《本经训》：

　　　　晚世风流俗败，嗜欲多，礼义废，君臣相欺，父子相疑，……

这里明显是说风俗颓废，"风"和"俗"分别是"流"和"败"的主语。其后王粲（177—217）的《赠蔡子笃》诗（《文选》卷二三）云：

> 风流云散，一别如雨。

流字是指风的不断的流动。同样，曹植（192—232）的《洛神赋》（《文选》卷一九）云：

> 飘飘兮若流风之回雪。

流风也是指吹动着的风。在上述的例子，"风"都是主语，而"流"则是动词或形容词，是从属于"风"的。在曹植和王粲作品里的风都是自然现象，而我们拟探讨的风，则是作为与人类社会有关的一种表现。

"风俗"这词语虽然也可以分为"风"和"俗"两部分，但这种情况之中的"俗"字，正如一般字典所说："如物从风，不知不觉间所受之感化"（《学生字典》），是被动的，而风则是主动的。《论语·颜渊》说：

> 君子之德风，小人之德草，草上之风，必偃。

这句话最能表示这种关系。"风"字本来是用作譬喻的，指产生感化的主体；"风化"和"风教"等词也是由这譬喻而来的。君主或当政者的态度，逐渐向其周围及人民（所谓"小人"）扩散，使后者在不知不觉地受到其道德的影响，这是儒家特有的政治思想。但是，"风"字也可以用在没有君主或政治家那样政治目的的个人身上。《学生字典》"风"字条说：

> 一人之气习，为众所慕效者，亦曰风。

《孟子·万章下》云：

> 闻伯夷之风者，顽夫廉，懦夫有立志。

在上述例子中，"风"虽然也有个人对他人感化而使之附随的意思，但几乎没有任何政治目的。因此，当我们用"风节"、"风义"等词语时，我们是指某人的道德高尚，为别人所景仰。一般说来，我们不但是指某人的道德上的品格，而且包括从此人身上感受到的"风标"、"风格"等等；更具体地说，甚至包括从此人的容貌和样子所得的"风姿"、"风采"等等，以及从此人的态度或谈吐所得的"风味"、"风趣"等等。（以上都是据《学生字典》推衍）

在风化、风教等中的"风"，其重点不在中心人物上，而在其所影响的周围；但在风节、风义等情况中，"风"的重点不在其所影响的周围，而在中心人物方面。在前者的情况中（例如"风俗"），假定上下都有关系，亦必须将二者当作一事去把握，但在后者的情况中，只须将作为感化之源的个人突出即可。

不仅"风"字如此，连"风流"这个词语也一样，都有两层意思，一是社会的，一是个人的。《汉书·赵充国辛庆忌传》（卷六九）赞云：

> 其风声气俗，自古而然，今之歌谣慷慨，风流犹存耳。

这里的"风流"，是指边境地方人民的风俗传承。当作"遗风"的意思，则属于前者。《后汉书·王畅传》（卷八六）说：

> 士女沾教化，黔首仰风流。

这里的"风流"，虽然含有风化的意思，但已变化为后者，即倾向于个人方面的了。翻阅两汉文献，我只查到四个风流两字连用的例子（连上文引用过的《淮南子》及下面将会引用的《汉书·刑法志》）。《淮南子》的用例可以说是特殊的，用风流去表示风俗的颓废，以后几乎是没有的。这是个孤立的用例。《汉书·扬雄传》（卷八七下）载《长扬赋》云：

> 逮至圣文，随风乘流。

这里的"风"和"流"虽然是分开的，但正如王先谦补注引用《文选》李善注所说，其意是顺从高祖的风流（即所遗的风化），是故在观念上倒是合一的。在《后汉书》里，除了上面引用《王畅传》所载张敞（二世纪）的奏记是汉代的原文之外，虽然在其他列传里还可以找到四个"风流"的用例（卷八三、九、一一二之上及一一三），但这些用例都出现于各卷的序或论，亦即出于著者范晔（398—445）之手（范氏是南北朝时代的人），而不是汉代的原文。这样看来，汉代的人并不常用"风流"一词。

到了三国时代（220—280），"风流"一词渐渐由"遗风"之意转为"个人的风格"之义，失去道德及政治的意义。在陈寿的《三国志》中可以找到四个"风流"的用例。比如说，《钟繇传》的注引用了晋代袁宏（约328—约376）的一段话：

> 是以吏民乐业，风流笃厚，断狱四百，几致刑措，岂非德刑兼用已然之效哉？（《魏书》卷一三）

在这里，"风流"仍有"风化"或"风俗"的意思。这段引文的前半，几乎完全抄袭《汉书·刑法志》（卷二二）关于汉文帝的记载，"风流笃厚"四字也是《汉书》的原文，因此，其用法和汉代无异也就不足为奇了。《魏书》卷四有句云：

> 评曰：……高贵公才慧夙成，好问尚辞，盖亦文帝之风流也。

这里的"风流"仍是"遗风"之意。但是，《蜀志·刘琰传》云：

> 有风流，善谈论。（卷十）

又，《蜀志·杨戏传》裴松之注所引《襄阳记》（作者不详，大概是西晋人）云：

> 习祯有风流，善谈论。（习祯是人名）（卷一五）

这两处的"风流"是指个人的风格，而风格的内容，与下文所述晋代的用法非常接近，可以从善于言谈想象得之。史书以外，可找到的同时代的用例，[1] 有嵇康（223—262）的《琴赋》：

然八音之器，歌舞之象，历世才士，并为之赋颂，体制风流，莫不相袭。（《文选》卷一八）

这里的"风流"，意思稍为不同，且与范晔《后汉书·周黄徐姜申屠列传序》所说的"风流"意义相近：

若二三子，可谓识去就之概，候时而处……余故列其风流，区而载之。（卷八三）

正如李贤的注所释，"其清洁之风，各有条流，以为区别"，"风流"与"条流"的意思相近；又像《文章流别论》等的书名所称的"流别"一样，"风流"亦指形形色色的流派，其意与嵇康所云"历代才人"并无二致。

还有，《后汉书·逸民传序》有这样的话：

自兹以降，风流弥繁。（卷一一三）

这里的"风流"应解作"末流"。

以上各种"风流"的意义，大概都是由"遗风"的意思演变而来的。

二

到了晋代（265—420），"风流"的用例突然多起来。

这个时代的正史《晋书》等文献，相信会有大量的用例，但我尚未作全面的调查，这里只能报告调查刘义庆（403—444）所编《世说新语》及其附录刘孝标（462—521）的注的结果。在这本书中，约可见到"风流"14 个用例。《世说新语》共三卷三十六篇，通行本把各卷分为上中下，即成为九卷，但是与《汉书》的列传七十卷、《后汉书》的列传八十卷、《三国志》六十五卷等长编巨著比较起来，其分量是很少的，而在其中可以找到 14 个用例，可见"风流"一词在本书所记逸话的时代（以晋代为主），其使用频度已有显著的增加，也许已经成为当时的流行语。打一个眼前的比喻，就像战后日本流行的外来语"アプレゲール"（après–guerre，战后虚无颓废派）的情形一样。

从这些用例看来，"风流"大抵上是指前述的个人的风格。虽然和汉代一样，都是指值得人们景仰的高尚风格，但是所指值得景仰的原因，亦即高尚风格的实质，却与汉代大异其趣。这一点，可由下面的例子说明：

晋孝武帝（373—369 在位）问王爽："卿与卿兄何如？"王爽答："风流秀出，臣不如恭，忠孝亦何可以假人。"（《世说新语·方正》）由这答话，我们可以知道"风流"和"忠孝"就算不是相反的，最少两者也是没有关系的。汉代人的风流——"士女沾教化，黔首仰风流"（前引）——当然是包括忠孝的美德而作为人格的一部分的。到了晋代，风流一词已摆脱了道德的含义。《世说》所说的

"风流名士"（《伤逝》"卫洗马条"）或 "名士风流"（《品藻》"有人问袁侍中条"），都是具有风流属性的名士，这些究竟是什么样的人呢？这些人正如《辞源》所释："不拘礼法，自成一派，示与众异。"晋代的袁宏撰写了《名士传》一书，称夏侯玄、何晏、王弼等人为正始时代（240—249）的名士，又称阮籍（210—263）等竹林七贤为竹林名士（《世说新语·文学》）。该书又说，何晏嗜好老庄，竞与夏侯玄、王弼等"清谈"，祖述虚无之说，以六经为圣人的糟粕，而有声名于时。关于清谈的内容及其流行沿革，详见青木正儿博士的《中国文学思想史》（第349页以下）。这样竟日清谈、轻蔑儒家经典、公然反对道德思想的人就是名士，这样的行为就被认为是风流。

于是，"风流"变成了与道德人格毫无关系的而具有新义的词语。那些名士在思想上藐视儒家的教训，阮籍之流更漠视"礼教"，甚至被社会大众鄙视的行为亦敢作敢为。阮籍与大嫂归省时，大嫂怕人非难，坚持分道而行，阮籍竟说："礼教岂为我辈而设哉。"（《世说新语·任诞》）《礼记》是明文规定"嫂叔不通问"的（《曲礼上》）。这些名士的行为，表现了摆脱一切因袭的精神，森三树三郎氏认为是一种人道主义（humanism）。（《魏晋における人間の発見》，《東洋文化の問題》第一号，京都，1949年）

三

现在拟谈谈"风流"与"雅俗"的关系。如前所述，"风"与"俗"是关连的。"风"是指君主的教化，"俗"是指"下民"的约定俗成。"移风易俗"这样的字句见于《礼记·乐记》和《孝经》（广要道章），而改革"恶风弊俗"成为君主的义务（《礼记》孔颖达疏）。也就是说，"俗"之为物，要等到来自上层的风化才可以有所改善。好像"小人难养"（相对于君子而言）的说法般，《孟子》有"世俗"（《梁惠王下》）和"流俗"（《尽心下》）的说法。朱熹注"流俗"说："流俗者，风俗颓靡，如水之下流，众莫不然也。"即在先王的风化衰微的时代里，人人莫不习惯而成自然。上面提及的《淮南子》所说的"风流俗败"，也是基于相同的想法而来的。因此之故，"俗"常常是价值低微的东西，却可通过教化而逐渐得以改善。这是儒家一贯的想法。

不过，道家对"俗"有不同的看法。庄子在其《让王》篇中，评论子州支伯以自己健康为理由而拒受舜所禅让的天下这一传说，指出即使以"天下"那样的大器去取代一己宝贵的"生"（生命），是智者所不为的。庄子说："此有道者之所以异乎俗者也。"在庄子心目中，就算是舜那样的圣人天子也是属于"俗"的一类。对于否定儒家学说的道家来说，以儒家道理去建立秩序的社会的整体都是"俗"的。不仅是无知下民，连儒家所崇敬的圣人也包括在内，只要是以儒家道理为基础的，一切都"俗"。

"雅"的观念最初似乎来自音乐。在《论语》(《阳货》等篇）中，"郑声"与"雅乐"互相对立。郑声即郑国的音乐，因为过分地刺激人的感情，被视为淫邪。"雅"原指音乐的调和美，但到了汉代变成兼指文学上的美。据目加田诚教授的论考，到六朝时代，"雅"更进而兼指人的风格。（《风雅集》，福冈，1946 年）至此，"雅"实质上与"风流"极其接近，极之雅的人也可以说是风流的。

上述"风流名士"的行为往往出人意表，乖离通常的道德和习惯。与这些名士对立的，就是"俗"的一群。然而，这不是儒家意义的"俗"，却是道家所认为的"俗"。据《世说》(《排调》) 说，阮籍曾称王戎为俗物。王戎虽然身为竹林七贤的一份子，但仍被视为尚未能超越于"俗"。总之，固守礼法、未能脱离因袭的人，不管其学问有多大，或如何备受社会尊崇，一律被视为"俗"。是故，《世说》称深恶阮籍不守礼的何曾等人为"文俗之士"(《任诞》注)。"文"与"俗"结连而用，很是值得注意，因为在这里出现了反抗儒家人文主义的自然主义的眉目。《世说》又有这么一个例子：裴楷曾到丧母的阮籍家里吊唁，而阮籍这位"哀子"极其吊儿郎当地怠慢他，使他几经辛苦才能行礼完毕。虽然如此，裴氏对人说："阮方外之人，故不崇礼制；我辈俗中人，故以仪轨自居。"(《任诞》)——在这里，裴氏竟自认是"俗中人"。孟子、荀子等古代儒者都称最下层的无知民众为"俗"（吉川幸次郎《俗の歴史》,《东方学报》第十二册第四分册，京都，1942 年），但站在儒家立场的裴楷却自称为"俗"，可见"俗"的意义的变化大极了。"俗"的意义的变化也带动了"风流"语义的变化。

四

综合以上所述，"雅"原来是具有与"俗"对立的观念内容的。不过，由于俗的观念从儒家的意义演变为道家的意义，结果便与"风流"（同样与"俗"对立）发生了关系；"风流"与"雅"亦因而具有共通性。日本将风流和雅一律翻译为"雅（みやび）"，恐怕就是因为这个缘故吧。但是，正如以下所述，风流的语义在中国有更进一步变化，变成具有其他意义，因此不能将"风流"和"雅"视作同义语（synonym）。最低限度，这两个词语的语感大异其趣，这是我们必须注意的。

"风流"一语，由（一）风化的意思，变化为（二）道德风格的意思，后来更发展为（三）表达追求道家的自由的特定人物的性格的用语，这种演变的顺序，冈崎义惠教授已经讨论过了。但是，我相信要说明由第二义转化为第三义（其他派生的意义，例如《后汉书》所见"条流"等除外），就必须一并考虑由魏晋清谈家所代表的思想史上的大变动。

在这里，我想就"风流"一语在晋代是文言抑或白话这个问题，提出一套不甚圆满的个人的解答。在晋代的人看来，"风流"一语既然已在《汉书》那样的典籍中使用，一定会认为它本来就是文学用语。但是，它和大多数文学用语不同的地方是，它也是口头会话用语。当然，这里所谓会话，由于《世说》本来就只记贵族的逸话，所以只是指有教养的贵族的会话。关于当时纯粹的口语或民众用语，我们几乎是没有资料去认识的。我们大致能够确定的是："风流"一语是魏晋时代的流行语；这由其使用次数的显著增加可以显示出来。流行语这个东西，好像上面所举的"アプレゲール"（战后虚无颓废派）一样，不止用于文章和书本之中，也会出现于会话之中。而语义变化的速度，大概是和它的使用次数成正比的。还有，就算是由文言而来的词语，如果在口头使用的次数增多，人们对它的感觉是会和一般的文言用语大大不同的。

五

最后，我想谈谈"风流"语义更进一步的变化，亦即上述三种语义之后的新义。出现于南朝徐陵（507—583）所编《玉台新咏》所收诗篇及编者撰写的序文的"风流"共有六处。其中四个例子已被冈崎义惠教授所引用。冈崎氏说："这里的风流大体是指《玉台》内容的特色即优婉之美而言"，又说："其中也有些是含有若干感觉的魅力和性及情的诱惑力。"(《风流的思想》上，第15页)冈崎教授的论述是完全正确的。据清朝学者的考证，徐陵是在梁朝（556年以前）做官时编撰这本诗集的。值得注意的是，含有"风流"一语的诗篇，全是梁朝诗人的作品。诗篇之外，在同时代的其他用例，如梁简文帝（503—551）的《答新谕侯和诗书》中，有句云：

双鬟向光，风流已绝。

这里亦可见官能的美，甚至是妖冶也可称为"风流"了。问题是"风流"是怎样演变为包含这意思的呢？

原来身为南齐宰相及儒者的王俭（452—489），以国子祭酒身份考试诸生时，仪容甚盛，结"解散髻"，斜插发簪。朝野人人向慕，争相仿效。王俭常常对人说："江左风流宰相，唯谢安一人而已。"意思是只有自己才可与谢安相比。(《南齐书》卷二三、《南史》卷二二，《资治通鉴》"永明三军"485条亦记载这段逸话。)"解散髻"究竟是什么形状，不能确知，大概不是紧紧地结髻，而是稍稍松散开来的样子。发簪没有笔直地安插而是斜插，也是一种不整齐的观瞻。举个眼前的例来说，歪戴帽子，表现得不是端端正正的，就被看作是"风流"吧。王俭虽然称谢安（320—385）为"风流宰相"，其实是以己身相比，可见

"风流"一语亦已成为形容己身的词语。魏晋时代的风流是指精神活动的自由而言（这里可能有"风之流"的联想的作用），一面是反抗的，亦有放纵的倾向。传为晋代葛洪（卒于334年以前）所撰、实为梁代吴均（469—520）所作的《西京杂记》卷二，形容以司马相如的爱人而著名的卓文君"为人放诞风流"。是故"风流"和"放纵"是分不开来的。也就是说，"风流"的含义更进一步演变为不满于常规，而且在不规则的形态中感到新奇的美的用语。王俭的逸话正好表示人们对颓废美的关心；而归根到底，至此"风流"成为只是偏重官能的魅力了。

这和当时的文学观也有关联。梁简文帝教训他的儿子当阳公大心说："立身之道与文章异，立身先须谨重，文章且须放荡。"（《全梁文》卷一一）这句话常常被引用来显示这个时代的文学观。感情所向，就必须自由奔放，否则便不能成为文学。这种想法，也见于简文帝的弟弟元帝（508—554）所撰《金楼子·立言》篇，亦即"文"之为物（指"文笔"的"文"，以韵文为主），又必须像纺织品之中的带花丝绸那样鲜艳夺目，又必须像音乐的旋律那样朗朗上口，使人"情灵摇荡"。而"情灵摇荡"与简文帝的"文章且须放荡"极其相近。这些倒承认了感情的过剩现象。所以，我们不能忘记：这时代的"风流"一语的背后，是有这样的文学观作支柱的。

"风流"的语义变化到最后，和最初道德上的风教、品格等意思，可说是完全相反的。骤然看来，好像是令人惊异的；不过，如果考虑到六朝时代思想上激烈的变动，语言作为相同的精神的产物，又是思想和感情的直接表现手段，发生了这样的变化，倒不如说是理所当然的事了。

关于唐代以后"风流"语义的变化，以冈崎氏亦曾提及的小说《游仙窟》等所见为例，可以说是这第四义的余波罢了。在元稹（779—831）的小说《莺莺传》里所载杨巨源的诗，有这么一句：

风流才子多春思，肠断萧娘一纸书。

"风流才子"也有好色者的意思，毕竟还是第四义的延伸（下面所引杜牧的诗句，也有"风流才子"的用例）。但是，这样的用法，好像以小说为多，正式的诗或文就很少见。不但如此，试看《佩文韵府》所录唐以后诗的用例（冈崎氏，第57页以下），"风流"一语好像又带有表现人格高尚的意思。然而，与其说这个词语用来表现道德上的高尚，倒不如说是用来赞扬人的宽容的态度。杜牧（803—852）《润州》诗云：

大抵南朝皆旷达，可怜东晋最风流。（《樊川诗集》卷三）

也就是说，在杜氏的记忆中，南朝的贵族都不是鼠肚鸡肠，而是落落大方的。"风流"隐含这样的意思，这一点是不容忽视的。

（1951年10月7日稿）

附记

当我撰写本文时，蒙渡边修和庄司莊一两君查检《汉书》列传的用例，又蒙池田重助、稻叶昭二、汤浅英一、大垣朝、清水雄二郎、清水茂、芳贺唯一、都留春雄、黑川洋一诸君查阅《后汉书》的列传和《三国志》全文（但《吴书》卷九至卷二十因事没有查阅），对诸君的辛劳，谨致谢忱。

后记

当我撰写和发表本文之后，才知道星川清孝氏有以下的论考：《晋代"风流"理念的成立过程》，《茨城大学文理学部纪要（人文科学）》第一号（1951年3月）和第二号（1952年2月）。

星川氏的论考与拙文当然有不少重复的地方，但不从"风流"的构成，即不由"风"和"流"二语的语源解释出发，这一点与我的见解稍为不同。又，星川氏所指"风流"原来是称赞"人格节操"高尚的用语，是用晋代袁宏《后汉纪》所论作为支柱的，这一点，我没有想及；不过，我认为星川氏的解释不能包括魏晋间"风流"一语所有的含义。然而，星川氏的论考广涉汉魏晋宋各时代的思想史、文学史、艺术史等多方面，对"风流"理念的发展过程的考证，博洽精致，远非拙文可及。本来，我只想以"风流"作为单词的词义变化的例子，略述其演变的梗概。直至发觉这个词语几乎发生了180度的变化，词义变得与先前相反，我才对此大增兴趣。由于这一变化的原因在于思想史上的变化，我就不得不借用自己不擅长的学科知识，勉强应付。这一点是不妥善的，因此拟参考星川氏的论说。星川氏的大作虽然与拙作有所重复，但也引用了不少我没有引用的文献。

注 释

1. 不过，陈寿（233—297）是嵇康的后辈，作注的袁宏的时代应该更晚。《襄阳记》作者不详，大概是西晋（265—316）的作品。

第三章　风与云——中国感伤文学的起源

一

　　本文拟探讨的是"风"和"云"在中国上古和中古诗人心目中如何被感受这回事。风和云的物理性质，应该至少也有千数百年没有大的变化。不过，正如杜甫诗以"白云苍狗"为比喻般，[1]我们每日看到的天象中，再没有像云朵那样时时刻刻在变化形状的了。当我们稍为留神仰望天际，就算没有鲁斯金（John Ruskin, 1819—1900）那样的才思，大概也会对大自然以青空作画框而展开的画技禁不住赞叹。"夏云多奇峰"[2]这一句，很能够传达这信息。可是，古往今来不一定人人都确实懂得欣赏云之美。中国人也不是在任何时代都以同一眼光去看云海的，在上古和中古就有着显明的差异。虽然略有颠倒时序之嫌，本文首先拟从探讨汉代以降的诗句开始，然后回头检查上古的情况。

　　相传为汉高祖所作的《大风歌》（见于《史记》），虽非纯粹的叙景诗，但将风和云一起叙述，这是很值得注意的。原诗如下：

> 大风起兮云飞扬，威加海内兮归故乡，
> 安得猛士兮守四方！

又传为汉武帝所作的《秋风辞》（《文选》卷四五）云：

> 秋风起兮白云飞，草木黄落兮雁南归。
> 兰有秀兮菊有芳，携佳人兮不能忘。
> 泛楼舡兮济汾河，横中流兮扬素波。
> 箫鼓鸣兮发棹歌，欢乐极兮哀情多。
> 少壮几时兮奈老何！

两诗一开始就歌咏风和云。前者是高祖于统一天下之后，荣归故里，在沛宫置酒，大宴旧日父老子弟时，为助兴而击筑唱咏之词。假如从高祖平定长期战乱，贵为全国君主而回乡省亲的身份来看，高唱"威加海内兮归故乡"，即使有点炫耀也是很自然的。既然如此，为什么却以"安得猛士兮守四方"作结呢？是因为没有可信赖的猛士吗？沈德潜说："时帝春秋高，韩[信]彭[越]已诛，而[太子]孝惠[帝]仁弱，人心未定，思猛士其有悔心乎。"

（《古诗源》卷二）我看这番解释可以接受。史家一般认为《大风歌》作于高祖十二年（公元前 195 年），即高祖逝年的作品。高祖忌惮韩、彭等功臣的盛名，无情地诛杀他们，这究竟失策与否，是另一问题。至谓高祖曾为此而后悔，实在亦不无疑问。根据最末一句，全诗似是表达高祖晚年的心绪，也就是应该感到心满意足的皇帝对于他自己或子孙的前途感到说不出的不安。这样的解释大概不会有错吧。

这样，回头再看第一句，从大风吹起飘浮空中的行云，我们便可察觉，其实暗示了高祖隐藏着难以抑制的不安的心绪。若依"云从龙，风从虎"（《周易·文言》）这样的古语，理解首句为像随风飞扬的云彩般一举登天而喜悦的话，便只能与第二句连接，但变成了与末句没有任何逻辑上的关联。愚见以为，在高祖这位君主的胸怀中，因仰视飘浮不定的云彩，对自己或子孙的命运感到困惑，于是引发出积郁已久的忧虑。这一点，在武帝的作品中显得更加明白。

《秋风辞》起首二句，并非只述季节，由于"欢乐极兮哀情多"结末二句与"秋风起兮白云飞"二句互相呼应，少壮盛年很容易过去，而老之将至，好比随着春夏草木充满生气的季节消逝后，黄叶纷纷的季节即便来临。这一个比喻，更无须多言了。沈德潜引用文中子的推测"乐极哀来，其悔心之萌乎"（《古诗源》卷二），亦有意把"悔心"和"哀情"拉上关系。武帝这个人果真有悔心与否，现在且不追究。他是手握大权、下民惟命是听的专制皇帝，却有无法解脱的苦恼，正如《西都赋》等篇所描写般，虽然极尽奢华享受，足以比美秦始皇，可是不时感到老死的命运不断迫近，无法逃避，作为人类一分子，这种痛感是理所当然的。配合着正面地据实吐露这番心情的结末二句，叙述秋风吹动行云的首句，担负了象征这番不安心情的任务。这样的解释，似非过言。

以上两首诗的创作年代，《大风歌》大约没有问题，《秋风辞》在正史《汉书》中没有记载，此篇本来初见于《汉武故事》，而这是小说家一类的书。那么，《秋风辞》是否确为武帝本人所作，又是否确为武帝时代的作品，不无疑问，但在此且不加深究。下文须要引用的苏武、李陵诗，情形相同，这几首诗若可视为两汉时代的作品的话，便于我们目前的讨论无所妨碍。

<h2 style="text-align:center">二</h2>

相传为前汉苏武所作的诗中，有一首云：

> 俯观江汉流，仰视浮云翔。良友远离别，
> 各在天一方。山海隔中州，相去悠且长。
> （《文选》卷二九，《古诗四首》之四）

这正如《文选》李善注所说："江汉流不息，浮云去

靡依，以喻良友各在一方，播迁而无所托。"（《文选》卷二九）《文选》此卷所录李陵赠苏武诗中有句云：

> 仰视浮云驰，奄忽互相逾。
> 风波一失所，各在天一隅。
> （《文选·与苏武诗》三首之一）

这里也是以一片一片的云彩在互相追逐之际，突然被风（"风波"的"波"字，在此无大意义）吹至天各一方作比喻，向亲密的良友诉说他们忽然要分散、各奔前程的悲伤之情，一如李善所言。又被认为是前汉之作的《古诗十九首》中"浮云蔽白日，游子不顾反"（第一首，《文选》卷二九）二句，大概是喻独守空闺的妻子，看见浮云突然遮掩太阳的光辉而想念远方的丈夫（李善注云："浮云之蔽白日，以喻邪佞之毁忠良，故游子之行，不顾反也。"愚意以为李氏误解此诗之意，因为全诗的重点似是"云"而不是"日"）。上述三首诗的比喻方法不尽相同，但在连结浮云与远方的人在一起这一点上，却是一致的（以上三例的实际写作年代，似是稍后的后汉）。

在稍晚的三国时代，魏国的徐干诗有云：

> 浮云何洋洋，愿因通我词。
> 飘飘不可寄，徙倚徒相思。

人离皆复会，君独无返期。

（《古诗源》卷六《杂诗》。《玉台新咏》题《室思》）

根据《室思》这诗题，这很明显也是一首叙述独守家中的妻子想念在异乡的丈夫的诗。怨妇托云朵代传音讯的心愿，在这里显露无遗。而应场诗云：

朝云浮四海，日暮归故山。

行役怀旧土，悲思不能言。

悠悠涉千里，未知何时旋。

（《别诗》，《古诗源》卷六）

这里也是描叙旅人（大概是有妻子的丈夫）每近黄昏，便托返回山边的行云传达思念故乡的情怀。晋朝张协的杂诗"流波恋旧浦，行云思故山"。（《十首之八》，《文选》卷二九），旨趣亦相同。及至刘琨《扶风歌》中"浮云为我结，归鸟为我旋"（《文选》卷二八）句，悲愁之极，浮云竟因我而停止流动。以上例子都以云的本质不停飘浮作前提，但又以祈求其暂时停留作为诗情的高潮。（这些都是身处异乡时的作品，虽然内容不单只叙述思乡之情，但毕竟思乡是不容忽视的一环。）较晚的陶潜《咏贫士》诗中，"万族各有托，孤云独无依"（《古诗源》卷九）诸句，把一无倚无靠之身，假托于一片浮云。又如宋朝汤惠休"妾心依天末，思与浮云长"（《怨诗行》，《古诗源》卷一一）句，也是把思远之情向浮云倾吐。

从汉魏到六朝（公元前三世纪至公元六世纪），因仰视行云而涌现思亲情念的例子尚有无数之多，由此可见这是当时一种广泛为诗人爱好的写诗手法。虽说白云浮游天际那遥远的去向自然而然地激发人心，但像这般流行的喻托是应该有其原因的。而且，我们若回溯上古，查究《诗经》中"云"字的用法，却可发现十分不同的样相，甚至可能会感到《诗经》完全是另一精神的产物。

三

（1）　鬒发如云，不屑髢也。

　　　　（《鄘风·君子偕老》）

（2）　出其东门，有女如云。

　　　　虽则如云，匪我思存。

　　　　（《郑风·出其东门》）

（3）　齐子归止，其从如云。

　　　　（《齐风·敝笱》）

（4）　韩侯取妻……

　　　　百两彭彭，八鸾锵锵，

　　　　不显其光。诸娣从之，

祁祁如云。韩侯顾之，

烂其盈门。

（《大雅·荡之什·韩奕》）

以上四例，根据朱熹《诗集传》，"如云"一词全都用来形容数量之众多。第一首《君子偕老》是描述卫夫人服饰容貌的诗，所引二句形容其秀发的漂亮（朱注："如云，言多而美也。"）。第二首《出其东门》，亦以"如云，美且众也"注之，言不论美女如何之多，也不是我心中思慕的对象。"如云"一词虽然被反复使用，但根本上同义。第三首《敝笱》，言齐侯（即诗中的齐子）的随从为数众多（朱注："如云，言众也。"）；这首诗由三章组成，"如云"之句是第一章的末句，而第二章及第三章的末句"其从如雨"及"其从如水"，朱子一律注为"亦多也"。第四首《韩奕》，言跟随韩侯所迎娶的妻子而来的侄娣等妾侍人数众多。

"云"字不是用来形容"众多"的例子如下：

（5）　上天同云，雨雪雰雰，

（《小雅·谷风之什·信南山》）

（6）　英英白云，露彼菅茅。

（《小雅·鱼藻之什·白华》）

例（5）的"同云"，若从朱注"云一色也"，即指笼罩着天空的淡墨色的雪云，与例（6）的"白云"都是与云的色彩有关的。又据朱注，"英英"言"轻明之貌"。若连在"大雅"之《云汉》和《棫朴》二篇出现的"倬彼云汉"也计算在内，《诗经》使用"云"字的例子共有八次。但其中"云汉"是指"天河"，而非直接指"云"，故此以"云"本身姿态出现的，就只有"同云"和"白云"二例而已。即使在这种情况下，亦非称赞云的形态和色彩的美丽。从白云能驱使降雪，且又下降地面上即变成白露的情况看来，注释家认为这意味着上天对草木的恩惠，如此解释并不牵强，因为这是切合古代人的生活的一种想法。

至于"如云"一词的意义，也有人解释为随他人的意志而游移不定的无常命运。[3]但《诗经》的诗人本意，大概只不过以云来形容数量的众多罢了。也就是说，像"同云"、"白云"般作为给人类带来利弊的云而被深切关怀，这种情形是有的；可是，除却这种关系，"云"就没有受到格外特别注意的了。

四

其实，中国古人眼中所映现的大自然事物大都有这样的意义，岂只云一物而已。至少，在《诗经》中所表现的就是那样。森林作为狩猎的场所（《周南·兔罝》），或作为砍柴的地方（《小雅·正月》），而河川若不是作为难以跨越的障碍物的话（《周南·汉广》、《秦风·蒹葭》），首先受注意的就是其水量充沛（《小雅·天保》）。至于山，或作为蕨菜等采摘的场所（《召南·草虫》、《唐风·采苓》），要不然亦多言及其产物，例如"山有漆，隰有栗"（《唐风·山有枢》），像这样的山中有什么什么的例句甚多，《小雅·南山有台》中"南山有桑，北山有杨"诸句亦然。惟有《小雅·节南山》言被南山岩石所遮掩的险峻，应属异例。[4] 天常常以给人类降祸福的神格出现，亦属异例，更是不用说的了。把天称为"苍天""悠悠苍天""彼苍天"等等例子，并不是把天的蔚蓝色彩看作美的事物。在《诗经》中，几乎所有的诗句都把天视为可畏之物，常常向天投以怨恨之言，那是因为天的威力过于强大之故。本来，对上古中国人的心理来说，天是超过一切自然物的无上存在，不应与其他山川草木同日而语，但是根本上诗人对天的看法与对于其他万物并无二致。是故，我们说从《诗经》可以见到大自然为人类生活带来利弊的一面，似非过言吧。大自然与人类之间，划清明显的界限，超越之而得以感情交流，在上古是极其罕见的。

只是生物与无生物比较，或只拿动物与植物来比较，当然是没有与更为亲近的事物作比较那么易于引发人类感受的。因此，雌雄之鸟欢欣互鸣的声音，容易唤起君子思念淑女的情怀（《周南·关雎》）；展翅飞翔的雁群，令人想起浪迹原野的流民，又一听到鸿雁哀鸣就彷佛听到流民在苦难挣扎中的歌声（《小雅·鸿雁》）。也有诗篇把一面到处飞舞一面鸣叫的燕子，作为增添离愁别绪的景物（《邶风·燕燕》）。然而，这些在"六义"都属于"兴"，与直叙的"赋"不同。虽然这里所举的例子全都显而易见，由于"兴"不一定是歌咏眼前的事物，所以"兴"所用的景物及其与人事的联系多是不大明确的。可是，《诗经》，尤其是"国风"，最常用的章法"兴"，却几乎全都讴歌大自然，而又隐然与人事互相联结，这一特色是不能忽视的。可见《诗经》的诗人，虽然对大自然注以莫大的关心，可是决非有意把大自然与人类间的阻隔撤除净尽。

《诗经》屡屡出现忧愁悲哀的文字，这是表示诗人心情的一面，也是所谓"王道衰而诗兴"一语的缘由。可是，这并不能成为称《诗经》为感伤主义文学的理由。上古诗人不论怎样强调悲哀，也没有沉溺于感伤之中。把上述关于"云"的诗句与汉以后的例子比对的话，我们便会明了二者的差异。对上古诗人来说，仰视行云，并不会引发悲哀之情。但是，若果单从这一事例而想象古人都有健全明朗的精神面貌，又觉得证据不足。在以下篇幅中，笔者拟分析几个其他例子，哪怕亦只是些须微薄，也希望能对于我这不充分的论证有所补足。

五

在大自然万物之中，与行云、浮云最是如影随形的恐怕是"风"。汉以后的诗篇，频频出现"悲风"一词。例如：

浮云起高山，悲风激深谷。

（汉　秦嘉《留郡赠妇诗》三首之二，《古诗源》卷三）

远望悲风至，对酒不能酬。

（汉　李陵《与苏武诗》三首之二，《文选》卷二九）

在上述二例之后，尚有：

白杨多悲风，萧萧愁杀人。

（《古诗十九首》）

高台多悲风，朝日照北林。

之子在万里，江湖迥且深。

（魏　曹植《杂诗六首》之一，《文选》卷二九）

江介多悲风，淮泗驰急流。

（同上，之六）

繁霜降当夕，悲风中夜兴。

（晋　张华《杂诗》,《文选》卷二九）

哀风中夜流，孤兽更我前。

悲情触物感，沉思郁缠绵。

（晋　陆机《赴洛道中作》二首之一,《文选》卷二六）

顿辔倚嵩岩，侧听悲风响。

（同上，之二）

床空委清尘，室虚来悲风。

（晋　潘岳《悼亡诗》三首之二,《文选》二三）

郁郁荒山里，猿声闲且哀。

悲风爱静夜，林鸟喜晨开。

（晋　陶潜《丙辰岁八月中于下潠田舍获》,《古诗源》卷九）

敝庐交悲风，荒草没前庭。

（前人《饮酒》十首之九，同上）

渐离击悲筑，宋意唱高声。

萧萧哀风逝，淡淡寒波生。

（前人《咏荆轲》，同上）

悲风荡帷帐，瑶翠坐自伤。

（宋　汤惠休《怨诗行》,《古诗源》卷十一）

例子之多，不胜枚举。

把本来是无情的"风"形容为悲哀，不用说，其实是诗人把感情投入，移入客观存在的"风"中。像这样的感情移入，能否也在《诗经》见到呢？

六

当我们查阅"风"字在《诗经》的用法，首先注意到的是单独使用一个"风"字的情形较为少见，其中一些例子如下：

> 绤兮绤兮，凄其以风。
>
> (《邶风·绿衣》)
>
> 终风且暴，[5]······
>
> (《邶风·终风》)
>
> 萚兮萚兮，风其吹女。
>
> (《郑风·萚兮》)
>
> 匪风发兮（发，飘扬之貌），[6]······
>
> 匪风飘兮，······
>
> (《桧风·匪风》)
>
> 如彼溯风，亦孔之僾。
>
> (《大雅·荡之什·桑柔》)

而二字连用之例较多，如：凯风（南风）、谷风（东风）、北风、飘风（暴风）、清风、大风、风雨等等，其中尤以"飘风"用例最多。

纵观这些例子，我们发觉引起作者注意的焦点大多在于"风"的寒冷和强烈，或是挟杂着雨的状况。就算言及风的方向，也是因为风带来了雨（"习习谷风，以阴以雨"，见《邶风·谷风》），或带来了雪（"北风其凉，雨雪其雱"，见《邶风·北风》）的缘故。也有把风迅速地吹过而不暂停留的现象，比喻来去匆匆，永远是擦肩而过的人，如《小雅·何人斯》便是（"彼何人斯？其为飘风，胡不自北？胡不自南？"）。

单在《诗经》中，"风"字从自然现象的风转变为其他意义的，便有"歌谣的旋律"（"吉甫作诵，其诗孔硕，其风肆好"，[7] 见《大雅·崧高》），"任意、恣意地"（"或出入风议"，见《小雅·北山》，《郑笺》云："风，犹放也。"），等等脱离原义的例子。《诗经》六义之一"风雅颂"的"风"，即"国风"，也是一种转义。但这些都与本题没有直接关系，在此不加详述。

总而言之，我们在《诗经》中完全见不到像汉以后的诗那样的感觉，即在风的声音中可以听到悲哀的调子。刚才所举的鸿雁哀鸣，看来有点类似，但因那是动物的声音，与人类相近，较易触发同感，不能与风声相提并论罢了。六朝诗中的"悲风"是一种本来存在于诗人胸中悲哀之情，因闻风声而触发出来。这是从离别、思乡之类的主题可以推想而知的。汉秦嘉的赠妇诗，或李陵赠苏武诗，都是诉叙别离的、悲哀的。魏曹植和晋陆机的行旅诗，使用"悲风"、"哀风"等词也是如此。

可是，到了陶潜等人，情况略有不同。陶氏在回乡秋收期间的作品中，有"悲风爱静夜"之句。"爱静夜"云云，绝不是说陶潜的心一早便陷入沉思状态的，狂风悲哀地作响与他的感情并无关系；悲风使更阑静夜更添情趣而为诗人所爱，[8] 故与响彻拂晓之林的鸟啭一起颂咏。这里所说的风声的悲切并非主观感情的反映，而作为一种似乎悲伤的声响，它具有无意中被客观地欣赏的特质。这种表达方法在六朝诗中尚不多见，但也可见"悲风"这两个字成为诗家熟语，大概是在六朝时代已然的吧。[9]

唐王昌龄的绝句：

> 梁园秋竹古时烟，域外风悲欲暮天。
> 万乘旌旗何处在，平台宾客有谁怜。
> （《梁苑》，《全唐诗》卷一四三）

及高适的五言古诗：

> 梁王昔全盛，宾客复多才。
> 悠悠一千年，陈迹唯高台。
> 寂寞向秋草，悲风千里来。
> （《宋中》，《全唐诗》卷二一二）

两诗都是怀古之作，追忆梁孝王时代情景，"悲风"一词，还是表现了踯躅废墟中的诗人对时代推移、人生无常所发露的感慨。

七

以上讨论，约略说明了《诗经》所见古人的自然观与汉以后的大异其趣，对"风"和"云"所寄感情也不相同，可为例证。愚见以为这样的自然观的差异，主要是源于世界观的变化。中国上古的世界观是以对天的畏惧感作基础而成立的，又以人类为中心作出一定的排列而组成的。大自然决非全面地与人类社会互相关连，两者的接触面有着一定的限制。例如，在中国古代的占星术，并不是所有星宿都个别地独立地与人类发生关系。列宿星辰在天上各有职守，与地上政治区分对应，又如在《礼记·月令》中，各种动植物都分属一定的季节一样。虽然这些都是根据后世阴阳五行说之类的思想所整理及秩序化而成的，但从中可以看出古代人自然观的一面。《仪礼·丧服》所载关于亲族丧服细密的规定，虽经儒家学者加工才会那样极尽细微之能事，但那是以古代社会实际施行的制度为基础的，断断无疑。按照服丧者（自己）与丧者（死者）亲疏关系的差等，应该穿着什么样的孝服以及服丧期间繁杂不堪的详细规则等，在后来的中国社会里总是奉行不误（对《仪礼》

之制当然亦有所损益取舍），这在外国人看来，不能不说是令人惊叹的。促成这样的现象，儒家思想当然曾发生过很大的作用，但亦可见上古的观念几乎是原封不动地留存下来的。我想古代中国人对大自然与人类的差别观，就恰似这亲族间亲疏差等的存在一样。如果为之确立秩序，便会变成丧服那样的繁文缛节。《礼记·月令》的确有这种倾向，而《诗经》尚未到那样繁琐的地步。

要是光看《诗经》中"兴"的部分，我们发觉，虽然大自然与人事是两个不可逾越的差别的世界，但诗人却屡屡跨越之，将两者结为一体。诗人的想象力，在摆脱了知识的束缚而飞腾跳跃的时候，是具有真正的独创性的。这，正是文学的价值所在吧。然而，当我们进一步全盘检讨《诗经》时，就会发觉一个显著的事实：这飞跃总是以谨慎小心的态度去进行的。

这样的世界观，不容许人类无差别的博爱。即使在古代国家体制崩坏之后，由于固执差别观的儒家哲学的庇护，差别观作为一种普遍的思想，依然得以维持下去。不过，文学是感情的世界。是故，在这领域之中，一种与此相异的观点态度亦得以存在。汉以后的文学所见的自然观点，在人类与大自然直接契合及一体化这一点来说，很明显地接近道家思想多于儒家思想。

如前所述，在行云的姿容中见到与友侪或爱人的别离，以及闻风声而感到悲哀等等，是脱却古代人的自然观之后才能发生的。诚然，儒家鼻祖孔子亦曾凝视流水而于人类的命运有所感触（"子在川上曰：'逝者如斯夫，不舍昼夜'"，见《论语·子罕》），或喻不义的富贵如浮云（《论语·述而》）等。可是，我们若把想象列子乘风而去的庄子（《逍遥游》）与此比较的话，立即便可感到儒家和道家的差异吧。更且，像庄子"天之苍苍其正色邪"（同上）这样的构思，我们大概不可能在儒家经典中找到吧。

简单地说，周代文学（暂以《诗经》为代表）与汉以后的文学之间，存有欧洲所谓"素朴文学"与"感伤文学"那样的差距。把希腊、罗马古典文学与周代文学直接放在同一视角固然不当，但我想说的并非素朴文学或感伤文学的本身，而是两者之间的关系。旧世界与新世界明显地对峙这回事，即使在中国也是可以轻易地辨认出来的。席勒（Friedrich Schiller, 1759—1805）说：

> 我们近代人对自然风景和大自然的性格的感伤的情趣，其蛛丝马迹在古希腊几乎是见不到的，这实在是奇妙的事。古希腊人并不像我们近代人一样，从心底发出的感动、过敏的感受性、天真的忧郁等而对大自然依依不舍的。[10]

席勒这一番话，不是完全适合于《诗经》及汉以后的诗吗？本文所举的虽然只是有关风和云的例子，又上文所引《大风歌》、《秋风辞》以下诸例与《诗经》的诗的比较亦稍嫌简略，但在某一程度上，当可显示两种自然观的对比。

八

从周人到汉人，从上古到中古，其世界观转换的实况已如上述，但造成转换的起因又是什么呢？谨申论如下：

儒家和道家，在年代上是哪一家首先诞生的呢？今天的学术界看来渐渐倾向于道家晚出说，但这不是我要追究的问题。比这更值得注意的是前面所说的"浮云"一词亦在《楚辞》赫然出现——在中国文学史上，有"诗降成骚"的说法，《楚辞》向来被视作《诗经》的后裔。不用说，《楚辞》和《诗经》一样，有"如云"之类的用例，形容"灵之来兮如云"（《九歌·湘夫人》），被视为屈原作品的《九章》中，寄语于"浮云"的表现亦业已可见。例如：

> 愿寄言于浮云兮，遇丰隆而不将。
>
> 因归鸟而致辞兮，羌宿高而难当。
>
> （按：丰隆是云师。《思美人》）
>
> 眇远志之所及兮，怜浮云之相羊。
>
> 介眇志之所惑兮，窃赋诗之所明。
>
> （《悲回风》）

此外，"浮云"一词的用例还有不少，这里只是略举几个与汉人用法最为类似的例子罢了。虽然"悲风"用例尚未见到，据此大概也可以了解对于飞翔天际的行云的感情，与《诗经》显著地不同吧。

总之，《楚辞》和《诗经》二者所描绘的大自然，在很多方面都是情趣互异的。以季节的感情而言，为秋天而悲哀的用例始见于《楚辞》。屈原弟子宋玉的《九辩》第一章"悲哉秋之为气也，萧瑟兮草木摇落而变衰"，或第三章"皇天平分四时兮，窃独悲此廪秋"（洪兴祖曰："廪与凛同，寒也。"）等名句，后世愁人的心亦为之感动。传为屈原所作的《九章》中，也有"思蹇产之不释兮，曼遭夜之方长。悲秋风之动容兮，何回极之浮浮"（《抽思》）之句。而《诗经》有如下诸句：

> 春日迟迟，采蘩祁祁。
>
> 女心伤悲，殆及公子同归。
>
> （《豳风·七月》）
>
> 有女怀春，吉士诱之。
>
> （《召南·野有死麕》）

这些诗句都描叙恋爱季节——春天郁郁不乐之情，但并没有言及秋天的悲伤。秋天应当是庆幸五谷丰登、迎神报赛、尽情欢乐的时候。这与其他民族的想法是相同的，看来好像没有悲哀之感跟随着秋天而来的含义。[11] 虽然，像日本"秋天最是使人感到悲凉"这一类的说法，大概也是来自中国的；不过，若追溯其源，应是出自《楚辞》。青木正儿博士[12]认为出自汉初《淮南子·缪称训》"春女思，秋士悲"这类男女感性的差异，本来是应该注意的。可是，时代不同季节感亦有变迁这一点，似亦应当加以考虑。《楚辞》描写大自然的悲凉凄怆与《诗经》不同，青木博士业已论及了。

九

与"伤春"有关的词语，亦可在《楚辞》见到，如"湛湛江水兮上有枫，目极千里兮伤春心"（《招魂》，传为宋玉所作）之句，[13] 与《诗经》的"怀春"为恋爱而苦恼有所不同，好像只是在述说莫名其妙的苦恼心情。若据葛兰言（Marcel Granet）之说，[14] 悲秋之情或可解释为对秋收后长期阴郁的过冬的一种预感。这一说法，即使对古代北方民族及周人来说都是妥当的，但在《楚辞》尤其《九辩》的词句中，却没有显现直接联系于生活的季节之交的感情，只是见到像"登山临水兮送将归"这样的句子，诉说与友人别离的悲哀。"悲秋"成为诗人的口头禅之后，虽然后来李白有"我觉秋兴逸，谁云秋兴悲"（《秋日鲁郡尧祠亭上宴别杜补阙范侍御》）二句，又宋程颢有"道人不是悲秋客，一任晚山相对愁"(《题淮南寺》)之句等等，[15] 故意立异，但大势毕竟是不能抗拒的。清代渔洋山人王士祯《秋柳诗》[16]也是悲秋文字。明末清初儒者王夫之注宋玉《九辩》云："人有秋心，天有秋气，物有秋容，三合怀人之情，凄怆不已。"(《楚辞通释》卷八) 我们大概可以说，王士祯的诗企图写出秋之气、秋之容，亦即为秋天风物所触发而难以抑制的秋心吧。王士祯的神韵说，我想是有意防止诗歌趋于散文化的，但构成诗歌内容的，与其说是诗人的情感，莫如称之为感伤更为适当。中国新文学家爱用的词语，有"无名的悲哀"一词，大概"伤春"也好"悲秋"也好，全都可包括在这个新词吧。

十

以上论证尚欠充分，要到达圆满的结论，全面比较《诗经》和《楚辞》是必须的。若探求贯穿中国文学（尤其是以诗歌为中心的文学）而流的感伤主义的源头，首先探求的对象应该是《楚辞》而非《诗经》；换言之，必先向楚人而非向周人探求。这一点，大体上已不成问题吧。更且，最近中国古代史专家的研究，一面辨别出中华民族两个不同的源流，又一面证实本来分别在不同区域发生的神话和传说渐次合流，于是由汉代迄今承传下来的、形成古代史的历程，也就真相大白了。据此，殷人和楚人都出于同一系统，本来都是居于东夷，亦即东部和南部海岸及半岛地方，但周人却在相反的地域，他们和羌人都曾被称为西戎，亦即原先居于西部和北部山地高原的民族。[17]

关于殷人的情况，除甲骨文和钟鼎文等政治的记录之外，我们所知有限；其精神生活，亦只能通过极其有限的途径去探索。缺乏这方面知识的我，应该避免凭一己主观臆测。不过，《楚辞》确是楚人的文学。本文开头所引《大风歌》的作者汉高祖，在广义上是个楚人，汉初又是个楚声文字流行的时代，这些事实都是不能忘记的。当然，时代性是必须考虑的，由于周人沿袭殷代文字等事实，我们有理由相信，周代的文学，莫如说是殷代文学的继承更为贴切。又由于《楚辞》也是战国末期完成的，当时楚人从中原地区——周人的集中地——得到的文化实在可观，故此《天问》篇所述的神话当中，掺杂了不少周人（西北民族）神话的成分。尽管如此，楚辞文学的特异性，不仅只是形式句法比较新颖，[18] 其实尚有很多方面都是十分出色的。《离骚》和《九歌》等有关神明的幻想中的样貌，不同于《诗经》所述人类的现实的形象，两者相差很大。又《楚辞》所描写的风景，与《诗经》亦大异其趣，这些解释，大抵上我也同意。[19] 至于如何深入地探求其原委，我想这是一个今后学者必须承担研究的课题了。

（1943 年 4 月稿，1947 年 4 月修订）

注　释

1. "天上浮云似白衣，斯须改变如苍狗。古往今来共一时，人生万事无不有。"（《可叹》,《杜诗详注》卷二一）据仇兆鳌注,《维摩经》云："是身如浮云，须臾变灭"，而杜甫用其意成此诗。虽然杜甫极少原封不动地使用佛典故事和句子，但这里注家所说极是。我想，将浮云与人生无常的观念连结，大体上是佛教传入以后的事。单纯地歌咏云的形状的，可举晚唐来鹄的绝句为例，这首诗以《云》为题："千形万象竟还空，映水藏山片复重。无限旱苗枯欲尽，悠悠闲处作奇峰。"（《全唐诗》卷六四二）

2. 此诗诗题《四时》，虽然收于《陶渊明诗集》，有谓实为顾恺之《神情》中的一句。

3. 这里所用"如云"四例，朱子一律解作"众多"之义，这是根据《毛传》而来的。相传《毛传》是现存最早的《诗经》的注释，又是前汉初期的作品。即使我们不尽相信此说，但不能否认前汉及以前诸说因《毛传》而留传下来。然而，附加于《毛传》的后汉郑玄的笺中，有"如云者，如云从风，东西南北，心无有定"（例二）及"其从者之心意如云然……文姜（案：即诗中之齐子）遂淫恣，从者亦随之为恶"（例三）等说法，以行踪不定的浮云来比喻弃妇不知何去何从的命运（例二），或以夫人行为的善恶对众妾的影响就像形影相随的云和风一样（例三）。《郑笺》似误解《诗经》原文的意义。《毛传》的解释虽然简洁，却合诗人本意。清代学者对"如云"的解释，亦几乎都从《毛传》，从《郑笺》的并不多见。虽然如此，饶有趣味的事情是：提到"云"的时候，联想所及的，其在毛氏是"众多、成群"的观念，到了郑玄便变成"彷徨不可终日"的观念。我们大概可以说，毛氏尚在传达古代人朴素的感觉，而郑氏却在不知不觉之间已成为新兴的感伤主义的俘虏。因此，毛郑二家相异之处，不单只是年代不同，亦包括更深一层心情变化的背景。

4. 这些可视为山岳崇拜的例子。这与拜天同为古代中国重要的信仰之一。

5.《终风》由四章组成，这里只举第一章。第二章是"终风且霾"，第三章是"终风且曀"。

6. "匪风"二字连文，朱子释"匪"同"非"，故于首章"匪风发兮"下云："今非风发也。"（《诗集传》）《毛传》释"匪风"为"非有道之风"，难于接受。程氏注谓"不和之风"，据说也是依从古说（见于《吕氏家塾读诗记》）。又与《毛诗》同是汉代古注之一的《韩诗》，亦有"非古之风"之说。此注家意恐亦与《毛传》无大差别（王先谦《诗三家义集疏》引自《汉书·王吉传》），我不敢苟同。

7.《郑笺》"风"作"讽刺"之义，但唐代陆德明《经典释文》引魏代王肃之说，释"音也"，这是正确的。朱子亦解作"声也"。

8.《陶集》旧注引王棠之说，云："静夜风声更清，有似于爱静夜。炼字之妙如此。"即指"爱"的主语为"风"，我不敢苟同。愚见以为，此句主语是诗人陶潜本人。

9. 陶潜是个真正的大自然爱好者，这一点我们不能忽视。这位"结庐在人境"的诗人的性格，与专门寻幽探胜的谢灵运不同。陶氏并不嫌弃人世间。因此不会将不遇的不平向山水之类的自然界倾诉，借以排愁遣闷。这就是他连如此悲怆的风声亦能当作可爱的东西去观照的原因。不过我必须立刻补充，我并不是说陶氏爱人世间多于大自然。他是个很能正视现实的人。连死这样的事，他也几乎毫无感伤地予以观照颂咏。《挽歌》的第三首说："荒草何茫茫，白杨亦萧萧。严霜九月中，送我出远郊。……幽室（按：指坟墓）一已闭，千年不复朝……向来相送人，各自还其家。亲戚或余悲，他人亦已歌。……"（《陶集》卷四，《文选》卷二八亦只录此一首）。姑不论是否果如注家所云这是陶氏临终之际的绝笔，亦不必管它是否为后人托名伪作，诚如周作人所言，陶氏的诗独立于六朝一般的倾向之外，"悲风爱静夜"句，使读者感到奇异，也是由于他的个性特异的缘故。欧洲的自然主义也有一种感伤的倾向，但就中国文学总体的流向而言，倒不如说陶潜属于素朴主义。从这一点来看，他与后面引述的程子相似，称之为诗人兼儒者不是没有原因的。

10. 席勒《关于素朴文学和感伤文学》（见 S. H. Butcher,

Some Aspects of the Greek Genius, London, 1916, p. 247）；译文据田中、和辻、寿岳三氏合译，勃查尔著《ギリシヤ精神の样相》（岩波文库），第 211 页。

11. 据陈钟凡《中国韵文通论》。葛兰言又谓：春天是恋爱和订婚的季节，秋天是结婚的时候，秋的祭祀完结之后便开始夫妇同居的生活；由春天到秋天是分居的期间（Marcel Granet, *Fêtes et chansons anciennes de la Chine*, Paris, 1919. 又见日文译本《中国古代の祭礼と歌謡》，第188 页）。故此，秋的祭礼及结婚都是欢乐的时光，没有道理会悲哀感伤。即使是"一日不见如三秋兮"（《王风·采葛》）这样的诗句，也并非咏叹秋的悲哀，似应解释为不堪夏天别离的苦楚而期待秋天的到来。我们虽然不甚明了楚民族的习俗，但在《楚辞》所见的神明，与《诗经》所见的天地山川的信仰大异其趣，由此可以推测周楚二民族的宗教生活并非一开始便相同的。

12. 参阅青木正儿博士《中国人の自然观》（《中国文学艺术考》）。

13. "极目千里兮伤春心"。最后的三个字或作"伤心悲"，或作"荡春心。"

14. 参阅注 11。

15. 参阅注 9。

16. 吉川幸次郎《渔洋山人の秋柳诗について》（《东亚论丛》第二辑）。

17. 杨宽《中国上古史导论》(《古史辨》第七册）及桥川时雄《楚辞》(日本评论社版）。

18. 铃木虎雄《骚赋の生成お论ず》(《中国文学研究》)。

19. 勃查尔以下一段话极具启发性："希腊的绘画……并无刻意地表现对朦胧远景的知觉效果，这是值得注意的特征。希腊语中表现声、香、光的词汇不但丰富而且适切，但是表现风景的一般性调子和气氛的词汇却极为贫乏。的确，就在对事物的自然美的感觉及表现方式上，我们不是可以见到，希腊文学和希腊的风景画一样，是以南国澄明的天和丰盛的光为条件而构成的吗？这恰像罗马主义凭独自的本来的力量而暗示北方的空气的关系一样。——'北方的空气'是个薄明的、冥想的、神秘的世界；在这里，没有那样尖锐地勾画出来的轮廓，色彩显得格外朦胧，物象则由难以区分的明暗浓淡互相融而合之。对于事物的看法，'希腊的'和'罗马的'两种看法之间，存有根本的差异，但亦有相当的关连，似乎是由于这么一个事实：即古典时代的希腊人从高处眺望物象的远景，故此难以激发起想象力。"（勃氏原著，第304—305页；日文译本，第262页）

以上引文"希腊的"这个形容词，不妨以"上古中国的"或"周人的"取而代之；而"罗马的"亦不妨以"中国中古"或"汉以后的"取而代之。只是"中古"宜回溯到"战国以后"。勃氏所说的"北方"和"南国",由于地理的原因,对中国来说,宜将南北颠倒过来。

勃氏所说的"轮廓不清,色彩朦胧,物象明暗难分,薄明、冥想、神秘的世界",与《诗经》和《楚辞》所描绘的大自然比对,则以后者较为相似。以下例子可见一斑:

> 深林杳以冥冥兮,乃猨狖之所居。
>
> 山峻高而蔽日兮,下幽晦以多雨。
>
> 霰雪纷其无垠兮,云霏霏而承宇。
>
> (《楚辞·涉江》。"承宇"二字,从郭镂冰《屈原集》第 141 页之解释)

而《诗经》有句云:"我来自东,零雨其濛。"(《豳风·东山》)由于《诗经》所叙述的是东征归来的士兵的心情,篇中尽是檐前乱草,布满蜘蛛网,宅旁到处都是野鹿足迹,夜来则又萤光纷飞乱舞,照实写出征人家园荒废的情景。虽然如此,景物的描写依然没有失去其明确性。

又在"朦胧远景的知觉效果"方面,若将《诗经》含有"望""远"等字眼的诗句与《楚辞》或后世的诗篇比较,亦可见二者的差异,这里且表过不提。为了避免重复,本文尚未论及的问题,请参阅青木博士《中国文学艺术考》所收的《中国人の自然观》一文。

第四章　镜铭的抒情成分——汉代文学的一个侧面

梅原末治博士见示所编汉镜铭文的集录，使我深为惊讶的是其内容出人意表的丰富。镜铭所显示出来的，有关汉代艺术史和书法史以及跟政治、文化、社会等各方面有关的讯息，十分珍贵。不过，这种种暂且不谈，我现在只想就属于文学性的一面，略加考察。

引起我兴趣的有两点，第一，就是梅原博士于其《书道全集》第二卷（东京：平凡社，1955 年）解说中也提及过的，即铭文的句型问题。前汉的镜铭多为三字句（三言）和四字句（四言），不定型的为数也不少，而七字句（七言）亦渐出现，到了后汉之时，则以七字句的为最多。由于镜铭以押韵为通例，故可说是韵文的一种。再从句型的发展来看，这跟汉代的"赋"和诗形式上的发展，大体上是同一步伐的。看了这些七言的铭文，我就想起前汉元帝之世所编成的字书（实际是识字的课本）《急就篇》，它虽然从狭义来说不属于文学的范畴，但仍与当时一般以三字句和七字句的文学作品相合。押韵的形式亦然，镜铭的三言、四言、六言等形式的句子中，每二句押韵（即隔句韵），而七言的铭文则在每句之末尾来押（即句韵）。这种做法，不仅汉代如此，直至六朝时代的诗和赋之类的作品亦相同。（以其创作年代较为易知的缘故，细查镜铭用韵的工作，可能会对汉代的音韵史——语言史的研究起些作用，这或者会成为将来研究的课题之一，也未可知。）至于五字句的铭文，在整个两汉时代非常罕见，这是值得我们注意的，也许可以反映出，五言诗的形式，是由特殊的起源而产生的。

第二点，前汉的镜铭中，往往令人看到些抒情诗的成分，这是早就为梅原博士所注意之事，及至看到实例之后，我亦体会出异常的趣味来。例如"方格四乳叶文镜"的三个铭文有云：

（1）道路远，侍前希。昔同起，予志悲。

（2）心与心，亦诚亲，终不去。子从他人，所与予言不可不信。

（3）久不见，侍前希。秋风起，予志悲。[1]

当中的（2）是向爱人表白其心不会移向别人的誓辞，由于镜子是每天早上都用得着的东西，在这种器物上刻上强烈的爱情语言自是理所当然的事，但我原先猜度器物的铭文只是排比训诫或祈愿祝福之言辞，则是完全想错了。我们不妨用《礼记·大学》篇中所见的"汤之盘铭"的"苟日新，日日新，又日新"来对照一下，这盘铭亦是三字句，与上述前汉镜铭的形式相同，也许因而正可反映出此为秦汉之际的实物。那盘铭的字句与洗脸洗手的器物（盘）的性质相应，针对器具的用途而赋予道德修养方面的意义。而这镜铭则直接地用以表白爱情，饶有趣味，另一"重圈精白镜"铭的末句"愿永思而无绝"（六字句），也属于相类的用语。

"方格四乳叶文镜"的（1）和（3）可以特别注意，例（1）是说爱人（大概是丈夫）远游在外，念及往日起居不离之时，便会悲从中来。而例（3）另把第三句改写"秋风起"，其他三句都一样。两者都是短短的四句十二字，但仍可以视为一首抒情诗，显然是在叙述女子对远去男子的思念，而非单纯礼节上的言词。我们读来，那种独处深闺的汉代妇女的愁怀叹息，仍然原样地在两千年后我们的耳边回响。《玉台新咏》中载有后汉末（？）秦嘉寄与妻子的书信和诗（五言）三首，亦载有其妻的答诗。可堪注意的是：秦嘉的书简和诗作之中，都有提及送镜之事。在秦嘉的情形是：丈夫赠镜与其妻子，而现在所谈的镜则在表明女方的思慕情怀。此镜若依梅原博士所言确属前汉式样的话，那么，应该是更古之物。本来，秦嘉的诗在文学史上看来稍觉孤立无俦，然而，这镜铭教人推测于其背后似有一批先行作品存在。

此外，"秋风起"一句也令人想起传为汉武帝所作《秋风辞》中"秋风起兮白云飞，草木黄落兮雁南归，……怀佳人兮不能忘……"等数句来。我曾以"风与云"为题（本书第三章），提及中国人对此二种自然现象产生的情怀，除了认为在周代和汉代都有相当显著的变化外，更特别就汉代文学中所表现的伤感调子，加以论列。其间曾涉及到怀疑《秋风辞》为后汉以后的人伪作而非武帝所作的问题，而我则推断其中所表达的正可反映汉代人们的心境。如今，此铭文确实是前汉时期的制作而在考古学上又毫无可疑的话，那么，我的臆测便获得了一个根据。在这里聊抒我自己小小欣喜的同时，我要特别表明对梅原博士的谢忱，感谢他允许我阅览贵重资料的那份隆情厚意。

（1958 年稿）

注 释

1. 这"久不见……"的铭文，严可均所辑的《全后汉文》亦有收录，（卷九七，《镜铭》）据说是录自拓本的。但定为后汉所作的确实根据却没有说明清楚。我还是比较相信梅原博士定为前汉时代之制作物的说法。刻有相仿的内容铭文的镜子，近年来亦有不少自中国各地出土。（1972年 10 月补）

第五章　大自然对人类怀好意吗？——宋诗的拟人法

　　就我们日本人来说，对自然的亲近，几乎属于与生俱来之事，自然界的东西就像我们的好朋友似的常常出现于我们的文学作品之中，一点也没有使人觉得特殊，彷佛是理所当然之事。和歌之类的作品中很早以来便使用的拟人法（personification），固然属于写作的表达技巧之一，但亦是对自然亲近的表示。如《古事记》中载：

　　　　正朝向着尾张国的一方，
　　　　尾津崎的一棵松树啊。
　　　　一棵松树，要是你是个人的话，
　　　　就让你佩上大刀，穿上衣服。
　　　　一棵松树啊。

　　像这样把自然物、无生物看作人类的表达方式，其实不但日本如此，在任何国家的文学作品中都会有的，只是其产生与发展的过程却并非完全一样而已。以我们最亲近的中国而言，便有很多不同之处。至少我的想法如此。《诗经》是中国最古的歌谣总集，大约编于公元前五世纪，跟我国《万叶集》可相比拟的书，但年代则更为远古。其中拟人法的用例极少。[1] 像《一棵松树》那样的诗是没有的。不单只《诗经》如此，汉代（公元前二世纪至公元二世纪）的文学作品中，亦至为少见。魏、晋以后（三、四世纪）的诗中稍见出现，到了南朝时代（五、六世纪）的诗作才渐渐多起来，及至唐代（七至九世纪）之时就越发多见了。

汉代文学作品之中，充其量只有"怒涛""惊波"之类的例子而已。在汉末的乐府（民谣）里，虽然有可解为花与人对话的例子，但那种解释仍然是存在一些问题的。至于南朝的例子，举陶渊明（365—427）为例大概恰适吧！如"木欣欣以向荣，泉涓涓而始流"，那是《归去来兮辞》的两句。此外，五世纪中叶的女诗人鲍令晖亦有"霜露不怜人"之句（《代葛沙门妻郭小玉作》之二，《玉台新咏》卷五）。至于"鸟儿歌唱"、"花儿含笑"之类的表达方法由南朝直至唐代都在流行着，日本人用以表示"花开"意思的"花咲"里的"咲"字，原本即是"笑"字的别体，但由于用得太频繁，字义有所改变，"咲"字的原义在日本已给忘掉了。

以上所述的仅其大略而已，但在拟人法这种修辞技巧发达的背后，大概亦可看到中国人自然观的变化，足以反映由古代直到中古时中国人对自然的恐惧感正在渐次变得稀薄的过程。随着恐怖心的稀薄，对大自然的亲密感便因之得以增大起来。下文拟讨论的唐、宋诗，即是属于自然观发展的最后阶段的作品。

在唐宋两代，作为写诗技巧的拟人法，已经广为流行。我们试先看宋诗的例子。王质（1127—1189）《山行即事》的诗开首两句这样说：

> 浮云在空碧，来往议阴晴。
>
> （《宋诗选注》，第235页）

这是说：在广阔而深蓝的天空中流动着的浮云，一面来来往往，一面在相互谈论着需要阴下去，还是要放晴的问题。与此相类似的表达方式，据钱锺书先生说，在其他宋人作品中亦所在多有。事实上，王质的作品，我亦是从钱氏《宋诗选注》（北京，1958年）中才开始知道的。这首诗，使人想起日本江户时代小说《古今奇谈英草纸》的新鲜感来。

但是，就天气方面的拟人法来说，比王质略前的苏轼（东坡，1036—1101）已有先例：

> 东风知我欲山行，吹断檐间积雨声。
>
> （《新城道中》二首之一，《苏文忠诗合注》卷九）

在这二句中，对"我想到山上去走走"这事情"知道"的主体是东风，而这东风，亦是因此而为我把"檐间积雨声"给"吹断"掉的。其实，把东风说成要替诗人本身的"我"做点什么的这种表达方式，在更早的唐诗之中便已出现。贾至（718—772）的绝句《春思》有云：

> 草色青青柳色黄，桃花历乱李花香。
>
> 东风不为吹愁去，春日偏能惹恨长。
>
> （《全唐诗》卷二三五）

这里的末二句意思是说：东风没有为我把忧愁吹散去，使得春天的白昼好像将自己的愁怨拖得长长的，总到不了尽头。"不为"的"为"是为了我的意思，而"偏"则含有故意与别人的期待相反，表示用心不太好的意思。作者很巧妙地把东风和春日之能够了解个人心意说成是理所当然，若真有其事似的。这种语气是"不为"的"为"和"偏能"的"偏"二字所特别显示出来的。

在贾至的诗中，已出现了拟人化的东风，但仍可注意到它对人的态度，还非属于善意性质。至于东坡的诗，东风已是善意性的存在，令人感到有深一层的亲切感。王质诗中拟人化的云虽然并非直接向人们表示好意，但从云集结起来像要开会商谈什么似的这种说法中，仍然充满着那份令人觉得亲密的感受。

有一位名叫董颖的诗人，对于他的生平，我们了解不多，只知道他是生活于十二世纪中叶南宋初期的人而已。他在题为《江上》的七言绝句中最后两句说：

摩挲数尺沙边柳，待汝成阴系钓舟。

（《宋诗选注》，第 162 页）

那是说：正在用手抚摸着那生长于河滩沙洲边还仅是数尺高的嫩柳树的当儿，诗人在嘟嘟囔囔地唠叨着：柳树哟！我正在等待着您成为荫影广阔的粗壮大树，好把我的钓舟紧系到您的树干上哩！再明白不过的，所谓"汝"这个称谓自是指柳树而言。钱锺书先生在注这首诗（第 163 页）时说："对草、木、虫、鱼以及没有生命的东西像山、酒等等这样亲切生动的称呼，是杜甫诗里的习惯。"[2] 钱氏说了这话之后，还引唐卢仝（795？—835）的诗来注释，在宋人方面则举了王安石（1021—1086）等人为例来说明。卢仝之作以《村醉》为题，说昨夜在村里酒店喝醉而归的三四个青年男子相继跌倒，之后，便是下面的两句：

摩挲青莓苔，莫嗔惊着汝。

（《全唐诗》卷三八七）

那是说：切勿因为使您受惊而生我的气呀！这里的

"汝"亦是指莓苔而言。像这样的把人以外的东西称作汝的相类做法，在古代中国的散文中恐怕是没有的。这似是唐以后的诗特有说法。钱氏已提及杜甫的诗中也有，而我也看到了唐代另一诗人钱起的例子：

> 始怜幽竹山窗下，不改清阴待我归。
>
> （《全唐诗》卷二三九）

此诗题目是《暮春归故山草堂》（七绝），[3] 那是回到自己故乡那用草盖成房子的老家之时所作的。首两句是说春天的鸟也很少来访，辛夷花和杏花亦零落散乱。跟着的便是上引的二句。意思是说：自己单单钟爱的，是窗外那一丛幽竹，它还是保留往日的那么清清的树荫影子，为的是等待我的归来。钱起是八世纪的诗人（722？—780）。诗中所写，正在等待着的是竹；而在董颖的诗中，等待着的却是作者本身。不过，不管怎样，都显示出对竹和柳之类那极深厚的亲密感。这样对大自然表现出亲切的背后，也许可以说是暗含着对人类有不信任的意思，只是，那不信任却是隐藏起来的心情而已。足以信赖的只有竹和柳之类的东西，这或许因为那是属于被征服了的大自然、被驯养了的大自然之故吧！

拟人法是隐喻（Metaphor）的一种，在中国文学里，唐诗应用得最广。宋诗大体上继承唐诗，但从两者相较来看，若只就拟人法而言，在韵致上总有几分不同之处，从这种相异处着眼，我认为不但可以看得出自然观前后的不同，似乎更可以进而体察到人生观的变化。

另一方面，在拟人法的范围内，无论唐诗或宋诗，对自然所生之亲密感，从大体上来看都是一样的。相信那是由于人们早已没有了像古人那样对自然怀着恐怖感之故，即说：显出了人类的优越感来。不过，在我所举过的唐诗例子（除了卢仝之外）中仍有阴暗的一面，好像蕴含着的是些人生不如意的感情。因而，大自然就人类怀着好意这种表现，见于宋诗较多，一般而言宋诗也较唐诗更能给人以明朗的印象。我认为：这或许由于诗人大都抱持着以幸福为基调的人生观之故。抱有这种明朗的人生观，认为人生充满着幸福的思想的诗人，最能写出轻快风格的作品，代表这种作风的大家固然是苏东坡，不过，在这里我想举南宋诗人杨万里（诚斋，1124—1206）的两首诗，其一有云：

风亦恐吾愁路远，殷勤隔雨送钟声。

（《彦通叔祖约游云水寺》,《诚斋集》卷三）[4]

他跟叔祖一道儿出游，但目的地却想不到有那么远，稍可鼓励疲累之中的自己的，是从小雨另一边传过来的钟声，那是有情的风吹送过来的。诗中所说的殷勤，是诚恳、周到的意思。

　　　好山万皱无人见，都被斜阳拈出来。

　　（《舟过谢潭》三首之三）（《诚斋集》卷一五）

　　这是乘船旅行中之作。意思是说：历数不尽的美丽山襞却没有人看见，幸亏在阳光斜照之下都显现出来，让我得以细细地去欣赏。"拈出"就是特别拿出来显示给人看的意思，而"被"则为表现被动（受事）的助词，在这里，即是全赖斜阳的意思。

　　杨万里的诗较之苏东坡多一层轻快、幽默，然而可惜当中不免有过于偏弄小技巧的缺点。这或许是南宋诗人们，经常在切身地深受异族侵略的压迫之下，要排遣其内心苦痛的一种凭借吧！可是，读他的诗，令人不得不感觉到大自然总是对于人类抱有善意的那种心情，这仍然可以说是宋代诗人与唐代诗人不同之处。

　　　　　　　　　　　　　　　　　　（1961年稿）

　　注　释

　　1. 在本文的第二段，我曾提及《诗经》之中看不到拟人法的用例。那仅是很粗略的说法而已，并非完全没有的。如"萚兮萚兮，风其吹女"（《郑风·萚兮》第一章），这"女"即是"汝"，是第二人称代词，是对萚（枯叶）呼唤的一种形式。同篇第二章还有"瘄兮瘄兮，风其漂女"之句。至于"硕鼠硕鼠，无食我黍"（《魏风·硕鼠》）也是三章重复地有同样的说法。此外，《豳风·鸱鸮》篇"鸱鸮鸱鸮，既取我子，无毁我室"（第一章），朱熹《集传》注为："为鸟言以自比也。"根据朱子的说法，是说正在筑巢的鸟（是什么雀鸟并没有明言），向号为恶鸟的鸱鸮哀求，希望别毁其家的意思。但必须指出，这种拟人化的称呼，只限于动物，并非众物皆可如此称呼的。（1972年9月补）

2. 此本孙奕说，见于《履斋示儿编》卷十。

3. 按《全唐诗》钱起卷编者注于题下云：一作刘长卿诗；而刘长卿卷四（《全唐诗》卷一五○）题云：晚春归山居题窗前竹。两诗大致相同，惟首句略有异文耳。

4. 此录自《四部丛刊》影印本，下一首，《四部备要》本，《诚斋诗集》，载于卷十六，两诗均无异同。（1983年增注）

第六章　诗的比喻——工拙与雅俗

一

中国诗和世界所有的诗一样，很多都是用某种形式的比喻构成的。比喻的巧妙与否，往往决定全诗的价值。在这里拟举一首宋诗为例，试论与比喻有关的一些问题，并藉以探讨宋诗特质的一斑。所用的例子是苏轼的一首律诗。

> 《新城道中》二首之一
>
> 东风知我欲山行，吹断檐间积雨声。
>
> 岭上晴云披絮帽，[1] 树头初日挂铜钲。
>
> 野桃含笑竹篱短，溪柳自摇沙水清。
>
> 西崦人家应最乐，[2] 煮芹烧笋饷春耕。
>
> （《苏文忠公诗编注集成》卷九）

这首诗写于熙宁六年（1073）、东坡三十八岁那年的 2

月（《编注集成》及《总案》卷九）。东坡当时任杭州通判，因公巡视所管地域，颂咏途中所见实景而成。这首诗的第一联，即"东风"以下两句，是一种拟人法，把自然景物化作人，又相反地把人比作自然景物，这是东坡惯用的技巧（尤其是有关后者，汪师韩有所评释），[3] 这里不拟详论。

我想探讨的是第二联——"岭上晴云披絮帽，树头初日挂铜钲"。这里所见的并非所谓"直喻"，[4] 亦不用"如""若"等字眼，但却是不折不扣的一种比喻。这两句的意思是：在青空下面山上的云层，好像棉帽子那样的白，而刚刚爬上树梢的朝日则像一面铜锣。关于"絮帽"一词，王十朋的集注引用了晋灼对于《汉书·周勃传》中"冒絮"一词的注释，据《巴蜀异志》指"冒絮"为头上的巾；而清代查慎行的注，进一步引用《汉书》颜师古的注释，谓"冒"就是"覆"的意思，即老人用以盖头的物件。也就是说，"冒絮"大概是盖在老人头上的东西；不过，其形状为何，则不得而知。把笼罩着山巅的白云比作棉帽子，虽是十分巧妙，但正如王注所引，已有韩愈"晴云如擘絮"及杜牧"晴云似絮惹低空"等先例，而"晴云"二字也是常用的诗语。[5] 因此，把云比作棉的比喻，并非始于东坡。东坡的创意在于"披絮帽"三字连用。

更加奇特的构想是第四句。把初升的太阳比作铜锣，在唐诗似无前例，直到今天没有一个注释家引用过这样的先例，至少在我所知的名句中亦无前例，这样的比喻不能不说是极其新奇的。^{补注1} 东坡本人似乎非常中意这个构思，因为在他的散文中，相同的比喻竟然出现了两次。

二

其一是《虔州八境图》八首的"序"。

> 《南康八境图》者，太守孔君之所作也。君既作石城，即其城上楼观台榭之所见而作是图也。……苏子曰：此南康之一境也，何从而八乎？所自观之者异也。且子不见夫日乎，其旦如盘，其中如珠，其夕如破璧，此岂三日也哉。苟知夫境之为八也，则凡寒暑、朝夕、雨旸、晦冥之异，坐作、行立、哀乐、喜怒之变，接于吾目而感于吾心者，有不可胜数者矣，岂特八乎。……（《苏文忠公诗编注集成》卷一六）

其二是《日喻》一文。

> 生而眇者不识日，问之有目者。或告之曰："日之状如铜盘。"扣盘而得其声，他日闻钟以为日也。或告之曰："日之光如烛。"扪烛而得其形，他日揣籥以为日也。日之与钟、籥亦远矣，而眇者不知其异，以其未尝见而求之人也。道之难见也甚于日，而人之未达

也，无以异于眇。……

（七集本《东坡集》卷二三）

两篇文章都是元丰元年（1078）、东坡四十三岁时的作品，当时他任徐州知事。二文比喻的意图互异。前篇旨在说明，虔州太守孔宗翰所绘"八境图"，虽然分为八幅，所绘的都是其中一景（"此南康之一境也"），因看的角度不同而分为八景，太阳初升时大如盘，中午时小如珍珠，黄昏时则如裂璧的半圆形，亦即用相同的太阳却以不同的形状出现作比喻。后篇旨在叙述，解说"道"或"真理"是件非常困难的事，一如对从未见过太阳的盲人述说太阳那么困难。在这情况下，只好以铜碟子（或盆）去比喻太阳的形状。若仅从这一点观之，东坡反复地使用完全相同的比喻，计有散文二次和诗一次，合共三次。

三

虽然稍有离题之嫌，但让我们探究一下，东坡在上述的比喻中，到底是在想些什么。如前所述，宋以后的注释家在本文最初所举《新城道中》一诗的注释中，几乎全都没有交待比喻的出处，只有清代沈钦韩在其《苏诗查注补正》（案：此书补正查慎行的注，本文据《心矩斋丛书》本）一书中，引用了陶谷《清异录》的一句话："开元时，高太素《冬日铭》云，金锣腾空，映檐白醉。"《清异录》这段文字亦见《说郛》卷六一（涵芬楼排印本）。如果这句话是可信的话，把太阳的形状比作铜锣这一比喻，早在唐开元年间（八世纪）便已流行。但是，《清异录》的记载不大可靠。《四库全书总目提要》卷一四二说："所记诸事，如出一手，大抵即谷所造。……宋代名流，即已用为故实。"《清异录》著者陶谷果真在开宝三年（970）六十八岁逝世（《宋史》卷二六九），"开元时，高太素……"云云，便端的可疑了。"高太素"像是个道士的名字，是否真有其人亦不得而知（因在其他书上并未见过这个名字）。我想《冬日铭》大概是陶谷本人的作品吧。而陶氏是宋初人，东坡读到他的书是大有可能的。

其实早在陶氏之前，便有一书使用这个比喻。这就是刘宋时置良耶舍（kâlayàsa）在公元 430 年前后翻译的《佛说观无量寿佛经》。

佛告韦提希：汝及众生，应当专心系念一处，想于西方。云何作想？凡作想者，一切众生，自非生盲，有目之徒，皆见日没。当起正念。正坐西向，谛观于日欲没之处，令心坚住，专想不移。见日欲没，状如悬鼓。既见日已，闭目开目，皆令明了。是为日想。名曰初观。

（译者案：引文据中华佛教文化馆大藏经委员会影

印《大藏经》第二十三册）

　　我们可以说，上述经文中"见日欲没，状如悬鼓"八个字，正是东坡诗句的出典所在。这一点，承神田喜一郎博士赐教，谨此深致谢意。《观无量寿佛经》的梵文原本似乎尚未发现，"状如悬鼓"这一种想法，到底是否源自印度，抑或是汉译时因修辞需要而附加上去的呢？佛典和梵文文学知识贫乏的我，当然无从定夺。不管怎样，高楠顺次郎把这一句英译为："and gaze upon it（more particularly）when it is about to set and looks like a suspended drum……"（*Meditation on Buddha Amitayus*, translated by J. Takakusu, p. 471,《梵藏和英合璧净土三部经》，东京，1931 年），清楚地指出，西沉中太阳的形状，好像悬挂起来的大鼓（"悬鼓"一词，在《诗经》和《礼记》作"县鼓"，此处不妨以高楠氏的英译去理解）。

　　东坡和同时代大多数的诗人一样，除读中国古典（尤其是儒家的经籍和史书）之外，也读道教的经典，可以用《读道藏》一诗为证（《苏文忠公诗编注集成》卷四，嘉祐八年，二十八岁时作），其博识的程度使王安石震惊（这一佳话，见《苏文忠公诗编注集成》卷一二《雪后书北台壁》第二首的注）。[6] 对于佛教方面，东坡与僧侣多所交际，他与著名的诗僧参寥子这样的人物的交情不仅是诗文之交而已。东坡对当时盛行的禅学有深刻的关注，其诗集收录有关禅理的作品甚多，甚至后世有人特别刻印《东坡禅喜集》

这个集子。由此可见，说东坡曾读《观无量寿经》虽无确证，但可能性却是非常之高。东坡与佛教的关系，与唐代杜甫诗中偶尔用《维摩经》的比喻（见《杜诗详注》卷二一《可叹》一诗的注）的程度，不能同日而语。[补注2]

尤有进者，前述《日喻》一文前半的构想，除太阳似铜盘这一比喻之外，大体说来，乃从众盲摸象这一寓言（北凉昙无谶于416至422年译《大般涅槃经》卷三二《师子吼菩萨品》）得到了启示，则断断无疑。（《大正大藏经》卷一二，第55页）这一点，林语堂氏亦曾言及（*The Gay Genius, the Life and Times of Su Tung–p'o*, by Lin Yutang, New York, 1947, p. 165）。

四

本文目的并不单是考据东坡所用比喻的出典，而且是为了解明这些比喻与东坡诗的特色有何关联。作为入手的端绪，让我们看看评论家对于前述那首《新城道中》的评语吧。

首先是元代的方回（1227—1305），他说："起句十四字妙，五六亦佳，但三四颇拙耳。所谓武库森然，不无利钝。"（《瀛奎律髓》卷一四"晨朝类"）又清代纪昀（1724—1805）说："起句神致，三四自恶，不必曲为之讳。"（纪评《苏文忠公诗集》卷九，又类似的评语亦见

《律髓刊误》卷十四的纪批。）方、纪两家都一致断定第三第四两句"拙"或"恶"，纪氏更特意在两句的下三字"披絮帽"和"挂铜钲"施加旁线，促请读者注意。

用了一看就知非同凡响的比喻的两句诗，为什么会受到如此严厉的批评呢？现在让我们试行推测其理由吧。我们阅读纪氏所加苏东坡诗集的评语时，要注意他对下列两类作品予以酷评。第一类，纪氏用浅、露、率、粗、犷等字眼去批评；第二类，则用俚、鄙、野、俗、恶、未雅等去指责。虽然两类都同样地认为苏诗的艺术性有所不足，纪氏在第一类批评中，强调由于苏诗只注重对象的外表，故给读者的印象是稀薄的（浅、露），又由于对象的描写以跨越的手法为之，出现了把作者意中的结论强加于读者的强烈倾向（率、粗、犷）。这种种批评，虽然有很多地方值得探讨，但多半只好俟诸来日。[7]

要是第一类的批评是因诗人表达情感的手法过于浅近（因而露骨、粗犷）而起，第二类的批评便是直接因用语卑俗而来了。所谓用语卑俗，并不一定单指使用口头用语，纪氏评"造化无心敢望渠"这一句（卷九《次韵孙莘老见赠、时莘老移庐州、因以别之》），说这是"宋人之野调"。"野"和"俗"有共通的地方，但并不完全相同。这一句的"渠"字，虽然确曾是宋代的口头用语（至少是其中的一种），但并不单止是纯粹的口头会话用语（如所周知，它存在于禅僧及理学者语录中的会话实录），在公私文牍等等，也是常常用到的。从重视古典用语的立场来看，"渠"字毕竟是鄙野的，有损诗的情趣的。用中国人的话来说，搀混了不雅正、不高雅、不典雅的东西，诗的语言的调和性便会受到破坏的。

诗必须用古典词语来写作——这是一种长久以来支配着诗人的观念。不过，这只是一种理想罢了。事实上，汉代以降古典以外的词语不断地侵入诗人的作品中。反过来说，古典词语的范围逐渐扩大，从未间断。我们不难在六朝和唐代的作品中找到实例。到了宋代，混入俗语的分量达到可观程度。北宋有如邵雍爱用俗词，因为他是理学家，不足为奇，算是异例；但南宋出现了杨万里（杨诚斋）之类的诗人，明显的实例所在多有。然而，很多诗人都认为只宜使用最小限度的俗语也是事实，他们都倾向于回复到曾经一度被打破的均衡。因此，元朝以后的大势是避免无限制使用俗语入诗的。

其实，问题并不单是语言本身是否卑俗那么简单。在附加了纪昀评语的《律髓刊误》一书中，对于宋代魏野（仲先，960—1019）的《早起》第四联"应被巢禽相怪讶，寻常日午起慵能"，纪批云："末句能字作虚字用，乃方言也，入诗不雅。"（卷一四"晨朝类"）这两句大概可以解作"我常常是日上三竿才起床这般慵懒，应该被巢中禽兽所怪讶的"。"能"字的这种用法，也许是当时（宋代）的俗语吧。[补注3] 是故纪氏指斥为"方言"，断言"入诗不雅"。他所谓方言，就是俗语的意思。[8]不过，这样的诗句毕竟少见，就是在《律髓》和《苏诗》的评语中，这样的例子亦不多见。

纪氏认为是俗的，但又不含俗语（口头用语）的诗句反而为数甚多。例如，梅圣俞的《上元从主人登尚书省东楼》的《又和》，其第三四句云："人似嫦娥来陌上，灯如明月在人间"（卷一六"节序类"），纪氏评曰："三四俗劣"，其实两句都没有使用口头用语，只不过用月中仙女嫦娥去比喻往来街陌的美女，以及拿明月来比喻照亮那陌上的灯火，不但平庸，简直令人生厌罢了。实际上，当我们阅读这首诗时，也会为大诗人梅圣俞竟然使用这样老套的骗小孩子似的比喻而感到意外，因而同意纪氏的批评。

现在再举一个类似的例子。晚唐诗人曹松（十世纪初逝世）的《南塘暝兴》云："水色昏犹白，霞光暗渐无。风荷摇破扇，波月动连珠。蟋蟀啼相应，鸳鸯宿不孤。小童频报夜，归步尚踟蹰。"（卷一五"暮夜类"）方回认为"中四句而三句新"，但纪昀却认为："三句鄙甚，四句尤俗。虚谷（方回的别号）所评未妥。"让我们简单地谈谈第三四句之所以被贬为鄙俗的理由吧。这首诗所描写的，大概是秋天的景色，诗人把被风摇动的破荷叶比作破扇，又将波上辉耀着的月光比作珍珠链子。[9]我想，纪氏所以鄙之贬之的理由，大概是嫌其比喻过于孩子气和幼稚。说得好听一些，这些比喻虽然天真，但简练不足。不过，纪氏认为第三四句有瑕疵，仍然承认"起二句、后四句俱好"。是故，第三四句有孩子气，伤害全诗的调和性，似乎就是纪氏贬斥的最大理由。

类似这样受贬斥的诗句甚多，而可以说它们的用语并不太俗，只是意境俗（亦即表达的手法未到家）罢了。然则，"俗"是否光指不甚高明的、幼稚的比喻呢？我想又未必那样。为了解明这一点，必须另举实例，加以探讨。

五

让我们再举几个最近似上述东坡诗中所见以铜钲比喻太阳的例子吧。《瀛奎律髓》有"月类"一门（卷二十二），收录咏月的诗。在这类诗中，有将月比作弓和扇的（例如唐代杜审言《和康五望月有怀》云："暂将弓并曲，翻与扇俱团"），也有将月比作镜和钩的（例如唐代康令之《咏月》云："台前疑挂镜，帘外似悬钩"）等等。对于这些诗，凡是含有比喻的——全首或个别诗句，纪昀都加以批评。杜审言和康令之（或作康廷之）都是初唐（七世纪）诗人。对于杜审言的作品，纪氏评曰："三四太拙，是陈隋旧调。"就是对于杜甫的《月》（起首二句："四更山吐月，残夜水明楼"），由于第二联"尘匣元开镜，风帘自上钩"使用了康令之同类的比喻，纪氏还是诋讥说："起笔自高，中二联字句本俗，全入恶趣。"

由此，我们可以推想，纪氏认为用器物去比喻月亮这样的天体，就会损害诗的情绪，乃是沾染了六朝末叶衰退期的诗风的，因而不能作模范。是故，就算是盛唐时期最伟大的诗人，纪氏对他们亦不留情地加以抨击。《律髓》后半部所录宋人的作品，也受到纪氏的批评。例如，苏舜钦（子美，1008—1048）的《中秋松江新桥对月和柳令》，原选者方回誉之为"古今绝唱"，但纪氏评曰："洒落而格俗，以此名世，亦不可解之事。"而且特别在第三句"云头滟滟开金饼"的"金饼"二字施加旁线。大概纪氏无法容忍这两个字的比喻吧。在纪氏看来，这首诗的格调之所以低俗，虽然每一句都有责任，但第三句的缺点尤为显著。[10]

不过，我们必须注意，本节开头所举《律髓》所见的几个以弓或镜比喻月亮的例句，被评为"俗"，似乎还有一个原因。这些比喻自六朝以来，经常被袭用，已经沦为常套，其陈腐之处就被直斥为"俗"了。这与先前所说的"未到家"刚好相反。金饼这个比喻，别人也许感到新奇，但纪氏认为俗不可耐，因为它太过卑近了。纪氏如此严格的态度，似乎是主张把诗的世界略为狭细化。

在以上篇幅，我们大致解明了"意俗"的两个方面，现在拟回头讨论苏东坡的比喻。指铜钲的比喻为"俗"的理由，本质上与金饼的批评并无二致。

六

让我们检讨含有"絮帽"、"铜钲"二词的两句诗吧。如前所述，絮帽指棉帽子，铜钲指锣，都是日常生活用品。不过，诗中所用的两个词语，在诗人的时代（宋代），却不是口头用语或广义的俗语。宋代王十朋《集注》引赵次公注云："铜钲，今所谓锣也"，就可证明这一点。当时的口语叫作锣，不叫诗中的铜钲。二语给与读者一种亲近感，然而这一感觉与其说来自用语，不如说来自其所代表的内容。老人所戴的棉帽子也好，军队或在其他场合用来鸣响的铜锣也好，这是人们熟识的日常用品。既然如此，为什么这二语在我们探讨的诗中会使人产生极为奇异的感觉呢？我的解释如下。

这首诗的第一联，正如纪氏所评"有神致"，其意境的设想是非常出色的。

东风知我欲山行，吹断檐间积雨声。

这里所描写的只不过是这么一回事：由于吹东风，连夜的雨停止了，而天气转晴。然而，透过诗人的想象力，又因东坡所擅长的拟人法，变成了由于东风知道我将踏上山路的旅途，特意为我吹走檐前的雨，于是诗趣大为浓厚起来。这也许是一种孩子气的空想，但其痴处却有打动人心之妙。据此，诗人欢欣之情，显现无遗。照道理，承接这起句的第三第四两句，是应该描写雨过天晴的景色的。我想，读者是会期待后面的诗句继续起句那样的格调的。可是，东坡却意外地作起走调的荒腔来。第三句的"岭上晴云"、第四句的"树头初日"，他用"絮帽""铜钲"来比拟。这是教人惊异的，因为这两件东西的日常性是会带来亲近、亲爱的感觉的。这也许可以解释为诗人有意进一步扩大其欢欣之情——这一份欢欣，曾在起句以感谢东风的形式表现出来。不过，第三四句上四字（前半）与下三字（后半）所具形象之间的距离，对于纪昀那样的（眼光苛刻的）读者来说，是会理解为过大的。至于东坡这个设想，是否直接间接地从本文第三节所述的佛典得到启发，对于我们欣赏这首诗未必会发生影响。

与第三四句相反，第五句以下诸句并无延长上一联惊奇和出人意表的效果，而回复到平稳的格调。不过，第五句的"野桃含笑"和第六句的"溪柳自摇"，特别是"含笑"、"自摇"的词语，令人感到承接着起句欢天喜地的明朗性。最后一联更转而叙述羡慕农家忙碌春耕之情，全诗就此精彩地结束。在这四句之间的调和感并无受到任何破坏，叙述是有条不紊地进行的。

由此看来，方回的评语，以及与方氏意见一致的纪评，的确是有道理的。也就是说，搀混了异质的要素便会破坏全诗的均衡，这一点是难以否定的。至于绝对地肯定这些异质的要素为"拙"为"劣"，或为"不能容许"，这又是否公平呢？一时难以断定。有人也许会在第三第四句感到唐诗前所未见的新鲜感哩。这种心理，我觉得我能充分了解。[11]

从以上的分析，我们知道：第四节以下所述而被评为"鄙""俗"的诗句（即纪氏批评的第二类），它们之所以受到非难，都是因为诗的调和受到摧残。它们与被评为"浅"、"露"的诗句（即纪氏批评的第一类）是不尽相同的。"浅"、"露"云云，是由于诗人尽量率直地表白其感情而起的。比方说，某一种状况，如为诗人所好恶，就直截了当说出其喜好或厌恶的因由，不必任何东西居间斡旋。这样，当然会令人感到粗野及简练不足。追求完美的人，大概是不会满意于这种态度的。这也是广义的均衡和节制的破坏者。

换言之，与第一类批评对立的是深、曲、圆、自然等等，与第二类批评对立的是清、洁、雅等等。尽可能避用露骨、粗暴的表达方法，而用间接形式诉说自己的感情，是中国文学一种根深蒂固的传统——这种传统可以上溯到儒家对《诗经》的解释（"温柔敦厚诗教也"——见《礼记·经解》）。倘若偶然见到诗中一二平凡的字句，也可能细细地反复吟味之后，会发现深奥曲折的表现，那么，更其尊敬有加。这一习惯也不是一朝一夕之功。然而，价值最高的莫如出于漫不经意之中，实则蕴藏深厚情感的诗句。

总的说来，宋人的诗的表达方式是比较强烈的。当批评宋诗生硬或生涩的时候，也不是不可以说中国诗自六朝以来在漫长岁月中成长的稳固性受到损坏。不过，宋代的知识分子，随着社会的进展，正如在政治和哲学上所作的突进一样，在文学上亦大胆地追求极新的东西。这一趋向，虽然因人而异，就其结果而言，都打破了唐代便大致完成的诗的调和与均衡。在我提出来讨论的作品中，至少有部分的尝试终归失败。虽然如此，我们不得不钦佩诗人敢于做出这样尝试的勇气。

　　与此同时，我们必须补充一句，苏东坡诗的结构都有流动的特色。[12] 就这种特色来说，《新城道中》二首虽然未必是适当的例子，但亦可辨认出来。诗人的意境绝不会停在一个地方磨磨蹭蹭，每一句都接连不断地展开新的场面。最好的例子是《和子由渑池怀旧》：

> 人生到处知何似，应似飞鸿踏雪泥。
> 泥上偶然留指爪，鸿飞那复计东西。
> 老僧已死成新塔，坏壁无由见旧题。
> 往日崎岖还记否，路长人困蹇驴嘶。
> （《苏文忠公诗编注集成》卷三）

　　这是一首不甚谨严的律诗，作者在第三第四句故意地打散了对句（纪批云："前四句单行入律，唐人旧格。"）。

本篇之所以成为古今绝唱，主要是因具流动性。第二句答复了第一句所提的问题，第三第四两句跟着作为第二句的说明，而且展开了奇思妙想，给人留下新鲜的印象；第五六句以下格调稍低，但还不失新颖流畅，以终其篇。纪批"意境恣逸，则东坡之本色"，信乎不谬。这一本色，在长篇古诗中更是发挥得淋漓尽致，这里恕不举例详论了。《新城道中》这首诗的流动性容或过于飞跃，但亦可谓"见过知君子"吧。

注　释

1. "披絮帽"的"披"字，除"开裂""分散"的意义之外，亦可解"荷衣曰披"（《康熙字典》等），即穿着上衣等物之意。这里的谓语是"帽子"，故此"披"字可解作"戴"的意思。晚唐（九世纪）诗人郑谷《雪中偶题》这首七绝有句云："江上晚来堪画处，渔人披得一蓑归"（《全唐诗》卷六七五）。

2. 西崦人家的"崦"，原是想象的、位于世界最西边陲的山名。"崦嵫"之名，见于《楚辞·离骚》，王逸注："日所入山也。"不过，这里只是用其名以表示某一真实的、夕阳西下的山。注释家所引杜甫《赤谷西崦人家》一诗中的"西崦"，是真实的山名，位于杜甫曾经停留的秦州（今陕西省天水县）西部。（《杜诗详注》卷七）这就是东坡诗句直接的出处。然而，岩垂宪德氏译解东坡诗句时（《续国译汉文大成》文学部《苏东坡诗集》第一卷、缩印本第十卷），引杜诗"鸟雀依茅茨，藩篱带菊松"，认为东坡的"西崦人家"即是杜诗的《赤谷西崦人家》，我想这是不大妥当。东坡记起杜诗而用"西崦"二字虽是事实，但他只不过借此一词表示新城道中所见的西山罢了。岩垂氏的解释恐怕会引起读者的误解，故在此一提。

3. 汪师韩的评释见《苏诗选评笺释》（光绪丙戌钱塘汪氏刊、丛睦汪氏遗书本），此书所选东坡诗篇和评释的语句，与乾隆御制《唐宋诗醇》中有关苏东坡的部分完全一致。由于汪氏是乾隆初年翰林院掌院学士，此书想是《诗醇》的原稿。汪氏说："轼每以人事喻景物，笔端出奇无穷。"（《诗醇》卷三三《越州张中舍寿乐堂》之后所附评译）。

4. "直喻"一名，见于宋代陈骙（1128—1203）《文则》卷上丙《比喻十类》的第一类（据享保十三年刊本）。

5. 这是韩愈《晚寄张十八助教周郎博士》的第三句，其第四句云："新月似磨镰"（《全唐诗》卷三四二）。这首诗也值得注意，因为"磨镰"这一比喻，有点近乎以"铜钲"比况"初日"。

补注 1. 偶然阅读《列子·汤问》，读到孔子东游时，听见小儿二人争论太阳与人的距离在晨曦与正午时分孰远孰近这个故事，才知道有这么一句话："一儿曰：日初出，大如车盖，及日午，则如盘盂。"东坡的《日喻》（本文第二节引用）的比喻，大概出自佛经及《列子》吧。据张湛的注释，上述故事亦见汉代桓谭《新论》。（1955 年 4 月）

6. 赵次公关于此诗第三句的"玉楼"和第四句的"银海"的注释（《王十朋集注》所引），谓王安石诵读此诗时，曾赞叹及褒扬东坡用典的高明。王注虽然引用"道经谓项肩骨为玉楼、谓眼为银海"之说，但没有具体说出道经的书名。唐宋诗除特别惯用的道教字眼外，一般并不常用出自道教经典的词句。在东坡诗中，道教词句用例亦似乎不甚多见。而且，值得注意的是，使用道教字眼的多是他早期的作品。

补注 2. 本文发表之后，我注意到唐代刘禹锡（772—842）有句云：

> 沙平草绿见更稀，寂历斜阳照县鼓。
>
> （《龙阳县歌》,《全唐诗》卷三五六 ;《刘宾客文集》卷二七）

这是寂寞偏远的龙阳县的暮景。毫无疑问，刘禹锡是从《观无量寿经》得到斜阳悬鼓这个比喻的。这是唐代诗人受佛典启发而创作的一个明显例子。苏轼大概曾读刘禹锡的诗，前述铜钲的比喻，也许是直接受刘诗启导得来。（1972 年 9 月又记）

7. 纪昀对苏东坡诗集及《瀛奎律髓》所加的评论，牵涉了很多问题。我认为他批评这二书的基本立场是相同的，所以没有分开来讨论。而且，本文目的主要是检讨纪批认为"俗""鄙"之类的诗句而已，故不能全面地检讨纪氏的评论。

关于《律髓》一书，已有毛塚荣五郎教授《论〈瀛奎律髓〉评论中的"新"》一文（《〈瀛奎律髓〉の批评に于ける"新"について》，《东洋大学纪要》第六辑）。这篇论文引用了很多实例，牵涉范围很广，与本文有直接关系的是第九节（第106页），收录被评为"鄙"、"俚"、"野"等的实例十二首。这些诗篇，《律髓》的原选者方回嘉许为"新"、"新异"，纪昀则非难为"鄙"、"俚"等等。毛塚教授特别注意到这一点，这是对的。二家对同一首诗作出相反的评论，原因是二家见解的根本有着很大的分歧。方回是以宋代江西诗派（关于这一派，参阅铃木虎雄《陆放翁诗解》第11页以下）为依归的，这一点，《律髓刊误》纪氏序文和《四库提要》卷一八都有言及。纪昀的立场则大异其趣，大体上最接近所谓"格调派"（参阅铃木虎雄《中国诗论史》）。因此，我们可以说，纪氏对方氏的批判，大致上是和格调派（尤其是以清朝沈德潜为代表的"温和"一派。参阅铃木《诗论史》第209页）对江西派不满意的看法相同。当然，纪氏的主张与沈氏亦不是完全一致的。本文只想表明方、纪二家的歧异，关于江西派和格调派等种种问题的讨论，请参阅毛塚教授论文。由于方氏站在江西派立场发其议论，从而孳生的缺点，详见毛塚教授论文的第七节。我在本文第四节以下论述的"俗"等等问题，若仅依纪氏的评论，对于唐宋律诗的估价，江西派眼中认为是很高的，格调派便会贬低。苏东坡虽然不属于江西诗派，但就纪氏的批评来说，东坡与江西派有共同之处。今日看来，纪氏的评论本身是稍欠公平的，不过这并非本文讨论的目的。

补注3. 张相说："能，摹拟辞，犹云这样也。"（《诗词曲语辞汇释》卷三，第324页）。张氏引证的宋诗，例如苏轼《成都进士杜暹伯升出家名法通往来吴中》有云："若教俯首随羁锁，料得如今似我能"；但是，张氏又说："能犹得也"；引证的宋诗，其中之一就是魏野的《晨兴》，张氏解说："此倒装文法，言懒得起也。"（《汇释》第328页）若从后一说，则此句当是"我常常是懒得日上三竿才起床"的意思。（1983年11月增注）

8."能"字又见于魏仲先的《冬日书事》的第一联：

十月天不暖，前村到岂能。

（卷一三"冬日类"）

第二句的"到岂能"如照散文通例来说，便是"岂能到"。在诗的写作中，改变词序，将"能"字放在句末，这样的句法是容许的，例子亦不少。与此对照而观，前面所引"早起"的用法，不单是词序的变更，确实是较为特殊的。纪氏对于《冬日书事》没有加以评注，这是当然的了。

9. 宋人也有把莲叶比作扇的。张耒（文潜）的《咏莲花》云：

> 平池碧玉秋波莹，绿云拥扇青摇柄。
> 水宫仙女斗新妆，轻步凌波踏明镜。
> （《苕溪渔隐丛话前集》卷四七）

第二句以莲叶比扇，以莲茎比扇柄，张耒是苏东坡门人。

10. 我想在这里补充正文不足的地方。东坡诗有如下之句：

> 江月照我心，江水洗我肝。
> 端如径寸珠，堕此白玉盘。
> （《藤州江上夜下起对月赠邵道士》，《苏文忠公诗编注集成》卷四四。六十五岁晚年之作）

对于这起首四句，宋人早已大加赞赏，例如："大率东坡每题咏景物，于长篇中只篇首四句，便能写尽，语仍快健。"（《诗人玉屑》卷一七引《苕溪渔隐》《渔隐丛话后集》

卷二九）等等。纪氏亦予好评："清光朗彻，无复笔墨痕，此为神来之候。"

然而，问题在于第三第四句"端如径寸珠，堕此白玉盘"，特别是第四句。要是用铜钲比喻太阳就是俗拙的话，岂不是也不应当用白玉盘比喻月亮？但是，纪氏认为这四句（以下诸句亦然）可圈可点，表示这一比喻是妥当的诗语。

这恐怕是唐代的李白以来便有先例的缘故吧。李白《古朗月行》云："小时不识月，呼作白玉盘"（王琦辑注《李太白诗集》卷四），卢仝《月蚀诗》云："烂银盘从海底出"（《全唐诗》卷三八七），韩愈亦仿此作《月蚀诗》云："月形如白盘"（《昌黎集》卷五）等等。由此看来，用白玉或烂银去比喻亮晶晶的月亮，是被视为形容巧妙，且又不失典雅。这是并非一概不许以器物比喻天体的一种证据。

11. 清季诗家陈衍的《宋诗精华录》仍旧收录这两首诗。陈氏是个崇尚宋诗的人，那是不用说的。因此，选录标准与崇尚唐诗（尤其是盛唐）的纪昀当然有所不同了。如果陈氏和纪氏同一鼻孔出气，认为上述两句"拙"、"俗"的话，大概不会选录第一首吧。不过，陈氏亦无圈点这两句，可见他虽然不致认为这两句损害全篇价值那么严重，但亦不特别恭维。

12. 参阅清代赵翼《瓯北诗话》卷五"坡诗放笔快意，一泻千里"诸项。

第二编

第七章　唐宋诗人杂谈

一、"吾道长悠悠"——诗人的自觉：杜甫

我曾通读杜诗，至《发秦州》一首之结尾二句：

> 大哉乾坤内，吾道长悠悠。(《杜诗详注》卷八）

不禁抱有一个疑问："悠悠"二字所表现的气氛是怎样的呢？"悠悠"通常是形容久远情状的词语，《诗经·王风·黍离》中的"悠悠苍天"，《毛传》即训曰："悠悠，远意。"可是，《诗经·小雅·车攻》中的"萧萧马鸣，悠悠旆旌"，《毛传》却训为："言不諠哗"，宋人朱熹的《集注》则曰："萧萧、悠悠，皆闲暇之貌。"也就是说，悠悠亦可用作形容平静而有余裕之情态。"悠悠"既有此二义，那么，杜诗究竟用哪一个呢？便是问题之所在。

决定"悠悠"的语意是久远，抑或平静而有余裕，跟

这一句诗是表现杜甫的忧愁，又或杜甫的乐趣是有关连的。《发秦州》一诗作于乾元二年（759）10 月，正值他离开寓居了三个月左右的秦州（今甘肃省天水市），起程向同谷县（今甘肃省成县）之时，年当四十八。他是辞掉担任了两年半之久的官职，从华州（今陕西省华县）跑到秦州去的，去因主要是为饥馑所迫，亦或如冯至氏所言，对政局感到失望（《杜甫传》，北京，1954 年，第 93 页）。秦州是处于不直接受兵燹而得保平安的地区，可是他的生活异常困苦，几至于靠卖药维持生计（同上，第 97 页）。为此，打算迁往一处能够生活得比较好的地方，便事属异常了。

> 无食问乐土，无衣思南州。（同上）

这"乐土"乃直接指同谷县而言，次句的"南州"，或可认为指一处宽阔得多的地域，就是蜀（四川省）的一带，但参看后面的记述，似乎还是指同谷至汉中的一带。他想象着听来的关于那地面上丰富的物产、秀丽的风景，说道：

> 虽伤旅寓远，庶遂平生游。（同上）

平素怀有的游览名胜的愿望，也许能得偿吧！这是他一个不太大的期待，我之所以敢说"不太大"，是因为他另外还有一个远大得多的志向。不论怎样，他终于向同谷县出发了。

> 日色隐孤戍，乌啼满城头。
> 中宵驱车去，饮马寒塘流。
> 磊落星月高，苍茫云雾浮。（同上）

在日落后夜半之时驱车出发，涉过冰冻的流水，天空上只有疏落的星和月亮，暗黑色的云和雾在浮动着。这可说是一次寂寞的旅行。《杜诗详注》谓其"不胜中途寥落之感"。

对于前途，杜甫虽然抱有些许的期待，但踏上这次旅途之际，充满他心内的，并非带有余裕的愉快，而是忧愁。这恐怕已不待赘言，因此，他便用上文所举的两句，结束全诗：

> 大哉乾坤内，吾道长悠悠。

"乾坤"二字的意义，入谷仙介君在其论文《乾坤和天地》（《中国文学报》第十七册，京都大学文学部，1962年）中所说的，不期然与我往昔的见解几乎完全一致。简言之，"乾坤"虽是天地的同义词，但天地予人一种近乎岿然不动，以静为主体的感觉；相对而言，乾坤一语中，乾与坤是相对立的两种力量，叫人强烈地感觉到动的一面，也就是说，乾坤是表现浮动、动摇中的世界的词语。安禄山之乱（755年），使唐朝陷于混乱、无秩序之中，而此一状态尚持续不断，乾坤二字就是指这混乱动摇的中国全土。然而，在这个动摇不定的世界，广阔无垠的天地里，吾道是漫长的，不知止于何方。杜甫虽然是携同妻子上路的，但读至此二句时，仍不免使人觉得：他是个孤独的旅人，也就是，"悠悠"二字所包含的气氛，愁闷远多于愉快。

不过，我们并不单要说出杜甫是个抱有愁怀的孤独旅人。浮动、流动的天地，其间是广大寥廓的。在这广阔的空间里，自己所踏步向前的一条道路，还遥遥地向远方伸展。这条路的终点何在，诗中没有说明，但这两个句子却清楚地指出：这条路就是"吾道"，杜甫的命运，叫他永远在这路上举步向前。

路途遥远、苦难无数，是可以预料得到的，这条路不仅是现实的路，也是精神意义上的人生之路。它出现在杜甫的面前，宛如上天指示着：这就是你的路，他必然受过可称为强烈的启示。"吾道"二字决不能轻轻看过。

如前所述，杜甫在秦州虽只停留了短短的三个月，但却写下比较多的诗，其中"吾道"一语，用了三次：

　　（1）万方声一概，吾道竟何之。
　　《秦州杂诗》第四首，《杜诗详注》卷七）

（2）世人共卤莽，吾道属艰难。

（《空囊》，《详注》卷八）

（3）古人称逝矣，吾道卜终焉。

（《寄岳州贾司马六丈、巴州严八使君两阁老五十》，《详注》卷八）

《详注》在（1）中引宋人王洙之说曰："时正以武事为急，吾道将何所施？"若然，这里的吾道便特别把杜甫的信念偏向于政治方策一面而言，但我不作如是想，就是从它跟"之"这个动词连接一点来看，"吾道"也应具"我该走的路"之意。浦江清氏的注说："合指具体的旅途和抽象的生活之路，以及个人的理想。"（《杜甫诗选》，北京，1956年，第97页）黑川洋一君译此二句为："天下无处不是鼓角之声，我到底应到哪儿去呢？"（《中国诗人选集·杜甫（上）》，第67页）相信是正确的。（2）的《空囊》一诗虽是叙生活困苦之作，惟《详注》说："吾道守困穷，故值此艰难。"就是说，这是《论语·卫灵公》说的"君子固穷"，和陶渊明所谓"固穷夙所归"（"有会而作"《陶靖节集》卷三）的"固穷"；虽穷乏，亦不失节操以躬行"吾道"。在这种情形之下，"吾道"还是人生之道。（3）的《寄岳州贾司马六丈、巴州严八使君两阁老五十》，是寄给遭左迁至远地的友人贾至和严武，然所引二句均叙杜甫本身的事情。"逝矣"一般释作"弃官"，因此，"卜终焉"

大抵说出杜甫欲寻栖隐之地，盼望在那儿度过余生的心情。倘如是，则句中的"吾道"，亦指他人生的前途。

在上述三个例子中，（1）和（3）明显地是说人生的前途，（2）的句子如果能够解释为保有信念的人生之路，那么，信念方面所占的比重可以说应不少。实际上，（1）与（3）亦非与他的信念全无关系。"道"字本与"路"异，因为它还带有原理及信奉它的立场这种意义。这样看来，《发秦州》结句"吾道长悠悠"中的"吾道"，恐怕还是指（怀着信念生活下去的我，就是杜甫的）人生之道。

再者，当诵读杜甫这一句诗时，我立即联想到的，是魏阮籍（210—263）的"穷途之哭"。阮籍独个儿驱车而行，"车迹所穷，辄恸哭而反"，前无去路，在他而言，虽是可能在某一天发生的事件，惟仍是绝望的具体表现。他的人生，实际亦如此，一切的事情都突然在目前断绝了，他惟有向后退和恸哭，而无在绝路上向前迈进之法。阮籍的《咏怀诗》82首，不就是他穷途之哭在文学上的表现吗？我不禁这样想。有关这一点，现不能详论，就我来说，重要的是下述一点。

在阮籍作为绝路而出现者，对杜甫来说，却为一绵延不断的路途。穷途与吾道虽则语气上有异，但其为道路则一。不过，所在的情况，却有很大的差别。我暗自想：当杜甫自秦州出发，目睹眼前那一无穷尽的路时，一刹那间便自觉到自己是个诗人，不，是不得不为诗人的命运。我之所以说他自觉到是诗人，简单地说，理由如下：

　　早在他抵秦州的二十多年前，杜甫便已开始写诗，现存的作品中，一般以开元廿四年（736）的《游龙门奉先寺》等为最早期之作。他来到秦州，年纪已四十八岁，早已以文人知名，且与众多的诗人结交。但是，须要靠笔墨为生，而作为诗人，以此终身，这个意思，恐怕还没有在他心里产生。他在长安数年间，即尚未任官期间的诗作，虽提及身为儒者的可矜夸处，但儒者的本份是须要做官参加政治的，此与"致君尧舜上"（《奉赠韦左丞二十二韵》，"窃比稷与契"）（《自京赴奉先县咏怀五百字》）等句所述之志愿，是不可分的。诗不过是道出这种志向和感慨的工具而已。不用说，杜甫在诗作上是倾注了心血，半点儿也不马虎的，跟李白及其他诗人的来往大概也经常刺激着他的写作热情吧。但我相信：他常常是这样想的，自己不是个单为写诗而生活的人。杜甫绝不会抛却以儒者立身，使世道有所改进的志向。在到华州以前的所有作品中，随处都可见到此一志向的显现。出名的《三吏》《三别》诸篇并不仅为讨读者欢喜而作诗，而是对政治的批判，正因为盼望叫当政者动心，他才敢于选取一些别的诗人所忌惮的题材。因此，客观地看，他很早便是诗人这一点是毫无疑问的，但是他作诗的心情，可以说大体上是外向的。

　　相反地，秦州时的杜甫，是显出些少变化来的。我们应该留意到，他这段时期的作品中，五言律诗非常多。这在唐诗形式的演变上，也是桩重要的事情，今姑置而不论。以诗的内容来说，这些律诗均以极其内省、向心的态度为其特色，题材亦多取自己身边的事物。例如：《归燕》《萤》《促织》《苦竹》等（《详注》卷七）。各篇都富有寓意，大部分都是借咏物而自道。表面上，好像是他在困苦的生活中，为身边的琐事和动植物吸引了注意力，实际上却是将视线投向自己的内心深处，更进一步地琢磨自己的艺术。这样地，一个转机就来临了，他开始为自己的前途担忧烦恼，这在上述所举三组包含"吾道"二字的诗句中，恐怕已有一定程度的表示。（1）中的"吾道竟何之"，实在很富暗示性，这是说，他当时正陷于自己是否失掉了人生目标的疑惑中。随后，他便由秦州出发，再次举步了。此际，在他的面前，展现着一条无尽的路。杜甫只有把这条认为自己当走的道路肯定下来，并接受此一命运。这"道"是什么呢？就是作为诗人而生活下去。

我的叙述是颇为武断的，为着论证这一种看法，恐怕还需要更多的实证吧。如果要单举一句可作为旁证的诗句，便是：

> 诗是吾家事，人传世上情。
>
> （《宗武生日》，《详注》卷十七）

《详注》考证此诗是大历二年（767）杜甫在夔州时之

作，时年五十五岁。如题所示，是因他儿子生日而作。杜甫在诗中教其子应学作诗以及作诗之法，然而，在断言"诗是吾家事"时，除了抱有作为诗家的自信外，他暗地里岂不也抒发出一种对自己只给评价为诗人——这自祖父杜审言以来已如是——的不满么？尽管如此，我们仍要留意他自称为诗学专家的这种说法（"诗家"一语在杜甫抵成都五十岁以后的作品中，屡次出现，关于这一点，另有伊藤正文氏的论文。），在秦州以前的作品中，这是看不到的。《戏为六绝句》是他谈及诗论之作，不过也是到成都之后的作品。

能见出杜甫对文学相当自负的句子，为数甚多。"岂有文章惊海内"（《宾至》，《评注》卷九）一语，纵如仇注所言是谦逊之辞，但

文章千古事，得失寸心知。

（《偶题》，《详注》卷一八）

二语，便如实地显示出他自己的创作力和鉴赏力，颇为自豪。

"名岂文章著"（《旅夜书怀》，《详注》卷一四），是与下句"官应老病休"成对的，我们可以看成：他并非说自己诗文的名声不显，而是抱怨自己仅凭"文章"为人所知。倘如是，则秦州时（759 年左右）所作《天末怀李白》

（《详注》卷七）的"文章憎命达"一句，虽本为对友人李白的遭遇深感同情而作，但是要解释为：杜甫亦已开始觉悟到，支配李白一生的无情的命运之手，也渐渐伸到自己身上来了，不也可以吗？

凡是诗人真正发现、自觉到自己身为诗人，到达这个意识之前，我想是有很多途径的，其中予我印象最深刻的例子有二，其中一人是杜甫，另一位是南宋的陆游（详下篇）。他们的情况，有一个共同点：就是二人虽同为诗人，却不欲以诗人终生，可是，由于命运作弄，不，是命运的强制，终不能选择作为诗人以外的路子。他们的自觉，在作品中有清楚的表现，我是这样想的。

（1962 年稿）

二、"此身合是诗人未"——诗人的自觉：陆游

陆游年青时便开始写诗，诗作是当时（十二世纪）知识分子应具的教养，文学方面的才能同时就是晋身政界所必需的条件，在这样的时代里，他先行致力于文学，并不叫人惊奇。虽然如此，陆游却不是个追求以诗人或文人扬名的人，他衷心盼望的，是从占据中原的金人手上夺回汉族原有的土地，而厕身于向汴京进军的盛大行列中。自二十世纪初起，陆游便被称为"爱国诗人"，爱国者之名，恐怕是他所盼望得到的唯一的头衔吧。与此相比，诗人之

名，虽不着意推却，在他看来不过是在次要的地位而已。

可是，陆游的壮志却始终未酬。他好几次怀着极大的期待从军，甚至身在前线，但每一次都失望而还。其中一次，是不得不从前线基地的兴元府（今汉中市），撤往后方的成都。事在乾道八年（1172），陆游四十八岁的时候。[1]向敌方根据地之一的长安发动进攻的期待，既已落空，独个儿伤心地返回成都的陆游在途中写下了这样的诗句：

　　衣上征尘杂酒痕，远游无处不消魂。

　　此身合是诗人未，细雨骑驴入剑门。

　　（《剑门道中遇微雨》，《剑南诗稿》卷三）

他寂寞地自问自答。自古诗人便是在驴背上吟诗的，[2]在纷纷细雨中，这样的嘚地嘚地，走在剑门关所的路上，自己是否已经与他们为伍呢？

这是一种难言的寂寞心情，是七百多年后鲁迅在小说集《呐喊》的序文中，用痛苦的笔调谈到的那一种寂寞。正像鲁迅从寂寞的深处获得小说的构想，而在深宵的灯下从事写作一般，陆游自那一段时间后，也写出了越来越多的作品。

陆游过剑门时已是四十八岁。在此之前，虽不能说，他是用一种因为别人而写，所以自己也写的不严肃态度去作诗的。可是，纵使他非常地努力，与唯有作诗是留下给他自己唯一的事情这种看法，毕竟有异。我到底是诗人吗？这一个问题是苦涩的，也带有自嘲的意味。对于被称为诗人，他后来也作过反抗。当他六十二岁被任命为严州知事时，孝宗皇帝说："严陵山水胜处，职事之暇，可以赋咏自适。"连皇帝也只把他看成诗人，是陆游所最感不满的。不过，实际上一般人是期待他作些好诗，多于倾吐出政治、军事上的抱负的，更恐防其才能为俗事所妨碍。尽管陆游终生抗拒，然而，归隐后的田园生活，越发叫他成为一个诗人，这可说是命运的嘲弄。我认为：在剑门山路上，陆游已清楚感到、察觉到这一命运已紧紧地捆住他。陆游和杜甫，至少他们二人，都是因命运的强制而无法不成为诗人的，即使他们加以抗拒，也不被容许，我不由得这样想。

（1962年稿，1983年修改）

三、落日的观照——王维诗的佛教成分

在唐代无数的作者中，王维以歌咏自然而成为特别知名的一个。传为藤原公任（1041年卒）所选的《和汉朗咏集》中，虽只辑录他的诗作两句，但我相信我邦平安朝的歌人一定会读过他的诗集。镰仓时代（公元十二至十四世纪）以后，通过五山禅僧之手，王维诗的读者更加广泛了。《唐诗选》（李攀龙选本）中辑录了他相当数量的作品，不过，

早在江户中叶（十八世纪）《唐诗选》被翻刻而流传于世以前，室町时代（十四至十六世纪）里最为普及的《三体诗法》（南宋周弼选本），也收录了不少王维的诗作。以上所述就是我邦人阅读王维诗的大概情形。很多人都爱王维诗中那种闲寂静澄之趣，对此毋庸赘言，然而，介绍一下明清评论家的看法，亦非全无用处。明胡应麟说："右丞五言，工丽闲淡，自有二派。"以"建礼高秋夜"、"风劲角弓鸣"、"扬子谈经所"为起句的诸篇，"绮丽精工"，与初唐的沈佺期、宋之问合调；"寒山转苍翠"、"寂寞掩柴扉"，则"幽闲古淡"，与储光羲、孟浩然同声（《诗薮·内编》卷四）。这些虽属五律的例子，但王维诗的"风体"，决非一致，已屡屡为人论及。都留君的解说："如果他那些看来古淡的自然诗，令你感到丰丽，那恐怕是因为他比李、杜更密切地与六朝华丽诗传统连结之故。"这番话是完全正确的。

对于自然诗人王维，似已不必多费言辞了，可是，我还想作些补充，这就是，他的诗中，经常有夕阳、返景、斜日、落晖等语甚多。"返景入深林，复照青苔上"（《鹿柴》）、"秋山敛余照，飞鸟逐前侣"（《木兰柴》）、"渡头余落日，墟里上孤烟"（《辋川闲居赠裴秀才迪》）、"大漠孤烟直，长河落日圆"（《使至塞上》）、"苍茫对落晖"（《山居即事》）。夕阳散发出清淡的光辉，使事物现出轮廓鲜明的阴影来，我觉得这样的夕阳，深深地吸引着王维。

这是什么使然的呢？应该有些特别的理由的，我一直留心此事并不断地思索。三四年前，在论及苏东坡诗"树头初日挂铜钲"此一比喻的特殊性时，得到神田喜一郎博士的指教，知道这句可能是从《观无量寿经》的"见日欲没，状如悬鼓"得到灵感的。《观无量寿经》的这一节，是被称为《日想观》的著名文章。"佛告韦提希：汝及众生，应当专心系念一处，想于西方。云何作想？……有目之徒，皆见日没，当起正念，正坐西向，谛观于日欲没之处，令心坚住，专想不移。"接上前举二句之后，下文是"既见日已，闭目开目，皆令明了，是为日想，名曰初观。"

《观无量寿经》由刘宋的畺良耶舍于 430 年汉译，十一世纪的诗人苏东坡自不待说，八世纪的王维多半也会读过这经文，而且，净土教在王维之时极为流行，这一点在都留君的解说中也有所提及。拿这一段经文，和前文举出的几句诗作对比，会发现其间有很密切的联系。落日、夕阳的本身是很美的。但王维对它有异乎寻常的兴趣，恐怕是由于信佛，特别是如"日想观"那般的信仰所导致吧。我对佛教美术的知识虽然有限，但一想起净土宗挂些以日光为背景的阿弥陀如来画像之类的美术品时，便不得不认为：王维的自然观决非偶然产生的。他诗中所表现与自然合一的感情，与其宗教信念是不可或分的。

借此机会，我把自己尚未成熟的意见说了出来。因为我对佛教美术，特别是佛教哲学缺少认识，所以很希望熟知哲学史和宗教史的人士赐教。

（1958 年稿）

四、诗风和家学——陆游的"静"

陆游诗风有"动"和"静"的两面。他的诗集里有些十分悲壮豪宕、抒发爱国挚情、雄伟俊爽的作品，素为人所称赏。这是他的"动"——活动的一面。但是，在他的诗集里，也有一些作品堪称闲淡细腻、神韵清远、沁人心脾、风格美妙的。举凡描绘田园乡村风景的诗篇，大多属于这一类，所谓"村村皆画本，处处有诗材"（《舟中作》，《剑南诗稿》卷四），就是最好的写照。这就是他"静"的一面。我对这一类诗向有偏爱，而且怀疑这与其家学不无关系，所以拟就这方面略作论考。

陆游的家学是怎样的呢？他的祖父陆佃（1042—1102）是王安石的门生，《宋史》称其学问"精于礼家，名数之说尤精"（《宋史》卷三四二本传）。《宋史》又说："著书二百四十二卷，如《埤雅》《礼象》《春秋后传》皆传于世。"不过，现在我们能看到的，只有《尔雅新义》二十卷（一作十八卷），《埤雅》二十卷，《陶山集》十六卷。《鹖冠子解》三卷，[3] 其余都已失传。《尔雅新义》有传本（《粤雅堂丛书》本），似乎残缺不全，内容大致是探求庶物得名的来由，可以是说语源学（或作词源学 etymology）的书，其实是偏重语义哲学的论著。这书有几处援引"王文公曰"，大概是根据王安石的《字说》。

《尔雅新义》卷首载有元符二年（1099）陆佃自序，那么，他作这书时已是晚年了。然而，他作《埤雅》比《新义》更晚，据他儿子陆宰序（宣和七年，1125），是书初名《物性门类》，后来"既注《尔雅》，乃赓此书就《埤雅》"。[4] 陆宰又说："先公作此书，自初迄终，仅四十年。"那么，陆佃从年青时候开始研究，久积功力将近四十年才编成此书。陆宰接着说："不独博极群书，而农父牧夫，百工技艺，下至舆台皂隶，莫不谘询，苟有所闻，必加试验，然后纪录。"由此看来，陆佃不但在古代文字训诂方面不断地穷源溯流，而且向所有一技之长的工农大众，不耻下问，恭亲请教。不仅如此，对于动植物的生态、生理特性和生活习性，他都精密地观察，经过实地验看证实，然后才记录下来。陆佃的研究方法和态度，和近代科学很相似，所以这书可以说是博物学（Natural History）的书。不过，他究竟是宋朝人，总要探寻物性之理和名义之来由，有时难免想入非非。《埤雅》中引用王安石《字说》的比《尔雅新义》更多，因为在经学上陆佃是完全相信他的老师的。即使如此，他观察大自然的态度是很客观、很科学的，这是可以肯定的。

现在让我们探讨陆游的学问，特别是他的博物学。陆游是陆佃的孙子，把祖父的学问继承下来，是理所当然的。关于博物学的研究，他不仅熟读祖父遗著如《埤雅》等，还参考《本草》之类的书，因此药学的造诣也很深。他曾编写《陆氏续集验方》二卷（见《宋史·艺文志》子部医书类，在江西抚州做官时刻版印行），这时他五十六岁。这书虽然已经失传，顾名思义，是验方一类的书。可见陆游不只能够整理药方的书，而且也非常熟悉药材的效用。也就是说，他已有当医生的充分资格了。后来他退休家居，也常常给乡邻施药治病，个中情况，往往见于他的诗篇，例如《山村经行因施药》云："驴肩每带药囊行，村巷欣欣夹道迎"（《诗稿》卷六五），又如《野兴》云："施药乡邻喜"（《诗稿》卷六六）。

医生调剂制药的时候，必须谨慎地辨别药材的品质，而药材范围广大，自草木、鸟兽、虫鱼以及金石，种类非常繁多。有些药材粗看颇像同类，实质却有天壤之别。严密地分辨似是而非的药材效用，以免误投，就是医生的义务。所以，要做一个好医生，同时必须要做博物学家。

陆游既然行医，获得"村巷欣欣夹道迎"的荣誉，他的博物学的修养一定很好。我想，这位"施药乡邻喜"的医生，平生审视药材也该是非常严密的。陆游观察自然的功力，若从另一角度来看，也可说是"格物"的功力——这里我们暂借宋朝理学家的专门术语。"格物致知"，不用说是程朱学派的主张——为了穷尽性命之理而下一番功夫。这有主观和冥想的成分，与科学家客观的观察有所不同。虽然如此，两者也有相近之处，并非水火不容的。

此外，在诗学方面，陆游以曾几（茶山居士，1084—1166）为师，也信守乃师的儒学。曾几的思想颇近于程子一派（见《宋元学案》卷三四）。他是理学家，因此经常静坐，其诗云："下帷香一缕，收尽向来心"（《茶山集》卷七）。陆游受他影响，也实行静坐，也有诗可证，《夜听竹间雨声》云："焚香倚蒲团，袖手坐三更"（《诗稿》卷一七）。我想陆游静坐冥思的态度，与他的"格物"不无关系。

陆游继承家学，要穷物性，亦即探寻物理，其实这与程朱学派的格物致知思想也颇相近。陆游有几首诗叙述自己在这方面的功夫。例如，《采药有感》云：

> 古人于物理，琐细不敢忽。
> 我少读苍雅，衰眊今白发。
> ……
> 虽云力探讨，疑义未免阙。
> ……
> 穷理已矣夫，置觿当自罚。
> （《诗稿》卷六七）

我以为在陆游的诗里，《小园》诗中的两句，是最能表露他这个态度的。诗云：

> 晨露每看花蕳坼，夕阳频见树阴移。[5]

"晨露"一句的意思是说，每天早晨他都看到花的蓓蕾带着露水绽放开来。可见他很有耐性，静静地观察植物的生态，并不生厌。他作这首诗时已六十八岁，罢官家居亦已经两年了。虽然他还自称"志士"，爱国的豪情壮志仍在，但同时却做了真正的隐士，所以自注云："此二事非闲寂不知也。"

总而言之，陆游的自然观与众不同，因而他的诗也就不同凡响。这大概是他平生肯下苦功、格物不已的明效吧。

（编者注：本文原是作者在 1981 年于台北"中央研究院"国际汉学家会议的报告，后来收于该会议的论文集，今略加藻饰改订。）

五、书店和笔耕——唐代诗人的生计

某人评介某书说过：现代日本广告的起草者（copy-writer），多是些不得志于文学的文学青年，和寄此希望于未来的人们，时至今日，似乎还有着这样的倾向。我读后颇有同感，因为，我想到中国的古代也有相近的例子。

唐代诗人窦群有这样的绝句：

　　一旦悲欢见孟光，十年辛苦伴沧浪。
　　不知笔砚缘封事，犹问佣书日几行。

（《初入谏司喜家室至》，《全唐诗》卷二七一）

诗的首二句说自己终于能把过去十年困苦生活中，帮助了自己一臂之力的妻子接到京师来了，此时悲喜交集，心境实在异常复杂。孟光是汉代梁鸿（公元一世纪）的妻子，她帮助窘境中的丈夫，彼此和睦共处（见于《后汉书·逸民传》）。沧浪是河名（见《孟子·离娄》），也是隐栖不仕的故事。这两条人所共知，无须多讲，而我将它解释为窦群仕官以前的雌伏时期，大概没有想错吧。

引起我注意的是第三、四句。看到临砚写字的丈夫，妻子问道："你现在一天写多少行呢？"其实他现时所书写的，是上呈天子的封事，而非受雇于人的笔耕工作。

窦群卒于元和九年（814），生年应为763年。题中的"入谏司"，大概指自己被任命为左拾遗，这是劝谏天子的官职。他的任官，在贞元十八年（802）三十八岁的时候。窦群有五兄弟，五人均以诗名，被喻以"联珠"，兄弟的诗集名为《窦氏联珠集》。如果他的笔耕生涯真的长达十载，那么，和现代日本一样，唐代的年青诗人赖写诗为生，毕竟是不可能的吧。

也不限于窦群一人，唐代诗人，除少数生于豪门望族之外，大多是清贫的，在年轻时便当上三卫郎做过禁军将校的韦应物算是一个例外。有人推测：杜甫被视为诗人之后，仍在长安、秦州、成都各地栽种药草，将之出售以补生计，见于冯至的《杜甫传》。最近有人考出南宋诗人陆游晚年的某一段日子，也过着同样的生活^{补注}，吉川幸次郎博士也考证出北宋黄庭坚之父也有过类似的遭遇。唐代诗人在其不遇时如何生活是个长期存在我脑海中的疑问，现在总算获得线索了，虽然仅是窦群和杜甫两个例子，但我却有找着头绪的感觉。

让我们回到笔耕的主题吧。刘梁的传记（《后汉书·文苑传》）中，我们可以发现"卖书"的记载。"卖书"并非将书卖给旧书店，而是靠抄字来赚钱。这是公元二世纪的事情，可见笔耕在中国知识分子中间，着实有长远的历史。

与笔耕有关，还有另一件叫我注意的事情，就是唐代诗人的作品，是怎样流传于世的呢？木版印刷无疑在唐代经已发明，但能令人想到：也许曾经印刷的唯一例子，是白居易（772—846）《长恨歌》等作品。这恐怕也是很例外的，因为他的读者特别多。

那么，不单止诗，大多数的文学作品也定然是用笔录的形式传到读者手中。下面的一首诗可以为证：

> 日日新诗出，城中写不禁。
>
> （姚合《寄国子杨巨源祭酒》，《全唐诗》卷四九七）

这是称颂杨巨源诗作之才：你每天都有新作发表，都城的人赶写也写不及了。姚合约为八世纪末到九世纪中叶的人，略晚于窦群，这诗我想是八世纪最末期之作。

从此诗可以推测：当时大概有这样一种买卖，名诗人的新作一出，便有人等着立刻抄写下来卖给读者。关于当时开设有贩卖诗文抄本的店子，确实的证据还可以在其他记载中找到（卢藏用《陈氏别传》，这是关于七世纪末初唐诗人陈子昂的传记。发现这一条资料者是故丰田穰氏。）。唐都长安和洛阳的市中开设有售书的店子，是很多人都知道的，到九世纪时，蜀中（大概是成都）也有了。不用说，虽说是有这样的书店，怕也有些是私人直接订购手抄本的，然而，我想在唐代，透过书店进行的交易是相当多的，因为商业和货币经济都在逐步扩展中。

这里附带多谈一下。书店古时是称为书肆的，这名称自后汉时已存在，以异端知名的思想家王充（27—约97），传称他在洛阳市的书店中，"阅所卖之书"，过目一遍便可成诵。可见不仅一世纪时便已有书店，且同时还有些不买而光站着阅读的人呢。也许，唐代说不定也有站着浏览，而将名家的新诗默记下回家的人。二世纪时有笔耕已如上述，我认为，书店与笔耕是有密切关系的。话虽如此，一、二世纪之际，纸还刚发明不久，即使有对书本的需求，书店的规模恐怕仍是很小，无法跟唐代比拟的。正如从白居易的逸事中可知，唐时甚至有些专程从日本和朝鲜前来买书的海客呢。

正在这样浮想联翩时，我的脑海中又出现了在唐首都书店的角落里，又或在客栈的狭小房间中，埋首抄写的青年的形象来。即仅在唐代的三百年间，带到日本去的书籍，数目也很可观。时至今日，残存的抄本虽如凤毛麟角，但其中说不定或有一些未成名以前青年诗人的笔迹呢。比起窦群般能在当世获得显赫地位的人来，终生不遇，未能留名于后世便逝去的读书人，为数恐怕多得多，若是如此，我又岂能无感触呢？

（1959 年稿）

注　释

1. 详见拙著《陆游》，（东京，1974 年），第 14—16 页。

2. 唐代的诗人，如杜甫诗有云："骑驴三十载，旅食京华春。"（《奉赠韦左丞丈二十二韵》，《杜诗详注》卷一）；又李商隐《李贺小传》云：（贺）常从小奚奴，骑距驴，背一古锦囊，遇有所得，即书投囊中（《唐诗纪事》卷四三引）；又唐季的宰相郑綮曾经说了"诗思在灞桥风雪中驴子上"（《唐诗纪事》卷六五）。据此，诗人和驴子好像有密切关系，至少，写作此诗时，大概陆游就想起这些故事了吧。

3.《鹖冠子解》一书，有道藏本、武英殿聚珍版本等，因与博物学无关，兹不具述。

4. 宋大樽曰："就当作名，言既注《尔雅》讫，乃更名此书为《埤雅》也,言为《尔雅》之辅也。"

5. 按:蘽当作蘽。《集韵》十四贿:"蘽,鲁贿切,音磊,蓓蘽始华也。"四纸:"蘽,鲁水切,音垒,《说文》艸也,引《诗》'莫莫葛蘽'",非其义也。

补注. 冯氏自言,杜甫卖药之说,原系罗庸氏(已故)所曾谈及(见于《杜甫在长安》,《文学杂志》二卷一号,北京,1947)。至于陆游亦曾做过"业余医生",初见于欧小牧《爱国诗人陆游》(上海,1957);我得到他的启示以后,也曾考究陆游的家学对于他的描绘大自然起了作用的情形,参看拙撰《诗风和家学——陆游的"静"》一文(本书第七章第四节)。关于黄庶(黄庭坚父)的逸闻,参看吉川幸次郎博士《诗人与卖药》(《学事诗事》所载,亦见于他的《全集》)。(1983年补注)

第八章　宋诗研究序说

一

　　政治史上的宋代，始于太祖建隆元年（960），而终于卫王祥兴二年（1279）。在这长约三百年期间，以女真族的金国大举入侵而造成中国丧失北半部领土的"靖康之变"，即钦宗靖康元年（1126）为分界线，在此之前是北宋，迁移至江南的高宗建炎元年（1127）以后便成为南宋。北宋与南宋在帝国的领土面积上有所变化，而国力的缩小方面，跟唐天宝十四年（755）因安禄山之乱而成为前后二分之界线的情形正好相似。但是，像唐诗那样把前后二期更进而划分为初唐、盛唐、中唐、晚唐四期的习惯，在宋诗方面是没有的，它并没有如此明确的区分法。因此，在以下的论述中，最好还是照向来的样子称做北宋和南宋，而不再加以更细的划分。

　　诗之外形方面的体式在唐代之时已经完成、确定，一句的长度以五言或七言为准则，一首的句数，分为绝句（四句）、律诗（八句）、古诗（长短不定）三类，不管唐诗或宋诗都是如此，并无不同。至于更详细的规程例如平仄、押韵、对仗等等，宋代也没有什么新出现的东西。换言之，从外在形式上来说，宋诗可说是唐诗的延续，像魏晋诗人们那种开始竞作五言诗，或者唐初（七世纪）时诗人们专心从事于七言诗制作等那种寻求新的形式的热情，已经不可复见。宋代作家就演变方面所作的贡献，是实质的而非外形的。因而，唐诗与宋诗之不同，不是那么显眼地一下子便看得出来，需要更细细地阅读、比较，然后对于它的本质才能逐渐有所了解，而我们若欲解说它，便不会是容易的事。若以文字的演变为例来说，唐诗跟宋诗的不同，并非如金文、篆书与隶书、楷书这些书体之间那么样的分别，而是同用楷书或行书来书写，只因时代之异而风格不同的情形相仿。这种不同，可说是极为微妙的。

但是，在论述诗的实质问题之前，我想先围绕宋诗的外在因素的性质简略地加以说明一下。

宋代约三百年之间，首先令人注意的，是诗人的数目及其作品的数量都很巨大。关于这一点，我认为日本过去稍有误解。唐诗的作者约有二千，《全唐诗》中收录的作品约有四万八千首。这已经是个相当大的数目，远远超过至今所传属于唐以前（汉、魏、六朝）的诗的总数，这显示出，诗在唐代是如何地昌盛繁荣的一个方面。然而，宋诗的数目比之更大，作者人数约在六千八百以上，作品总数虽不易点算，但达到《全唐诗》所收作品总数的几倍，相信毫无问题。认为诗在宋代不及唐代那么普及的想法是错误的。作诗的人显著地增多，这是不可忽视的事实。

作诗者数目显著的增多，大概读诗者的数字亦会随而增大起来，虽然还没法点算读者人数，但随着印刷技术的进步，出版物的加多，不但古人的诗集，甚至同时代的人的作品集亦相继印刷出来。譬如苏轼（东坡）的诗文集在他生前已印行了几次，广泛地为人阅读，诗已肯定地并非一如过去般只属于作者及其周围少数人之间才存在的事物。

另一方面，由于诗属于古典性质的式样（Genre），因而成为必须具有较高教养程度的人才可以从事创作的。就算在唐代，也大致跟从前一样，作诗已有稍为专业化的倾向，尤其唐代的前半叶（760年以前），由诸王（皇族）等有权势的人作后台而构成的诗人集团产生较多，但到了宋代，这种现象几乎已不复见，反而较易见到的，是以名重一时之作家为中心，而以称为其门人集团的形式出现。这种趋势，唐代中叶以后已开始显现了。韩愈（八世纪后半叶）的友人及其门人弟子的一群是较引人注意的。这种情形到宋代更为显著，苏轼的门人中，有的称为"苏门四学士"，亦有称为"苏门六君子"的；他们的诗文集也是印刷刊行的。这种趋势后来变成"诗社"的结集，终而构成不同的流派。十二世纪之中，即北宋末年至南宋初年时成立的"江西派"，可说是中国文学史上最早成立的诗派（在此之前，亦有把几个诗人集合起来叫什么什么派的，但那只是为了文学史在叙述上的方便而称的名号而已，并非诗人本身意识上的叫法）。其后，"诗社"渐在各地作为小型团体般结集在一起，在北宋末年（十一世纪后），照我们所知的事实，诗社同人当中，有当铺、酒场、小杂货店老板之类的人物参加（见于《藏海诗话》）。像这样作诗者出身于市民之间的倾向，到了南宋益为扩大，所谓"江湖派"，不但拥有众多的诗人，甚至这一派诗集的出版者陈起，原为杭州的一名书店主人，本身也属于作诗者之一。这是十三世纪之事。而这派诗人之中，生平传记不明的为数也不少，其经历之所以不大彰明的原因自然由于他们并非高级官僚之故，甚至有全属普通平民之可能。

此外，佛教僧侣们跟普通人同样地去作诗，早在南朝（五世纪）开始便有，在唐朝时也不乏这方面的例子，到了宋代就更加多了。而妇女中亦有作诗的，但跟男子相较起来，人数便少得多。比起唐诗来说，宋诗可以说更属于男子的事，这些现象跟诗的内容并非毫无关系的。

由上所述，可以得出一个小小的结论。宋诗的作者，虽然不应该忽视为数不少的例外，但大体上来说，高级官僚仍占着其主要部分。当然，父亲曾为高官，本身的地位稍低之类也所在多有，但有名的诗人而全属下级的官吏或纯粹的平民，则大抵不易得见。宋代的诗（以及一般来说的文学）的情形可以用以下的比喻来表示，那就是：诗的作家与读者的整体可以绘画成一个三角形，居于顶点的是知名度高的诗人，底边相互靠近的是无名的作家和广大的读者层。这个三角形，跟宋代社会整体的结构约略相似，只是属于社会最下层的农民（小工匠或农奴）由于没有文字方面的知识，姑且不得不从图形的底层割除而已。不过，这个三角形的底边是不断地扩展着的，实际的宋代社会底边不消说远较文学的底边为大，要是跟唐代比较起来，可以推想得到文学的底边定然已有相当程度的扩展。

唐代文人的阶层在社会整体之中，稍偏于中间，诗家之占有社会最上层的人为数不多，因此，贵族或高官不作诗的反而普遍，而在宋代方面，高级官吏就算够不上称为诗人但也很少有不作诗的，写诗作为知识分子的教养已经是最一般性的事情了。

二

关于诗的内容、实质方面，在宋代，以恋爱为主题的作品较唐代为少，成为其特色之一。中国的古典诗歌，假如上溯至远古的《诗经》，一直都以恋爱作为其最大的主题，至于后汉五言诗（就是中国旧诗的祖宗），其代表作品的《古诗十九首》，也以男女的爱情为其所述的题材。诗，可以说是由恋爱的抒情而启始的，这类作品，实际上在表白作者对特定对象的感情之外，属于在假设的基础上而凭空构想出来的产物，可能性也很大。五言诗本来就是由仿效作者不详的民歌而产生的，后来成为文士们在书桌上写作出来的诗歌之后，取材范围便逐渐扩大起来，但限于与恋爱有关的一方面来说，情况大抵还是差不多。南朝的恋爱诗选集《玉台新咏》十卷，所录的仅是这类作品而已。就算到了唐代，也没有原则性的变化。李白虽然也作了不少恋爱、爱情之类的诗，但大部分还是架空的、虚构的东西罢了。晚唐李商隐之作仍是如此。另一方面，在唐代，除了少数作家之外，恋爱早已并非主要的内容了，代之而起的，正如三好达治氏所说，抒写友情的作品，在唐人诗集里正占着最多的篇幅（岩波新书《新唐诗选》）。

到了宋代的诗，终于把恋爱推到一隅去，这意味着诗的抒情性质，比唐代变得愈加稀薄起来，理由之一是：称为"词"的新的韵文形式由唐末开始至五代时兴盛起来，到了宋代更臻于极盛，这种体式，以恋爱为其主要的内容，诗在这方面的一部功能转让给了"词"，因而有这种情况的出现。虽然如此，但诗的抒情性质并未完全失去。例如，晏殊的《寓意》固然还是宋诗表现出其特色以前的作品，而完全具有宋诗各种特性的作家王安石，他的《君难托》一首即在歌咏出一个被人离弃的妇女的感叹，不过，如照注释家的说法，则可解作其实是王安石的假托，以宣泄其埋怨皇帝的情绪，与此相类的表现方式在唐代也有。至于南宋陆游的咏鸟姑恶诗，看来还是纯然对其已离异的妻子表示怜悯之情而已，恐怕并没有像王安石般那么有"寄托"的。陆游由于家庭上的问题，跟其初婚的妻子离异，及至晚年，写了好几首怀念前妻的诗。另外，虽然不一定说得上是恋爱，北宋的梅尧臣也写了好几首怀念其亡妻的诗，《书哀》只不过是其中一例而已。然而，同样的是悼念亡妻的感情，以苏轼为例，即不以之写入诗中，而用"词"把它歌咏出来（《江城子·乙卯正月二十日夜记梦》）。换言之，要表现这类的爱情，似乎认为"词"比诗是更为适切的体式。

因而，与唐诗中白居易的《长恨歌》可以相比拟的作品，宋诗之中便较为不易找到。我相信：这不徒然因为臣下不得将皇帝深宫中秘奥的爱情故事写入诗中之缘故的（南宋洪迈的《容斋随笔》即持此说）。不过，跟唐王建《宫词》内容稍为接近的作品则并非没有，那就是汪元量的《湖洲之歌》九十八首。正当南宋的都城杭州陷落、皇太后等一干人等为蒙古人所俘并被带北走之时，多数的宫女要随船北遣。这种悲哀，即由当时随行的一个音乐家汪元量代她们诉说出来，终而写成那近百首的诗歌。

恋爱、爱情的咏唱大体上已从诗作中消失这一事实，是跟宋诗特色具有深刻关连的，这一点，我将在下文中再加论述。

三

中国的诗歌在悠长的期间之中，并非只以恋爱诗为限，悲哀亦可以说是其主题之一。若以六朝而言，由魏的曹植（192—232）开始，然后是阮籍（210—263）和刘宋的谢灵运（385—433）以及其他的诗人。在唐代，以杜甫为代表的大多数诗人，亦大都着眼于悲哀，并以之作为诗的内容。别具特色的诗人如陶渊明（365—427）和唐代的李白、韩愈等人可说是例外的。但当中的韩愈曾说过"欢愉之辞难工，而穷苦之言易好"（《荆潭唱和诗序》）的话，可见他亦承认反映悲哀的文学比歌唱欢愉与快乐更能产生出优秀出色的作品。

及至宋代之后，初期仍然受到前期余波的影响，曾在真宗之世当宰相的杨亿（974—1020）和刘筠（970—1930）等人的诗被称为"西昆体"，但一读到他们彼此唱和而结集之《西昆酬唱集》二卷之时，便可了解到那只不过是完全模仿李商隐的律诗之作品而已。虽然它的美丽由灿烂绚丽的文字镶嵌而成，但所描叙的，仍然停留在：

> 满目离愁频驻马，一春幽梦只惊鸦。
>
> （刘筠《无题》）

和

多情不待悲秋气，只是伤春鬓已丝。

（杨亿《泪》）

之类的虚怯心境，毫无新鲜感。

明白地显示出宋诗特色的，有十一世纪后的欧阳修、梅尧臣等人。欧阳修喜欢韩愈的散文，是所谓宋代古文运动的中心人物，在诗方面亦对韩愈深为倾倒，因而不大喜欢杜甫。他极讨厌把诗之写作淹没于悲哀之中。但以他的散文来说，像在其著述之《五代史》中所见的，很多地方都往往表现出有强烈感伤之处，不但如此，其"词"之作品中亦有与此相应的感伤性质，也许他尽可能将诗和"词"分隔开，足以入"词"的感情，则不欲使之入诗吧。这么一来，诗与"词"的内容即完全分离。唐代白居易编纂其本身作品的时候，分为"感伤"与"闲适"二类，白氏的"感伤"即使涉及各方各面，但仍以悲哀为主。欧阳修则在此等相类似的方面，尽可能自诗移入于"词"之中。因而，他可以说是几乎把"友情"和"闲适"都尽量集中到诗的体裁上去，作其主题。所谓"闲适"，即指内心的舒畅宽和状态而言。换言之，诗变成了表现不属于悲苦心境为事的体式。

至此，宋诗向乐观主义的哲学接近。这种乐观主义，为欧阳修门人之一的苏轼彻底地表明出来，他既以之赋予其本身诗作的特色，同时亦几乎决定了宋诗的性格。苏轼的诗充满明朗与健康，完全没有唐诗某些作品中所见到的那种忧郁暗淡，从这活泼流利的音调，可以窥见他的开朗豁达的精神。

相信邻人的善意，并认为无论在怎样的境遇之中也可能有幸福生活的苏氏，不管际遇怎样痛苦也不曾屈服。他曾两次成为流放的罪人。但此期间，却是他闪耀文学光彩的时机。唐代诗人中遭受刑罚或被贬左迁的作者，在他们的作品中大都诉说其苦况，即使以乐天为别号的白居易也在所不免。他在左迁至江州时所作的《琵琶行》，把自己的悲哀假托薄命女子的故事而说出自己是"天涯沦落人"的话。苏东坡在流放到黄州的大约五年之间，都没有写出相类似的作品。他所记取的是对那些在此地才认识的人那善意而发的喜悦之情：

数亩荒园留我住，半瓶浊酒待君温。

（《正月二十日往歧亭郡人潘古郭三人送余于女王城东禅庄院》）

小小的菜园与些微的酒，从中可以看出欣幸之感正洋溢于他的内心。那并非只在怜惜见弃于当世的自己，还具有更大的内心宽广处。

东坡的诗用拟人法的地方非常多，这点，亦是他足可代表宋诗的一面之处。

多谢残灯不嫌客，孤舟一夜许相依。

（《除夜野宿常州城外》）

　　像这样的把自然物或无生命的东西作为与人类同样地具有感情之物来看待的表现方式，唐诗之中虽已得见，但在宋诗里才特别显著。就东坡的诗来说，他用拟人法大都在于把无生命的东西看作对人类显示善意之物来咏唱。如：

倚山修竹有人家，横道清泉知我渴。

（《自兴国往筠宿石田驿南二十五里野人舍》）

两句，是苏氏获赦离开贬谪之地的黄州，前往其弟苏辙所在的筠州途中，投宿于某一农家之时所作的。这两句是说：“沿山而生的竹丛内有村民之家，横着道路的清泉似乎知我口渴似的”，说这话的时候，我们可以了解到：他一面叙述自己那向着自然之善意而生的喜悦，一面其实是暗地里表达出对那个让陌生旅人投宿的善心农夫的感谢。苏诗的拟人法，可以说是率真而老实地接受了人们的温情的心，并随而将之延伸至无生之物上面去。

　　说到拟人法的运用，东坡之前的王安石（1021—1086）亦有，在南宋的杨万里（诚斋，1127—1206）的集子就更多，例如：

风亦恐吾愁寺远，殷勤隔雨送钟声。

（《彦通叔祖约游雪水寺》）

像这样的说法，仍然保持着把自然作为具有善意之物来看待的态度。

拟人法往往带着童话性质的构想，换言之，是略带点稚气的东西。尽管如此，但在中国像《诗经》那样的古代歌谣中便看不到，除了汉代民谣的"乐府"里仅有的例子之外，六朝时代的诗中亦极为稀有。反而唐诗以后，尤其到了宋代，却明显地大量出现。这种情形殊非偶然，跟宋代人理智性的思考既毫不矛盾，也是他们在思想上一贯地是乐观主义的片面表现。我想：这恐怕是由于人类和文化对大自然产生了优越感然后出现的吧！假使认为优越感的说法过份的话，那么，说成是意识到人类与自然之间的谐和亦可以，在这些作品中，甚至稍稍的不谐协感也几乎完全看不到。因而，向着一般平民百姓的亲近感亦生长于此底基上。这种用拟人法的表现方式也见于《敦煌曲子词》中（"曲子词"就是"词"的原型，是唐代民歌之一种），这事实也不应给忽略掉。

四

苏轼的哲学思想，有些流露于他的诗，我们要讨论它时，须先谈谈宋代哲学的几个特点，虽然这不是我的专业，但我打算稍为提及。如一位不以诗人出名的哲学家张载（号横渠，1020—1077）的《西铭》便说：

> 乾称父，坤称母，予兹貌焉，乃混然中处。故天地之塞，吾其体；天地之帅，吾其性。民，吾同胞，物，吾与也。大君者，吾父母宗子；其大臣，宗子之家相也。……凡天下疲癃、残疾、惸独、鳏寡，皆吾兄弟之颠连而无告者也。于时保之，子之翼也；乐且不忧，纯乎孝者也。……富贵福泽，将厚吾之生也；贫贱忧戚，庸玉女于成也。存，吾顺事，没，吾宁也。

这里所说的，远承庄子"与天地万物为一体"的思想，而将之更为具体化，想把天地间所有的东西与人类之关系比作一大家族的家庭似的。骤听起来，这或许令人有空论之感，但这实在是表明中国的民族主义思想的。钱穆先生曾将六朝的哲学定为个体我自觉时期，而将宋代的哲学定为"大我之自觉"时期（《国学概论》）。所谓"大我"，即指汉民族的一体感而言。张载是最明白地表明钱氏所谓"大我"的一个人。这种民族主义的感情，唐代的杜甫一再自其诗中高唱出来，但在其他的诗人则不大明显可见。可是，韩愈的散文却有较强烈的表现。他又极力排击佛教，亦主要自民族的感情出发。这一点，入宋以后可说已变成大多数文学家、诗人的共同主张，一有机会便在诗中咏唱出来。宋代的知识分子一般都对佛教哲学有深切的关心，然而，民族主义的热情并不会因之而减弱。张载在嘉祐二年（1057）与程颢（明道）、苏轼（东坡）及苏轼之弟苏辙一同参加科举会试合格而成为进士，是他们的"同年"。但跟苏轼兄弟比起来，是个更为纯粹儒家的哲学者。这种在诗中表现民族主义的趋势，在南宋之后，有进一步的提高，这个问题我想在下文再提及一点。

至于理智性的思考，还有种种不同的范围。由张载的《西铭》而引发出的另一点，仍然是与整个民族成为一体之连带感有关的，那就是对社会黑暗面所作的反省。一面明确地区分正义与邪恶，一面又通过诗篇来宣露那因社会之不正义、不公平而生的愤慨，这种做法，唐代诗人已有不少先例。宋代的作品中，同样显示出这种态度来。要举二三例的话，那王禹偁（954—1001）之《对雪》可算是较早期的作品，稍迟的有王令（1032—1059）之《饿者行》和《杂诗》、吕南公的《愿勿寿》及唐庚（1071—1121）之《讯囚》等都是。

这一系列的社会诗，在南宋之后仍然持续，但是，经历了北宋末年（1126）金国大军入侵所带来之混乱的诗人们，其愤慨却指向敌军及造成其侵略的政治家。吕本中（1084—1145）的《兵乱后杂诗》便是其中一例：

万事多翻覆，萧兰不辨真。

汝为误国贼，我作破家人。

刘子翚（1101—1147）的《游朱勔家园》亦可算得上
是这类诗之列。杨钟羲的《历代五言诗评选》（卷一五）在
收录了此诗之后，征引了清代翁方纲（1733—1818）如下
的一段话来：

> 宋人之学，全在研理日精，观书日富，因而论事
> 日密。如熙宁、元祐一切用人行政，往往有史传所不
> 及载，而于诸公赠答议论之章，略见其概。至如茶马、
> 盐法、河渠、市货，一一皆可推析。南渡而后，如武
> 林之遗事，汴上之旧闻，故老名臣之言行、学术，师
> 承之绪论、渊源，莫不借诗以资考据。而其言之是非
> 得失，与其声之贞淫正变，亦从可互按焉。（《石洲诗
> 话》卷四）

要是有人想将宋诗作为补充历史记载之资料来看待的
话，那或会令人失望，然而，若想了解宋代知识分子的精
神生活，便不能舍诗不顾了。这是并不只以所谓"社会诗"
诸作为限的。

南宋时代，正是宋朝国土之半已沦陷并备受金兵践踏
之时，对人民的苦难深为愤慨的爱国志士的心境，自然更

会于诗中充分反映出来，从这一点而言，较之唐代后半的诗人，南宋诗人可说是多了一层悲哀的境遇，直至南宋灭亡之时，这一层悲哀达到了顶点。文天祥（1283年卒）虽或未能称得上是第一流的诗人，但其《正气歌》之能长久而广泛地为人诵读，自有其理由在。他那种绝不替侵略者即异民族服务的决意，是由宋代知识分子那种趋向正义的信念所支撑着的。

五

论到宋人世界观范围的大小，我想还有几点顺便一提，那便是他们的自然观的特性问题。且先举一例看看。黄庭坚（山谷，1045—1105）有《演雅》一篇，题目的含义将在下文加以解释，开始的四句是这样的：

> 桑蚕作茧自缠裹，蛛蝥结网工遮逻。
> 燕无居舍经始忙，蝶为风光勾引破。

这是说：桑蚕作茧来缠绕着自己，蜘蛛结网却想阻挡和捕捉其他的虫子；燕雀没有固定的居所，终日不停的只为筑巢而忙碌，蝴蝶则似乎为春天的景色所引诱而亡逝。四句之下，还提及了黏附于马尾的苍蝇，一生都在石磨中团团转往来的蚂蚁，听到了热水沸腾的声音还在吸人血的虱子（全不知杀机将临），为大居室的建成相互啭叫道贺的麻雀等等，全诗咏及的鸟和虫之属约有四十种之多，其最后两句说：

> 江南野水碧于天，中有白鸥闲似我。
>
> 《《山谷诗集注》卷一》

这里以长江之南野外水道的颜色比天空还青碧，当中的白海鸥像我一样悠闲来作全诗的总结。（此诗据任渊注是黄山谷于元丰五年（1082）前后在接近其家乡的江西省太和县时所作的。）

对于这首诗，我们应该注意的地方有二：一是对生物的细致的观察，就此等生物的营生，提出究竟为的是什么的疑问来，由于这是互为表里的问题，因而在这里一并加以讨论。对自然物进行观察并加以记录下来的做法自非始于宋代，但直至唐代为止主要的都从实用的观点来着眼，大抵能包括到药物学的书籍《本草》之中的便以为目的已达了。至于宋代则对自然物的观察、记述自药物学之类的范畴独立脱离开来，著成了记载各类动植物的很多变种的《梅谱》、《菊谱》、《竹谱》及其他同类的书籍。欧阳修的《洛阳牡丹记》虽然简略，但属于较早期之作，且同时他亦有题咏洛阳牡丹品种的诗篇。这跟宋代园林艺术的发展有关，也由于人工的新品种大量造出有关。把鲫鱼的变种培养形成金鱼似乎亦是宋代之事。

又有把这种观察不仅限于好奇玩赏而希望以此作为一门学问的人，自不会以囿于《本草》即药物学的范围为心满意足，而想联系到作为经学门类之一的《尔雅》的学问上去。陆佃和罗愿所著，例如《埤雅》二十卷和《尔雅翼》三十二卷之类，他们的目标即在于推演这一门学问。郑樵（1104—1162）的巨著《通志》之中有二卷叫作《昆虫草木略》，虽然并没有明言这与《尔雅》有密切的关系，但仍然可以说是出于相同的意向的。黄庭坚的诗题作《演雅》也是基于这种观念之故。《尔雅》本来只不过是经书的词汇，但鸟、兽、草、木、虫、鱼等等的区分类聚，便令人想到万物是井然有序的。所谓《演雅》一题，即有意补充《尔雅》所收的个别单词（物名）的注解，而更为敷衍铺叙、详细说明的。

对生物的观察，如果仅止于此的话，就当时的人来说，便只不过是趣味、嗜好而已。但宋人思想上的特色之一，是要寻问生物的一切行为对于这个世界来说究竟有何目的，在朱熹（1130—1200）的哲学之中，像这样的思考，便是所谓"格物致知"了。宋人极旺盛的好奇心和知识欲求上的丰富，因之而完成的精心创制，沈括（1031—1095）的《梦溪笔谈》二十六卷可作为代表。像这类的作品，虽然具有可以称得上是科学性工作之价值，但对自然物（或更广泛地说万物）的道理穷极尽究，便不能只限于显然易见属于经验性的自然规律。在上文曾引述过的张载的《西铭》所反映的世界观里，人的位置可否成为万物中心，也是个问题。而这方面最明显的例子，是明代的王守仁（阳明，1472—1528）。他首先学的是宋代的哲学（朱子学），在年轻的时候曾有过因要想透"格竹之理"的问题而苦恼、生病，终至不再想下去的插话，那是说，他曾对竹为什么有如此的本性的问题再三反复地穷究极思，结果，他虽然不能不另辟途径，建立另一套系统的哲学，但他最初所选择的，明显地就是去做与宋代哲学家相似的思考工夫。黄庭坚并非朱熹、王守仁之类的学者而是诗人，但宋人那股强烈的好奇心和喜欢深入地提出疑问的作风仍然可以在他的诗作中表现出来。

黄庭坚所提出来的疑问，本来就是不容易解答的，因此该诗最后两句就算可作全诗的总结，但也不可以称得上是结论。不仅自然之物，说不定他一生的作品还未将所有的疑问提完哩！杜甫虽曾咏过"易识浮生理"（《秋野》五首之二），而黄庭坚则未有说过类似的话。张载极其肯定地述说"万物为一体"之理，但黄氏对于他的话却恐怕没有轻易地整个的生吞活剥过来便罢哩。宋人诗作的哲学性，应当通过种种的角度去领会，但从这么样的一点去接近亦是可能的。《演雅》一诗的动物名字多，要译出来殊不容易。然而，这诗又不像汉司马相如（公元前179？—公元前117）《上林赋》之类作品中某些部分所见的那样，仅用罗列庶物名称去精雕细嵌而已的。(汉赋纵然仅是精雕细嵌,光是那些名字亦已赋予作品具有那种由特殊性的诗之语言而做成的魔术力。)

唐韩愈有"尔雅注虫鱼,定非磊落人"(《读皇甫湜公安园池诗书其后》)之句,发出似是嘲笑口吻的言辞。而世传黄氏晚年时曾把《演雅》从其选集中删去(见南宋任渊《山谷诗集注》目录),他这一删,或许是因为记起了韩愈的讥笑也未可知哩!不过,山谷的这些诗若从另一个角度来看,表面上好像就在讨论鸟和虫的生态,其实可能是他在描绘人类生存方法的种种样相。诗中最后提到海鸥,也说:别的生物都为了谋生而乱动忙碌(其实人类营生也是如此),独有它(海鸥)能够超然物外,飘舞空中,这就是说:毫不为目的所束缚的生活才是真正的生活,不是吗?然而,倘若我们对他的诗这样地了解,其中与生物的生态有关的每一个词语,仍然像有什么奇特的固执之见纠缠着似的,使我们感悟。

若要再作一点补充,那就是先前提过的《埤雅》作者陆佃(1042—1102),他是诗人陆游的父亲,王安石的门人。王安石著有《字说》一书,由于现已失传,其内容自无可臆测,但说是《尔雅》之学的一个发展,应该不会有问题。正如黄庭坚的诗学,颇有继承王安石的见解的地方,同样地,关于《尔雅》之学,可能亦有从王氏学说中得到启发之处。

总之，宋代的诗人，跟对巨大的自然物相同，对小小的生物所抱持着的关心也同样是非常强烈的。像杨万里的《寒雀》和《冻蝇》之类的作品即为其例，特别是后者，会令人联想起一茶的俳句来。（译者注：一茶即小林一茶，本名小林弥太郎，是十八至十九世纪时一个著名的日本俳句作家，作品中往往表现出对弱小者以至花草鸟虫的同情与诚挚的爱。）还有，叶绍翁的《夜书所见》中的促织、周密《西塍秋日即事》中的络纬等，例子甚多。黄庭坚亦有"人骑一马钝如蛙"（《稚川约晚过进叔次前韵赠稚川并呈进叔》）之句。对于马足迟缓说成如蛙这种比拟，是唐诗之中还很少见的新奇表现方式，而这么样的句子之所以产生，殊非偶然。

六

　　宋代诗人之中，足以称为大家的，若依清末曾国藩（1811—1872）说法，有北宋的苏轼（东坡）、黄庭坚（山谷）和南宋的陆游（放翁）三人（曾氏编选《十八家诗钞》，于宋代诗人即仅选录此三家之作而已）。推许苏、陆二家，大抵向来并无异议。清乾隆帝命侍臣编集之《唐宋诗醇》，除了唐代李白、杜甫、韩愈、白居易四家之外，在宋代便只取苏、陆二家之作。其意亦正相同（《诗醇》成书于1750年）。至于要特别给黄山谷比较高的评价，是清末的风气使然，不过，清初的王士祯（号渔洋山人，1634—1711）编录《阮亭选古诗》时，除此三家之外，还加上了欧阳修、王安石和二晁（晁补之和晁冲之）。王渔洋所选的以古诗（宋人方面则为七言古诗）为限，其后姚鼐仿渔洋而编《五七言今体诗钞》，宋代只取其七言律诗共成三卷。以杨亿等人所谓西昆体（上文曾略提及）的诗和王安石之作为中心者一卷，苏东坡和黄山谷之诗作为中心者一卷，以及以陆放翁为中心另加南宋二三人而为一卷。合起来看，则宋诗三大家以外，北宋的欧阳修、王安石二人可称名家，而我个人则认为还该加上梅尧臣。而南宋方面，除陆放翁外，最好加上杨万里（诚斋）。因此，以下就以欧、梅、王、苏、黄、陆、杨七个作家为中心略述其风格之演变，至于其他诗人与诗派亦将稍微提及。

宋初约六十年间（960—1020）在文学的各方面来说大概还是继承前代（晚唐及五代）之绪的，曾为五代时南唐大臣而国亡后仕于宋太祖的徐铉（916—991）即为其中一例。此时期的作家中，亦有如王禹偁（954—1001）那样的开始表现出具有新鲜感觉诗风的人，可是，尚未至于成为诗坛的主流。此外，又有魏野（980—1063）和林逋（林和靖，967—1028）之类的处士诗人，即不做官的隐逸诗人，他们的出现，稍值得注意，可与从五代直至宋初维持儒学多借道士之力而不靠朝廷这种情况一并加以考虑。林逋是个与其说是儒者不如称之为道士更为合适的人。他以咏梅诗而特负盛名，但看其毕生不娶妻的逸事，他的拒绝社会生活的倾向接近道家多于儒家。此时期亦有一群佛教僧侣诗人，其中九人的作品集《圣宋九僧诗》据说刊于1008年，当中最有名的是惠崇，死于1017年。他们写作大抵学自中唐、晚唐的诗风。"清苦"的评语不光是九僧所得的，对于林逋等人也该适用。

以真宗皇帝景德年间（1004—1007）为中心最兴盛的文学称为西昆体，这个称谓基于杨亿所编《西昆酬唱集》二卷。这集子是由钱惟演、刘筠等十五人与杨亿相互唱和的律诗（及绝句）二百四十余首结合而成的。与九僧模仿唐之贾岛、姚合等人的作品相反，这一派诗人则全力去学习李商隐的诗。由缀合含有典故而辞藻华丽之对句所构成的律诗，虽然装点得外饰精巧，但内容却在咏唱着那说不出的悲哀，且每每是空洞无物的。

要举出一个诗句工丽的例子，像刘筠《蝉》诗中的"翼薄乍舒宫女鬓"一句便是，本来前人把女子鬓毛梳得薄薄的样子比拟蝉的羽翼而称之为"蝉鬓"（已见于南朝梁元帝的诗中），但刘筠则由蝉的羽翼而联想到宫女的鬓发上去，因而获许为奇警。这群诗人的唱和，一方面以相同形式的作品相互赠答来竞争，一方面也趁机得以磨炼技巧。但由于那只在宫廷内流行的关系，他们所描绘的便始终限于极狭小的天地，这也是理所当然的事。

此等诗人（包括西昆体以外的作家）之所作，使这个时期的文学空气一直在和平温暖的气氛中。魏野有这样的诗句：

> 娴惟歌圣代，老不恨流年。
>
> （《书逸人俞太中屋壁》）

他们的作品中并无悲痛的声响，这大概跟宋朝国力原先是相当充实、安定有关。虽然并无作品选入《西昆酬唱集》，但仍被视为西昆派支流的晏殊（991—1055），其《寓意》中有一联：

> 梨花院落溶溶月，柳絮池塘淡淡风。

此等诗作与及宋祁（998—1061）等人之作，仍然可以令人见到那种太平时代的恬静悠闲气氛。

宋诗使人看到其显露真正特色的，是在仁宗皇帝的治世，特别是进入庆历年间（1041—1048）之后，此时欧阳修（1007—1072）等人的古文运动兴起，那是继承唐韩愈诸人的古文精神并使之复活过来之举，自此之后流畅顺达的散文便流行起来，这虽然是散文领域之内的事，但与之并行而在诗坛中的古体诗，亦因欧阳修等人为中心的热心主张而告复活。本身是诗人而又与欧阳修最亲近的有梅尧臣（1002—1060）和苏舜钦（1008—1048），欧阳修即有述及他们二人诗风的作品——《水谷夜行寄子美圣俞》，子美和圣俞是二人的别字。其中说：

> 其间苏与梅，二子可畏爱。
> 篇章富纵横，声价相磨盖。

两人声名的无分轩轾，说来相信亦合乎事实。苏舜钦"气尤雄"而又"时有肆颠狂"，一旦受到感兴的话，便如发狂气似的自笔端逸出。然而：

> 梅翁事清切，石齿漱寒濑。

此处特别称梅尧臣为翁，那是由于他较欧阳修年长之故（其下有"视我犹后辈"之句）。句意是说梅诗的清切声响，使人想到就像寒冷的急流漱口且渗入齿缝间似的。这跟苏舜钦雄壮的豪气有很大的不同。因此，

> 近诗尤古硬，咀嚼苦难嚼。

二句，相当能够表现出梅尧臣诗的特质，"古硬"二字可说是适当的评语。

> 初如食橄榄，真味久愈在。

这橄榄（形状颇似 olive，因此西人称为 Chinese olive，但实际是另一种植物）的苦涩味道，经过慢慢细嚼之后，不知不觉地却变得甘甜起来，这是深一层巧妙的比喻。的确，梅尧臣的诗骤见之下是平淡而毫不奇特的，但熟读之后就逐渐可以了解其深厚的感情。其古体诗也较律诗和绝句为擅长，这点跟先前所提的西昆体诗人有其本质上相异之处。

在梅尧臣诗中，如《小村》之作，是针对政治的贫困加以批判，而《河豚鱼》则为讽刺政治上党派间无谓的争端而作。这些都是从杜甫以来的传统精神来的，但亦在于他是个贫穷的诗人，终生也没有机会在政界的要津上立足，于是就经常地要站在批判者的一方了。尽管如此，这样的内容，西昆体的诗人即决不会取之以作题材。他的诗作题材原本是甚为多方面的，据说自古以来没有人作过咏虱诗，他也敢于创作诗篇，而为人所熟知，本来这种事物是不应出自宫廷诗人笔端的。总而言之，他尽可能从宋初一群宫廷诗人之中脱离出来，建立起其独特的诗风。《书哀》及其他多篇相类之诗，是追怀其较早亡故的妻子之作，但全没有用华丽而有典故的文字来连缀，也可以说是以朴素的风格咏唱出来。因而，在若无其事的言辞中流露出其深刻的心思，算得上是他的一种特殊技巧。《至香山寺报秀叔》等作品即属此类例子。在字里行间渗润出那种父亲思念孩子的情感和慈爱之心，打动着读者的内心。

欧阳修亦长于古诗，虽然年轻时曾学西昆体，在其《外集》中亦收录了数首，但不用说他自不以此为满足。不过，他的诗跟散文同样以流畅为尚，并没有梅尧臣的"古硬"或苦涩味儿。

欧阳修的后辈王安石（1021—1086）是个改革派的政治家，其政策的当否固应别论，单从行动上来看，他无疑也称得上是北宋的杰出人物。不但他远大的理想和深厚的学识使同时代的人表示尊敬，他在文学上的艺术成就，也不逊于其政治地位之处。就算他的反对者来说，也无人轻视其文学地位。欧阳修、曾巩（1019—1083）和王安石三人，以散文作家而言，同居唐宋八大家之列，又同是出身于现今的江西省，这是值得注意的，令人想起这地区属于五代时在江南昌盛繁荣的南唐（937—975）的领域。五代的数十年间，中原地区一再受到突厥系的民族（如后唐）和满洲（通古斯）系的民族（辽）所占有，中国的传统文化只好转移至长江下游（江南）或者上游（蜀）等地区来延续下去。

王安石的散文虽与欧阳修同样地以韩愈为模范，但其作品则远较欧阳修为严谨、简洁和明快，至于他的诗方面，亦具有相同的特色。其古诗之作，则五言较七言为优。如叙述其信念苦恼的《吾心》和写给出嫁了的女儿的《寄吴氏女子》等诗便是这方面的例子。至如五言四句的《自遣》，在五言绝句佳作不多的宋诗之中，分外引人注目。不

过，在七言绝句中可诵之名品也不少，充分显示出他是个
禀赋天成的诗人。如：

> 荒烟凉雨助人悲，泪染衣巾不自知。
> 除却东风沙际绿，一如看汝过江时。

这是首寄与"吴氏女子"的诗。（译者按：吴氏女子是
王安石长女，吴安持的妻子。此诗原题作《送和甫至龙安
微雨因寄吴氏女子》）其他如：

> 绿阴幽草胜花时。（《初夏即事》）

和

> 月移花影上栏干。（《夜直》）

之类的佳句极多。绝句肯定绝非仅属唐诗所独有之物。

王安石相当喜欢把本身的哲学性的、政治性的理想在
诗中表现出来。例如《兼并》（五言古诗）便是叙述他那种
已成为其基本政策之平均贫富的思想：

> 兼并乃奸回。

他甚至极言拥有大量土地是罪恶的。这种诗较多是年轻时之作。而中年以后，内心渐渐有向往佛教的倾向。《拟寒山拾得》二十首之类的作品，很可以显示出他对禅宗佛教的关心。这种情形，在始终是个十足纯粹儒者的欧阳修与梅尧臣等人的作品中，便完全看不到。而王安石的这种倾向，到了下一时期的代表作家苏轼和黄庭坚等人还显得更加强烈。

> 我曾为牛马，见草豆欢喜。
>
> 又曾为女人，欢喜见男子。
>
> 我若真是我，只合长如此。
>
> 若好恶不定，应知为物使。
>
> 堂堂大丈夫，莫认物为己。
>
> （《拟寒山拾得二十首》之二）

这在说明一个劝诫：执着于外物便会使本性被夺而失去。南宋人李壁在《王荆文公诗笺注》卷四中曾引《圆觉经》来注此诗。可知王安石这种思想并非由老子和庄子之类的道家书籍而来，而确实直接源自佛典的。

比王安石稍后的苏轼，上文已曾提到，是宋诗的代表作家。他的出生地眉山县（今四川省成都市附近），在长江上游，五代之时属于蜀国的域内，与长期在战乱中的中原地域不同，是个既富庶而又文化进步的地方，跟江西的情形是同样值得注意的。他与父亲苏洵（老泉，1009—1066）和弟弟苏辙（1039—1112）合称三苏，同居唐宋八大家之列，是散文大家，只是苏洵的诗作不多，苏辙的诗则比兄长的稍差。不过，由于他们两兄弟约略同时开始作诗，则弟弟自应是其兄文学的最佳理解者。兄弟之间相互赠答之诗为数颇多，而那些诗作，正如林语堂先生所说的，大都可称佳作。东坡开始任官与弟分别之时所写的诗以题为《辛丑十一月十九日既与子由别于郑州西门之外马上赋诗一篇寄之》一首最为人熟知，这里则录其另一首的前半篇：

> 近别不改容，远别涕沾胸。
> 咫尺不相见，实与千里同。
> 人生无离别，谁知恩爱重。
> 始我来宛丘，牵衣舞儿童。
> 便知有此恨，留我过秋风。
> 秋风亦已过，别恨终无穷。
> ……

（《颍州初别子由》）

此诗是 1071 年苏轼获任为杭州通判（副地方首长）之时，其在陈州当教授的弟弟苏辙（子由）送他来到颍州（今安徽省阜阳县）分别之际所作的。诗中的宛丘即指陈州。诗意是说：要是离别而到较近的地方去，脸色还不致于改变，但若离别到远方去的话，涕泪便会沾湿到胸膛上去了。其实相隔数尺与千里之遥并无不同，都是不能相见的。而且人生倘使没有离别，恐怕亦察觉不到彼此间恩爱的深重。我起初来到宛丘之时，由愉快地见到（你的）孩子们用力牵引着衣裾时开始，我便料想到如今的痛苦。你挽留我以等待秋风的流逝，秋风亦早已过去了，离别的悲哀愁恨却依然毫无尽期。

苏轼的诗，具有像流动似的轻快音调，正如上文所述及的，这跟其明朗健康的世界观是分不开的。同时，苏轼的诗亦往往夹杂些适度的谐谑，是其诗的特色之一，如《石苍舒醉墨堂》一诗即可作这方面的例子来看。他开头就说：

人生识字忧患始

写出这样的话来教人感到震惊。跟着就说：

姓名粗记可以休

甚至认为只要写得出姓名来便已足够，可以轻置不理，这好像他要说刻苦学书法，竟是多余无用的技能而已，实际却是他对欲得其笔迹的友人所说的谦逊话，并且巧妙地颂扬对方。有人说他的诗文"虽嬉笑怒骂之词皆可诵"（《宋史·苏轼传》语），我们读到这样的篇章时，自然是不得不首肯同意的。

他的诗还有一个特色，就是比喻的新奇，《新城道中》有：

　　岭上晴云披絮帽

句中以棉絮帽子来比喻笼罩在山岭上的白云，前例并不多见。跟着说：

　　树头初日挂铜钲

这样地把升过树梢的太阳说成像铜锣的说法，是个全新的比喻。铜锣（铜钲）这个东西，并未曾在诗句中出现过。苏轼这样的构思或许由佛典而来也未可料（参阅本书第六章《诗的比喻》）。他的诗作中用语及典故的范围很广，并不限于中国的古典文学，换言之，他可以极自由地选取材料。正因如此，我想附带一提的，是他的文学固然从老子和庄子等等道家书中获得了大多的启示，但同样地亦受到了不少来自佛典之影响。

苏轼的才力在长篇的古诗中充分施展，而在他的律诗之中，亦颇有巧妙的对句；至于诗形短小的绝句中，富于抒情性的美好作品也为数不少。

扁舟一棹归何处？家在江南黄叶村。

（《书李世南所画秋景》）

这首诗跟《惠崇春江晚景》同为题画的诗，并非据实景而作，然而，恐怕比起原画来更为生气勃勃，更具有令人心中彷佛看到景致，如在目前的力量。

一年好景君须记，正是橙黄橘绿时。

（《赠刘景文》）

这几首都是我长久以来爱诵的诗篇。

苏轼的表兄弟之中，有以画竹驰名的文同（与可，1018—1079），门人中有"苏门四学士"之称的秦观、黄庭坚、张耒、晁补之等人，而陈师道（后山）亦可算入门人之列。这里想特别就黄庭坚（山谷，1045—1105）来略谈一下。他是"江西诗派"的开山祖师。而江西派的名称，也是因为他是分宁（今江西省修水县）人而来的。

宋诗理智性的一面，前面已述及其一端。其哲学性与机智，是互为表里的。宋代的诗人一般较唐代的诗人知识渊博。这方面，以上文已经述及的梅尧臣的作品为例来说，他的诗虽然平淡，但他对古典的修养深厚，而他那富于曲折的思考大概亦与此有关。不把本身的博识隐藏起来的有王安石，苏轼则属其次。但若说将多闻博识去增加诗的表达力的复杂性，则黄庭坚可谓到了极点了。他不大用普通常用的典故，就算要用那些比较为人所习知的典故，也刻意别出心裁、拐弯抹角的来运用才感惬意，他的诗即以此擅长。

试举其典故不明而难于索解者为例，则《次韵王稺川客舍》诗有云：

> 五更归梦常苦短，一寸客愁无奈多。

据《山谷诗集注》（内集卷一）的任渊注，这里的第二句原出于北周庾信的《愁赋》中的"且将一寸心，能容万斛愁"。（译者按：《愁赋》不见于今本《庾子山集》，佚文辑存者谓引自宋叶廷珪《海录碎事》卷九《愁乐门》。）（环树按：庾赋佚文，见于李壁注《王荆公诗》，又见施元之注《苏东坡诗》，疑是《子山集》足本，宋世尚存也。）庾信认为：人的心脏虽只有一寸那么大，但也可以容受得万斛的忧愁。至于黄庭坚，则将此二句缩为一句："一寸左右（在心里）的客愁已过多，无论如何也受不了。"换言之，一寸这二字与跟着的客愁二字之间有间隙，必须要读者去做适当的填补；因此之故，对于庾信赋的知识便成为必要之事。当然，"寸心"之类的词语在唐代诗人也曾用过，但如果对庾信的赋有所认识，那么作深一层了解自然容易得多了。

至于典故不太难解而在诗句的中间留有空隙的例子，

则《寄黄几复》诗中有两句：

　　　桃李春风一杯酒，江湖夜雨十年灯。

　　此中每句的上四字与下三字很能相互对应，成为完整的对句。但是，如果根据任渊的注来说（内集卷二），二句都是说明追忆过去（黄几复与作者）一同游乐时的欢愉，如今算来已是十年前的事情了的意思。若依此说法，则上句是叙述过去春天之时于桃花李花之下把酒一杯那种欢乐的情景，而下句的意思，在明言灯下所谈的长江和湖上的游览，也已是十年前的旧事了。"江湖夜雨十年灯"，上四字跟第七个"灯"字有直接的连系，"十年"二字的插入，所要显示的是由过去直至现在的一段时间。如果真是这样的话，那下一句便有特殊复杂的结构，织成句子的方法与上一句着实并不相同。更且，由于这种解释过于复杂，我还是认为伯鹰先生的解释较为妥当（《黄庭坚诗选》，上海，1957 年），他理解为上句是说过去，下句则指现在的状况而言。那就是说：如今，作者与黄几复之间为长江与湖泊所阻隔，已经有十年的岁月是如此过去的了。

　　至于要举出足资证明谐谑由于博识而来的例子，如《戏咏猩猩毛笔》二首就是。其第一首中有这样的一联：

　　　政以多知巧言语，失身来作管城公。

这是首七言绝句，前面两句说南方之兽猩猩酒醉之后被人捕获。而此两句，则说猩猩如同人类般的是有智慧之物，也能言语；但正（政与正通）以此之故而被抓着，到头来还被人取了它的毛来制成毛笔。管城公是韩愈文章（《毛颖传》）中把笔拟作人的名字。不过，这两句还有内层的意思。黄庭坚特别为这两首诗写了后记，据其中所述，第一首是送给钱穆父（钱勰之字）的。钱勰把由高丽得到的猩猩毛笔送给黄庭坚，黄即以此诗作回礼。钱勰当时与苏轼同为中书舍人之官，诏敕的起草属其职务范围。因此，所谓管城公正是指他的职务而言。就是说：穆父违反了本身意愿（失身）要日夜过着舞弄笔墨的生活，含有揶揄的意思。是一种双关语。如此之类，虽然苏轼的诗中也有，但黄庭坚则对之特有偏好。

黄庭坚诗作之中不仅句法如此，在整首的结构方面（即所谓篇法）亦可以举出其与人不同的特异处理方法。仍然以一首七言绝句为例：

> 阳关一曲水东流，灯火旌阳一钓舟。
> 我自只如常日醉，满川风月替人愁。
> （《夜发分宁寄杜涧叟》）

这里的第一句"阳关一曲"四字与"水东流"三字之间大有距离。上四字读来要跟其下三字接续，不易令人推想得到。要是平凡的作家大概会把下三字写成"使人愁"之类，那是因为阳关曲属于送别的歌曲之故。但是，如此一下子便说完的话，那诗的意图就变得过早道尽，其后想续下去也不可能。因此，"阳关一曲使人愁"只适合用来作绝句的最后一句而不合于首句。然而，黄庭坚在提起"阳关一曲"作主题而同时又用"水向东流"来扭转方向，就是说："阳关的离别之曲（是应该使人悲伤的歌曲，但）水（实在什么也不知道）竟一直向东面流去。"到了第三句也没有用上"我自愁"之类的惯常用语，而说："我毫不动容的如常地喝醉"，至第四句"可忧愁的，是满川的风和月"，就是说：替代我去把那哀愁表达出来的，是风和月。即以此来作结。可以说，这首诗的兴味，全在篇法的奇特超拔所致。

宋的李觏（1009—1059）有如下的绝句（《宋诗纪事》卷一九）：

> 人言落日是天涯，望极天涯不见家。
> 已恨碧山相掩映，碧山还被暮云遮。

意思是说：人们都说落日的地方便是天的尽头了，但我极目远望，直到天边为止也看不到故乡的家。可恨那青青的山把故乡遮掩着。但群山的这一面仍有山，在暮色之中甚至连故乡的山也遮隐掉。这已是曲折而丰富的表现了，然而，还是不及黄庭坚的奇警。要是用上黄诗那复杂的句法、篇法的话，那就会有不少难解之处了。

七

江西派组成该团，似乎是黄庭坚死后的事。南宋初期（十二世纪后半）时为最兴旺，该派诗人的作品集有《江西诗派》一百三十七卷和《续派》十三卷（见《文献通考》卷二四九），但今已不传。此派以远承唐杜甫为祖师，又以黄庭坚、陈师道、陈与义为三大支柱，称为一祖三宗（元代方回之说）。三人之中，到了南宋之时仍然在世的只有陈与义（简斋，1090—1138）而已。无论诗派的名称，抑或一祖三宗的叫法，都明显地是模仿禅宗由祖师传与弟子而成为流派的做法，并且禅宗佛学的思维方法也浸润到诗作上去。在黄庭坚之前，王安石先已是个喜欢杜甫的诗而又向当世推广的人。王和黄既同是江西人，又都喜好禅学，是二人的共通点。黄庭坚的诗虽有曾受王安石影响之处，但江西派却没有把王安石当作祖师之一。这点，或者由于南宋时对王安石的新政有较强的抗拒也说不定，黄氏本身在政治上就是新党的反对者。

陈师道与陈与义刻苦地作诗的态度跟黄庭坚接近，对杜甫诗的研究亦相同。然而，黄氏的奇警，却非二人所有。我读过的二家作品虽然不多，以所得的印象而言，觉得他们都同样地具有淡白的色调。不过，又没有如苏轼般的轻快的音调。令人有苦涩而又稍稍阴暗的气氛支配着的感觉。因而，黄庭坚所具有的谐谑味儿在两人当中亦不多见。

陈与义那种并不喜欢运用华丽的文辞的态度，在其《墨梅》一诗中亦曾表达出来，他说：

意足不求颜色似

至于能够看到他苦心作诗的例子，如下面《春日》诗中的两句便是：

忽有好诗生眼底，安排句法已难寻。

这里是诗人将自己客观化起来而说的。直至唐代中叶为止，与此相类的写法是不多的。盛唐以前的诗人在诗中要将其强烈的感情表白之时，已经再没有写进这些内容的余地了。正在写诗的人，把自己由作诗之中分离开来思考的情形过去是不可能有的。这么样的分离直至中唐后方才出现。贾岛等人便是如此。到了苏轼诸人也有这种做法，不过也都显示出其内心尚有余裕之处，至于陈与义，又一次将苦吟这一件事当作诗的主题。意味着这是"为诗而写之诗"，也许正是诗的世界狭窄起来的结果。但同时诗的作用在诗人生活之中更加深刻起来。换言之，作者的生活与作诗这回事紧密连接着，可说到了无可分离的地步。这就是江西派的一个态度。

陈与义的五言诗之中，律诗的佳作颇多。试举其《试院书怀》为例：

疏疏一帘雨，淡淡满枝花。

在这里，既没有浓厚的色彩，也没有刺激性的形容；然而，在温和的语调之内，造出了明确的形象，吸引着读者，很适合五言句的诗型。清末诗家陈衍在其《宋诗精华录》中收录了此诗，并且认为："樊榭五律最高者亦学此种。"意思是说：清朝有一派诗人，特别是厉鹗（樊榭，1692—1752）等人所力求模仿的即为此种诗境。这个说法，我亦不禁有同感。

在南宋，既从江西派那里学来绵密的结构方法，同时亦结合起流畅豁达的语调和气氛的诗人是陆游（放翁，1125—1210）。江西派风靡一世之后，有志的诗人都想努力从其旧框摆脱出来，但最能建立特殊风格的要算是陆游了，这就是他之被目为大家的原因所在。

他在文学上的老师是众所周知的曾几（茶山，1084—1166），是个江西派的诗人。陆游对其师的倾心仰慕在其所作的《寄酬曾学士学宛陵先生体比得书云所寓广教僧》曾表现出来。因此，毫无疑问的，陆游学诗首先从江西派入手，不过，他终究没有囿于江西派的理论。不但如此，他大抵从没有考虑过要自己立身成为诗人。他的志愿是恢复那被女真民族（金）蹂躏的国土，希望有朝一日能亲眼见到大宋皇帝再君临宋帝国的完整领域。这种抱负至死不渝，临终时还将之作为最后的遗言来说：

> 王师北定中原日，家祭毋忘告乃翁。
>
> （《示儿》）

他的爱国热情每有机会便炽烈地燃烧起来，却经历了不知凡几的挫折。公元1172年，由当时西北的最前线、接近宋金边界的兴元（今陕西省南郑县）平白地撤退到蜀的成都，正在越过剑门的山岭时，他在驴背上吟了如下的诗句：

> 此身合是诗人未，细雨骑驴入剑门。
>
> （《剑门道中遇微雨》）

他一方面忆起乘驴的唐代诗人的传闻故事，一面又怀疑自己到头来是否已沦为除了写诗之外便别无所能的男儿。所以如此说，自是他悲痛的申诉。他一直都期望着自己成为战士，但结果却以诗人一名告终。

他那爱国热情的激烈程度，在其近万首的全集（《剑南诗稿》八十五卷）之中，随处可见（如《秋声》《书愤》《醉歌》等）。但是，他的诗篇长久地受人喜欢诵读的，却又往往在于另一方面的诗句，如：

　　小楼一夜听春雨，深巷明朝卖杏花。
　　（《临安春雨初霁》）

当中所表现的是都会之春那安定平静的气氛。又如：

　　重帘不卷留香久，古砚微凹聚墨多。
　　（《书室明暖终日婆娑其间倦则扶杖至小园戏作长句二首》）

这里所见的是环绕其书斋那宁静、和平的感觉。又如：

　　市桥压担莼丝滑，村店堆盘豆荚肥。
　　（《初夏行平水道中》）

这样的句子，在描写小镇的风光。这大概会是他晚年之作。其在早期之作则有：

　　山重水复疑无路，柳暗花明又一村。
　　（《游山西村》）

这些诗句颇为相像，都在描写江南水乡的恬静悠闲，令读者心情开朗。试看他另一首诗：

> 斜阳古柳赵家庄，负鼓盲翁正作场。
>
> 死后是非谁管得，满村听说蔡中郎。
>
> （《小舟游近村舍舟步归》之四）

　　如果读到这样的一首诗，我们就会随同陆游一起乘"小舟游近村"且"舍舟"登岸去，为那打响小鼓、刚刚开始演述"蔡中郎"妻子那至今仍然凄惋动人的故事的盲翁之艺能所吸引。而他跟村民们同在一起专心地听讲的形象，也会令人在脑海里明显地浮现出来。虽然是个不幸的战士，但他一方面跟农民苦乐与共，一方面又是个把农村那纵然贫乏却过着幸福生活的各种情状出色地给描绘出来的诗人。他的律诗有丰富的随笔式的风趣，正如他所咏的"村村皆画本，处处有诗材"（《舟中作》），他的速写农村诸诗尤其擅长。这也可以说是宋代用散文来写随笔风气大盛的情况在诗方面的反映。

　　论及宋代田园诗人，自不可忽略与陆游约略同时的范成大（1126—1193）。他跟陆游以一个贫寒的退职官吏而局处浙江绍兴附近一隅的情形并不相同，而是个荣登副宰相地位的大官，在今苏州的郊外还置有别墅。他的《四时田园杂兴》六十首即其晚年在名为"石湖"的别墅中过着优游自适生活的情况下产生的，爱读此等诗作的人甚多，在日本江户时代（十八、十九世纪）中，亦曾不止一次将此六十首诗翻刻成册印行了。至于都会的写照，除了描述苏州春节时热闹情况的《灯市行》等一系列作品之外，还有好像如《夜归》之类的可爱小品：

　　曲巷无声门户闭，一灯犹照酒炉开。

　　不单只这首诗而已，在夜路上步行之际，偶然看到小小的灯光而生出喜悦，然后把那种喜悦写成绝句，这做法在宋人之作里不知凡几。就以日本来说，对暗夜之旅那种内心的孤寂不安，在不久之前还是谁也经验过的事情，所以我感到宋代诗人在这一点上直似存在于切近我们的世界中。

　　与陆游及范成大并列南宋四大家之一的有杨万里（诚斋，1127—1206），也是出身于江西省的。他最初曾学于江西派固自不足为奇。附带要提及的，杨万里的别号诚斋，与陈与义之号简斋，陆游的号放翁等等，都同样地在表白他们自己的人生的路径，含有不仰赖他人、主张自我选择其生活方式的意味。这是宋诗人特有的态度，唐人大都没有别号，至于白居易之号乐天居士也可算是例外的。亦足见宋人即使在佛教僧人和道教道士的相互影响之下，仍无论如何还是那么重视个性的。

杨万里三十六岁之时，便不再模仿江西派的诗风，而决意要站立起来，以一个独立的诗人自居。据说他曾把在此之前的作品通通烧掉，那是因为他相信诗以表现一己的性情为主，是一种出于自然的东西之故。然而，他在《题湘中馆》的末尾处说：

　　个中有句在，下语更谁曾。

意思是说：诗原是自然而然地存在于风景之中的，只是没有人将之做成话语而已。他这么肯定地说之时，大概还未对其曾经苦吟的用心忘怀吧。这二句若与先前陈与义的互相比较一下的话，我们大可认为他们两人其实以不同的话语表达同一事物的两面而已。

众所周知，杨万里是个大量地运用俗语的诗人。这的确是事实。但他所用的俗语，却以别人曾经形诸文字者为限。钱锺书先生就这一点所作的评论（参阅《宋诗选注》，北京，1958，第177—178页）我觉得过于挖苦，也太严厉了。事实上，要想把某一句俗语写出来，如果先前已经有人用文字表达出来，那么，后人照例将那些字运用入诗，这实在是难怪的。在向来用惯了汉字的中国，这种做法岂非是很平常的事情吗？无须引近代的鲁迅为证吧。不过，值得注意的是，杨万里并非仅仅依照俗语的原样来使用的，而是运用文言，却要表达俗语所独有的思路。关于这一点，已故浦江清先生曾在讨论宋词的一文中提及（参阅《浦江清文录》，第 109 页以下）。浦氏说："乐府、诗、词，其源皆出于民间的歌曲，但文人的制作不完全是白话，反之，乃是文言的辞藻多而白话的成分少，不过在文言里夹杂些白话的成分，以取得流利生动的口吻而已。""在民间的白话里既然充满了双音节的单位，那么在诗词里而为满足声调上的需要，也应该充满双音节的单位的。文人既不愿用白话作诗词，他们在文言里面找寻或者创造双音节的词头，于是产生'春林、芳林、平林'等等的'词藻'。"浦氏又说："无论在古文，在诗词，都有它们的声调和气势，这种声调和气势是从语言里模仿得来的，提炼出来的。"他的看法深入透彻，换言之，宋词是构筑在白话的节奏上（即浦氏所谓声调和气势），而按着这节奏排比和点缀"辞藻"（多半是文言的词头）而造成的了。我认为南宋诗也有相仿的情形，尤其是杨万里的作品，颇有"在白话里面想"（此亦用浦氏语）而用文言写出来的意趣。例如《冻蝇》云：

> 隔窗偶见负暄蝇，双脚挼挲弄晓晴。
> 日影欲移先会得，忽然飞落别窗声。

还有《寒雀》《秋感》等也可作这类例子看。他的诗之所以与日本的小林一茶（俳句作家，1763—1827）相似，并非徒然在题材方面，甚而在俗语性方面，即平民大众所用的语言方面，亦多有相类之处。但是，要是多读其诗（特别以绝句为然）时，便不免会觉得他用不同的语言来表达同类构思的做法太多。在其五言古诗中反而往往会见到些意外的佳作。

陆游逝世（1210）前后，已是南宋四大家时期到了尾声的时候。在此以后的诗，一般来说是不振的。当时正是江西派那细致、奇警的诗风已经失掉势力之时，而"四灵派"和"江湖派"则跟着相继独占诗坛。这两派的共通点是以平易的风格为尚。换言之，那异乎寻常的江西派作品的艰涩处，恐怕自己开始为一般平民阶层为中心的读者们渐渐敬而远之了。

四灵是四个诗人的总称，即徐照、徐玑、翁卷和赵师秀。此四家的别字都有个灵字，如徐照字灵晖、赵师秀字灵秀之类便是。这彷佛是有协议似的，但却不明白理由何在。^{补注}四人都是永嘉（浙江省温州）人，因而合称永嘉四灵。他们都是当地著名学者叶适（水心，1150—1223）的门人。其中徐玑（1162—1214）比其师还早死，其他三人则大致年岁相若。这一派最喜欢的是唐代的贾岛和姚合，苦心从事五言律诗的创作。他们的诗的世界是狭小的，喜欢用的文字有清、寒、圆、秀、远等。所谓清、所谓远说的是与其他隔绝的境地而言。由于那样的世界细小之故便是秀，这世界本身圆满无缺之故便是圆，若有欲安居于这世界的人乃不得不忍受困苦，那便是寒。这样子的性质，几乎全可见于贾岛的诗中。赵师秀的名句：

> 野水多于地，春山半是云。
>
> （《薛氏瓜庐》）

还没能从这理想脱离得很远。这一派诗作之所以能够流行一时，也许就是由于适合读者想逃避现实的愿望之故吧。

"江湖派"的名字因何而产生不大清楚，"江湖"二字相对于朝廷来说，便是指在野之人的意思。换言之，诗正在再回到处士——民众——的手中。这一派是众多混杂的诗人合在一起，是否曾有过共同固定的主张也不清楚。他们结集的作品有《江湖小集》九十五卷、《后集》二十四卷（见《四库全书总目》）等，据梁昆氏的统计，作者总数大约在百人以上（《宋诗派别论》，上海，1938 年）。杭州（南宋首都）的一个书店主人陈起是这些诗集的出版者，正如上文曾提到的，他本身亦是诗人。陈起据说 1251 年时仍在世（参阅《瀛奎律髓》卷四二）。

梁昆氏对这派的代表作家，举出了姜夔（白石）、戴复古（石屏）、刘过、高翥、刘克庄（后村）等五人。其中以姜夔为最早（1154—1221），亦曾与范成大论交。高翥也曾往访晚年的陆游。只有刘克庄（1187—1269）是高级官吏，也是五人之中最显达的，其他便大都是些并无任过官职的人了。江湖派虽然大体上可以说是平民诗人的会集，但戴复古则属于职业性的文人。大致上，他以卖文与大官或平民中的富豪来谋生。从这一点来说，大概戴复古才可说是江湖派的代表呢！在其作品中，亦表现出他是个严正有骨气的诗人，也有慨叹国家不振之作。自年青之时起，他便旅游于外，南面由福建省越过梅岭而至广州、桂林，西面则曾游于洞庭湖，东归时暂居于淮南。浪迹江湖凡五十年，直活至公元 1248 年或略后。他曾写过这样的诗句：

七十老翁头雪白，落在江湖卖诗册。
（《市舶提举管仲登饮于万贡堂有诗》）

他似乎甘于成为这样的职业诗人，满足于那样的生活；但原因是什么呢？他所尊敬的诗人有杜甫和陆游，对于杜甫，他说过这样的话：

忆着当年杜陵老，一生飘泊也风流。
（《与赵克勤曾橐卿景寿同登黄南恩南楼》）

这是说：飘泊放浪的生活是值得羡慕的。那不也是由于在这个时代中可以靠卖诗为生的缘故吗？想来，有些人如果当不上官吏的话，那就连普通的生计也没法维持，这种情形着实是唐以后中国社会的缺点之一。他的诗本身并不是特别优越高超，但他这种处世态度，正是他那一个时代的产物，所以我们觉得很有趣了。此外，江湖派中，总的来说，具有骨气的作者可不少，像南宋最后的一个宰相、且不断抵抗蒙古军的文天祥那样儿的人物，还是被认为是最接近这一派的，实在并非毫无理由。

（1962年稿）

注　释

补注．我对称为"永嘉四灵"的几个诗人，为何其别号中都有一个灵字的问题，长久以来都苦于索解其理由所在。最近偶然想到，那会不会是由南朝大诗人谢灵运（385—433）的名字采取过来的呢？这不过是个人的臆测而已。不过，谢灵运是所谓"山水诗"的创始人，又做过永嘉的太守，在任内写过称赞当地风景美丽的诗。至于四灵派的诗人，既有他们出生地上的关联，又仿效那风景诗开山祖的古人的名字，这是大有可能的。假使这揣度猜对的话，那他们为了对抗江西派以杜甫为祖师、奉之为"诗神"般的做法，特别抬出了比杜甫更古的诗人来作他们供奉的诗神，这种猜想，大概虽不中亦不远矣。（1967年1月）

第九章　苏东坡的生涯和诗风

一

苏轼生于宋朝景祐三年（1036）12 月 9 日，是苏洵（字明允，1009—1066）的长子，字子瞻，号东坡居士。苏辙（字子由，1039—1112）是他唯一的弟弟，与他的感情终身极其深挚。父子三人都是出色的文学家，世称"三苏"——父为"老苏"，兄"大苏"，弟"小苏"。一门三杰，算得上是中国文学史上非常罕见的例子。

苏轼出生的年头，在日本是后一条天皇长元九年、长篇小说《源氏物语》作者紫式部逝世之后的二十二年；在中国是宋仁宗即位后第十五年。那是北宋极盛时期，农业、手工业、商业都大为发展。当时的首都开封（宋时通称东京，亦称汴京、汴梁等），恐怕是全世界最大的都会，极其繁盛。早于唐末（九世纪）便已流行的印刷术更进一步发展，而教育亦更加普及。宋代（包括北宋和南宋）约三百年间，知名诗人至少有六千八百之众，约为《全唐诗》所录二千二百余诗人的三倍以上，可见诗坛盛况是空前的。

不过，宋帝国开国之初（960年）便外患频生，先是受到契丹人在东北边境建立的辽国的重压，继而是唐古特（唐古忒）族在西北（今甘肃地区）创立西夏，其王李元昊在1038年称帝——这是苏轼诞生后两年的事。为了抵抗这两国的侵略，宋必须加强军备，而巨大的军费加重了政府财政负担。正如最近一些经济史家所说，国内社会的矛盾不断增加，致使隆盛的文化光辉，亦蒙上一层阴影。这就是关怀国家社会的政治家和知识分子忧心忡忡的所在，也是以王安石（1021—1086）为首的改革派，即所谓"新党"出现的原因。

苏轼的出生地眉州眉山县，古时属"蜀"（今四川省），西邻终年积雪的峨嵋山，东沿长江上游。除盛产农作物和矿产之外，四川盆地尚以盛产绢织物"蜀江锦"而著名。唐中叶以降，中原地方兵荒马乱，涌来这个比较和平的地区避难的人甚众。这里的出版业很早便昌盛，宋代的"蜀刻本"驰名于世，显示这地域的富庶。

苏轼的老家坐落眉山县城一角的纱縠行。"行"是同业者聚居的地方，有时亦指行会（guild）。由此推想，苏家可能是纺织业者或经营纺织品的生意人家。追溯到他的五世祖以前，苏家都无名可考。苏轼祖父本人更是目不识丁。[1]由此看来，苏家可能是个暴发户。直到苏轼的伯父苏涣才登科，有功名而且致仕，[2] 苏洵亦得娶县中名门程氏为妻。苏洵本人在二十岁以后才发奋读书，学习文章写作，但不得意于科场，未能循正途仕宦，与妻家曾起纷争，长期以来苏程两家感情不睦，直到苏轼那一代才渐渐和解。我想，这场纷争的原因就在苏洵性情高傲及其门第不相称。[3]

苏洵妻子程氏是个颇有教养的妇女，笃信佛教。苏轼受母亲的感化至深且大。苏轼在父亲死后，为了祈求父亲冥福，曾捐赠唐代名画家吴道玄的佛像给家乡的佛寺，且与不少僧侣论交。另一方面，他幼年就读的私塾的主持人是个道士；直到晚年，与他十分亲密的道士亦有数人之多。作为传统中国的知识分子，他的政治立场是儒家的，经书和史籍的教训牢牢印在心坎里；但他同时又是个自由的思想家，与佛道二教都有悠久而深刻的接触，使他的思想和文学都平添一种特别的性格；这一点，稍后我会略加申论。至和元年（1054），苏轼与邻县青神王氏结婚，当时虚龄十九岁，妻子十六岁。妻子在婚后十一年病死，苏轼后来作词追忆（《江城子·乙卯正月二十日夜记梦》："十年生死两茫茫……"），哀痛异常。其后续弦，娶王氏从妹为继室。

二

嘉祐元年（1056），苏轼随父亲和弟弟一起上京应试。

这年秋天，兄弟二人都以优秀成绩在省试合格；苏洵没有应试，但他的文章大受欧阳修（1007—1072）赞赏。翌年，兄弟二人都在殿试进士乙科及第。主考还是礼部侍郎欧阳修。受知于这位既是史学家和大政治家，又是文坛泰斗的诗人，是件非常荣誉的事。后来，苏轼兄弟都拜欧阳氏为师。另一位考试官是著名诗人梅尧臣（1002—1060）。得到两位大家的提拔，苏氏兄弟在仕途以至在文学的发展上都是幸运的。

但是，就在这一年，母亲在乡间逝世，三人回乡奔丧，苏轼兄弟服丧两年。按照当时传统，服丧期间是不能担任公职的。嘉祐四年（1059）十月，父子三人再次离开四川，翌年春天到达首都。六年（1061），兄弟二人都在特别考试"制科"中合格。苏轼派任凤翔府（今陕西省内）签判，十一月赴任，当年虚龄二十五岁。父亲苏洵的才华获得赏识，因而被破格擢用，在首都从事敕撰《太常因革礼》一书的编辑工作，苏辙留在父亲身边照顾。这是苏轼兄弟首次分离，又是二人学习阶段的终结。后来，苏轼自编《东坡集》（四十卷）卷首所收，题为《辛丑十一月十九日既与子由别于郑州西门之外马上赋诗一篇寄之》的一首诗，就是这时的作品。

苏轼赴任凤翔之后的经历，略述如下：英宗皇帝治平二年（1065），他从凤翔返回首都。翌年，父亲逝世，苏轼兄弟奉其遗体返家乡安葬。神宗皇帝熙宁二年（1069），服丧期完毕后，兄弟二人第三次上京；自此之后，终生再没有还乡机会。苏轼在中央政府是郁郁不得志的。王安石出任宰相后，积极推行新法。虽然王安石辅国是众望所归，但他的新政颇为不得人心，反对者甚多。苏轼也是一个公开发表批评意见的人。他曾被任命为监官诰院，又曾任开封府判官等职，但不久便调任杭州通判，熙宁四年（1071）秋天到任。

三年后（1074），又由杭州调任密州（今山东省诸城县）知州，复调任徐州（今江苏省徐州市）知州；元丰二年（1079）再转湖州（今浙江省湖州市）知州。王安石虽然于1076年下台，但新党势力依然盛大，与反对者的斗争亦颇激烈。苏轼放任地方官之后已经没有公开批评朝政，但他所写的诗屡屡隐含讽刺，似乎不为当局所容。因此，被人参了一本，指有诽谤朝政的嫌疑，并被解上首都听候发落。这是他到湖州上任后五个月的事。纠弹高级官吏是御史台的职责范围，苏轼就在那里系狱，被严词审讯。有嫌疑的作品被逐一审查，以追究有无讽刺意图。这些记录，收录在以《乌台诗案》（乌台是御史台别名）为题的集子，在他死后刊行于世。这是中国历史上一宗笔祸。他自己以为难逃一死，但幸获判处流刑，结束百日牢狱生涯之后便被发放黄州（今湖北省黄冈县）。

元丰三年（1080）正月初一，被押解离开帝都，一个月后到达黄州，以充军罪人的身份度过此后五年多的日子。

他在黄州结交了新朋友。不久，自耕一些已经荒废的旱地——他称之为"东坡"，又自号"东坡居士"。这片旱地不时在他的诗上出现。元丰七年（1084）获减刑，同时亦获行动上的自由。于是，先赴筠州（今江西省高安县），与连坐获罪一直住在那里的弟弟苏辙相聚。继而经今日的南京，赴扬州和常州（今江苏省常州市）。他在常州买了一些田地，打算当个农夫以终余年。然而，1085年神宗驾崩，年方十岁的皇太子即位（哲宗），政局一变。新党没落，苏轼所属保守的一派，即所谓"旧党"，重掌政权。

苏轼平反后，获委登州（今山东省蓬莱县）知州，到任后五日，即被传召中央，受任起居舍人。翌年（1086），改元为元祐元年，此后八年间，由于哲宗年幼，由其祖母太皇太后（宣仁太后高氏）亲裁政事。前年起出任宰相的保守派领袖司马光于1086年9月去世。苏轼升任中书舍人，不久又升任翰林学士、知制诰。二者都是皇帝的秘书官，参与全国政治的枢机。

弟苏辙的地位也接连不断地上升。被认为在神宗时政治上犯错误的人遭受放逐，弹劾文多由苏辙执笔起草，因此引起其政敌极其憎恨。司马光死后，政界三分，政争不息。虽然苏轼对保守派过分的行为也作公平的批评，但他那才气纵溢的言行，也成为攻击的目标。

为了摆脱京城这种厌烦的空气，苏轼希望外放。元祐四年（1089），获以龙图阁学士知杭州，同时领浙西路兵马，再次赴任杭州；而苏辙补其遗缺，任翰林学士。1091年，杭州任满，又奉召还京任翰林学士承旨。是年秋，仍以龙图阁学士任首都附近的颍州（今安徽省阜阳县）知州。翌年，改知扬州，领淮南东路（今江苏省北部）兵马钤辖，不久奉召还都，任兵部尚书兼侍读学士，转迁礼部尚书，后迁端明阁学士兼侍读学士。是年，苏辙官拜门下侍郎，厕身宰辅之列。[4] 由此可见苏氏兄弟深得太皇太后的信赖。但太后在元祐八年（1093）9月逝世后，政局开始逆转。同月，苏轼转调知定州河北西路安抚使，10月到定州（今河北省定县）赴任。

翌年（1094），改元绍圣元年，意味着继承神宗的政策，新党纷纷回朝复出。本年闰四月，苏轼被降职，派任英州（今广东省英德县）知州，赴任途中被褫夺一切官职，并流放惠州（今广东省惠阳县），当年五十九岁。

这是他第二次被处流刑。由于地位比以前为高，所以处置亦较前严厉。他的政敌处罚在惠州优待他的地方官之后，尚嫌不足，复于四年（1097）闰二月把他从惠州流放到昌化军（在海南岛西北部，今称儋县；"军"与"州"是地位相若的行政区），使他尝到更多苦楚。和今天一样，海南岛位于中国版图的最南端，属热带气候，大多数居民都是黎族。那里的水土会损害老年的苏轼的健康是不足为奇的了。苏轼当时只得第三子苏过一人伴随照顾。在渡航海南岛之前，与被贬至雷州（今广东省海康县）的弟弟苏辙重逢，恍如隔世。这是兄弟二人最后的会面。

苏轼在海南岛度过约三年光景。元符三年（1100）哲宗死后，政局又起变化。苏轼先是奉命转移廉州（今广西省合浦县），继转永州（今湖南省零陵县），经海路抵达英州时，获彻底平反，复任朝奉郎，并授"提举成都府玉局观"这个名誉职衔，领取祠禄（干薪）。建中靖国元年（1101），跨越广东江西交界的大庾岭，五月抵金陵（今南京市）附近时，患上大病（林语堂氏说是阿米巴痢疾），但继续其舟行旅程；曾在常州休养，而病状不断恶化，终于在三个儿子（迈、迨、过）及其家眷守候之下，撒手人寰。那是 7 月 28 日，享年六十六岁。比苏轼早一点北上的苏辙，在颍州惊闻噩耗，赶来奔丧；翌年，把兄长的遗体安葬于汝州，并且亲自撰写了长篇的墓志铭。这是最值得信赖的传记资料，《宋史》的《苏轼传》大抵根据这份资料写成的。南宋乾道六年（1170），孝宗皇帝赐谥文忠。此后，苏轼又称苏文忠公。

三

苏轼作品十分丰富，光是诗作便达 2800 首之多。九成以上诗篇的写作年代都是明确的，这是南宋以来注释家努力考核的成果。在以下篇幅，将简略地追溯苏轼作为诗人的成长过程，亦即其风格的变化过程。苏轼诗风大致上可分为三期，而更进一步细分也是可以的。

第一期由嘉祐四年（1059）至熙宁四年（1071），苏轼二十四至三十五岁。这一期可以称为青年期。在现存诗篇中，写作年代最早的是二十四岁时的作品。这一年，苏轼沿长江出蜀，由江陵（今湖北省境内）转陆路上京。《南行集》就是由父子三人在船中唱和的诗篇编成的。虽然我们今日已不可能见到这集子的原本，但可推定苏轼这时的作品约有六十首。这些作品大都未脱习作色彩，但已经可以显现苏轼的特色。

值得注意的是：在《南行集》时期，苏轼模仿杜甫而作五言律诗，以及写作五言古诗较多。前者的例子是以《荆州》为总题的连作十首；清代纪昀认为"此东坡刻意摹杜之作，意思纯是《秦州杂诗》"——信乎不谬。关于后者，南宋陆游说苏轼曾学习前辈梅尧臣的诗法，似当信焉可征，因为梅尧臣是个特别长于五言古诗的人。

前述以《辛丑十一月十九日既与子由别于郑州西门之外马上赋诗一篇寄之》为题的作品（二十六岁），以及稍后的《和子由渑池怀旧》，都充分显示苏轼轻快的风格。两首都是七言诗——他擅长的诗型。这时期的作品，包括《南行集》，全都朝气勃发。像赴任凤翔后[5]所写的《石鼓歌》，与二百五十年前韩愈同题的诗篇对抗，竞争的意图至为明显。梅尧臣也有咏石鼓的七言古诗，但我认为不及苏轼的出色。

第二期由熙宁四年（1071）冬至元丰八年（1085），约共十五年。苏轼历任杭州通判及密州、徐州、湖州知州，也包括流放黄州的五年。在这十五年间，苏轼的诗变得更加自由奔放。特别是到职徐州之后，他的艺术可以说已经完全成熟。就在这时期，后辈如黄庭坚（1045—1105）、秦观（1149—1100）等，纷纷登门求教，甘拜门下。四十三岁的苏轼，已在当时的诗坛享有不可动摇的地位。

黄州的五年间（1080—1084），他在被剥夺了自由的生活中，埋头静思人生的真谛。因此，诗风与前迥异，也是理所当然的了。《赤壁赋》这两篇名作——虽然狭义上不是"诗"——在这里写成，绝非偶然。杭州以后引人注目的是：诗句受到唐代白居易（772—846）和刘禹锡（772—842）的风格（style）所影响，以及思想上接近佛教。在黄州自号"东坡居士"一事，或可理解为：苏轼表明自己是个佛教信徒。

元丰七年（1084）——第二期最后的第二年，苏轼访庐山东林寺时，题赠东林长老常总的诗有两句云：

溪声便是广长舌，山色岂非清净身。

（《苏诗合注》卷二三）

这是说在谷溪的声音里可以听到佛祖说教，在青山的景色中可以见到洁净无垢的佛身。这显示他对佛教早已摆脱了好奇的境界，而是深刻地关心了。大概可以说，这是一篇自述其宗教信仰的作品吧。总之，在他的作品中，受佛教经典和禅宗语录所启发的地方着实不少。虽然也有光被佛教新奇字眼吸引的情况，但佛教的影响绝不止此。这种浓厚的佛教色彩，当然以题赠僧侣的诗篇特别显著。后人竟然能够在其诗文集里选出足够的作品以编纂《东坡禅喜集》一卷；这集子在日本也有翻印。

第三期由元祐元年至建中靖国元年逝世为止，共十五年（1086—1101）。在最初的八年（至1094），作诗数量虽然没有减少，但诗风似无新的变化。这大概是因为身居中央和地方要职，政务缠身，无暇仔细推敲琢磨所致吧。

最后几年，亦即被流放惠州和海南岛的期间，生活较黄州时期更加凄楚，但创作的热情一点也不衰减，其艺术更见进步。值得我们特别注意的是"和陶"诸篇。他的和陶诗，次韵陶渊明的作品，亦即一面袭用陶诗脚韵文字，一面重新创作。苏轼在扬州任官时（1092年）便开始着手，流放南方之后，这类作品多至一百余首——约为陶渊明作品总数的一半。这些作品显示他对渊明文学深深喜好和倾倒。即使我们只是诵读东坡的和作，也可感到他的心情比黄州时代澄明得多了。他的门人和南宋诗评家屡屡赞赏他的"海外之诗"，我想，决非全是同情其境遇之故。苏轼这时期的作品——不单止和陶诗，而是所有作品，都闪烁着异常深邃的光辉。

四

苏轼及其门人的诗，可以说是才气洋溢，奇特、奔放、豪迈（参阅近人梁昆的《宋诗派别论》，上海，1938 年）。在他的诗中所见的大自然描写，例如《百步洪》二首（《苏诗合注》卷十七）等等，都涌现他全身的活力。从这一点可见他选择了自然的风景为发泄精力的对象。但这只是事情的一面。另一面是：自然物在他的诗中，屡屡被用来比喻人类；他常常使用纯粹的拟人法。例如，《越州张中舍寿乐堂》最初的四句云：

> 青山偃蹇如高人，常时不肯入官府。
> 高人自与山有素，不待招邀满庭户。

又，《法惠寺横翠阁》有云：

> 吴山多故态，转侧为君容。

或《新城道中》所云：

> 东风知我欲山行，吹断檐间积雨声。

以上都是拟人法。拟人法在中国诗史上，从六朝至唐代，由唐到宋，都有增无已。（参阅本书第五章《大自然对人类怀好意吗？》）苏轼就是极为喜欢使用这一种艺术的诗人。某某自然物"知道"作者心意云云，在他的诗中不知凡几。这是把大自然拉近身边的法子；也可以说，随着文明进展，曾与人类同为一体的大自然渐渐远离人类，而苏轼作出了努力，务使大自然向人类回归。

大自然的可亲性或大自然向人类微笑等等，在中国文学上的表现与日本等国不大相同；甚至可以说，中国文学在这方面的发展比较迟缓。苏轼个人的情况也如此，这类作品在青年期较少，到壮年以后才多起来，这是值得我们注意的。就拟人法而言，在他习作时代和凤翔时期，尚未出现这样的作品。即使就任中央小官时期，也依然未见。正如前文所触及，传闻苏轼在凤翔曾与顶头上司冲犯，返京后则激烈抨击王安石的新法。可见直至这时候（至三十五岁），他最关心的仍是人间社会和政治。虽然不能说他完全没有讴歌风景，但这绝非其兴趣中心所在。以《石鼓歌》为首的《凤翔八观》八首，是他在凤翔时代的杰作。其创作动机是最清楚不过的。正如他在序文所说，因为"悲世悼俗，自伤不见古人，而欲一观其遗迹"（《凤翔八观序》），汉朝伟大历史家司马迁（公元前145—公元前86年？）和唐代大诗人李白都曾广游名山大川，也为这个目的。他自己畅游任地附近的八处胜迹，并且题诗咏颂，无非发自与史迁太白相同的心情罢了。在这时期（包括习作期），苏轼却有不少回顾历史、缅怀古人的诗作。这大概是他用间接形式表示对当代人事不满之故吧。

用拟人法写风景诗，任官杭州以后才多起来。就任杭州通判后（三十六岁）的苏轼，似乎喜欢以诗消遣。我曾说过，诗已经成为他歇息休憩的场所。在诗篇里，他表明与新交知友的融洽感情，较之旧日亲友，只有过之而无不及。从六朝时代起，作诗已是社交不可或缺的事，而友情亦在悠长的中国诗的历史中成为重要的主题。然而，苏轼的作品绝不只是罗列惯常寒暄客套词语或陈腔滥调。他的诗融混了适度的幽默，使人感到温馨。甚至有人批评他过于狎昵哩。

尽管如此，他每日都忙碌地生活着，恪尽其行政官的职责。同时，行有余力的时候，便去颂扬人世间的善意。他相信人类是性善的，尽可能用宽容的态度对待属下子民。这可能是他抗拒王安石一派新法体制的压迫的表现——新法倾向于法律万能，企图用冷冰冰的法律条文去驾驭人民。本来，大自然是中性的，是一种非情的存在。苏轼并不刻意描写这种非情，亦不暴露因相对于大自然而间接显示的人类能力的渺小。他这样做，委实不是毫无道理的。大自然对人类怀着好意这种表现，其实就是一种对不知不识的人的善意的感动。这一点，我想，当我们知道苏轼经历的政治环境时，便更能充分了解。

王安石有句名言："天变不足畏，人言不足恤。"但是，不足畏的天变——天旱，正是导致王氏下台的契机。当王氏在金陵（今南京市）过着晚年失意的日子时，苏轼在黄州的流罪获赦，与弟弟会面之后，便立刻造访王氏，和他建立文学上的友谊。苏轼心胸博大，无与伦比，他的诗又是那么平易近人，这都是他独特性格的反映。

我在上文说过，诗就是苏轼休憩歇息的场所。但这不是说他疲于政务，只能以剩余精力和被动的态度作诗而已。苏轼一有作诗意念时，总有一股全新的力量涌上心头。当我们读到《腊日游孤山访惠勤惠思二僧》一诗最末两句，便可想见他那真挚专一的样子：

作诗火急追亡逋，清景一失后难摹。

偶然遇到眼前出现美丽景色，而此景色能使人心升华到清净境地时，他就毫不犹豫提笔作诗。也就是说，为了捕捉当下的一刹那，他不惜豁出一切。苏轼就是个不折不扣的诗人，一个唯美主义者。诗人而兼官吏乃至政治家，职务与天职亦能两全其美，这些事情对日本人来说是有点儿不可思议的。不过，在宋以后的中国，政治家必然是由最高的知识分子充任。苏轼当然不能例外。

话得说回来，苏轼既然抓紧一切机会作诗，照这样下去，很可能变成滥作，如应酬之诗临时就作，有时候不应作的也作。事实上，有人批评他的诗"粗"——粗杂，原因之一正在这里。对于某一想念、某一心头上的风景，长期耐心地注视并且加以雕琢，这种性情苏轼是没有的。故此，他与黄庭坚等同时代诗人的风格相异。他不介意在不同的诗中三番四次使用相同的表现和句法，这种态度恐怕与他敏捷无比的才思不无关系。因此，我想，在他频频使用的表现之中，可以窥见其思想的一面。

"人生如寄"是苏轼频用的例句之一（参阅山本和义《苏轼诗论稿》，《中国文学报》第十三册，京都，1960年）。人的一生是短暂的一瞬，只是片刻的存在——这是自古已有的思想。乍眼一看，这是充满悲观情愫的。但对苏轼来说，"人生如寄"并无牵涉到丝毫厌世情愫；正相反，人们在这短暂的一生之中，应该积极追求幸福。不，他甚至进而主张，幸福是无处不在的，所以说："人生如寄何不乐"（《答吕梁仲屯田》，《苏诗合注》卷一五），山本氏的解释是正确的。（前引文）

"造物"一词亦屡次出现于苏诗中。例如：

> 造物不我舍
> （《司马君实独乐园》，《合注》卷一五）
> 造物虽驶如余何
> （《百步洪》，《合注》卷一七）

又有如下诗句（"造物"亦有作"造化"者，义同）：

造物何如童子戏

（《和人假山》,《合注》卷二七）

造物小儿如子何

（《赠梁道人》,《合注》卷二四）

"造物"是指万物的创造者。这一观念和名称不见于儒家经
典，大抵始见于道家哲学者庄子的著作（《大宗师》等篇）。

我自己对于造物这一观念，特别是称造物者为小儿这
回事，感到兴味无穷。原因是苏轼把人的命运和境遇，看
作某种超自然而存在的游戏。这一存在，既创造万物，又
支配万物，但却如小儿那样纯真；人类为了游戏其间而生，
又与之携手同游。我们因而不能说人生在世是件无聊的事
了。而且，人类也可以像小儿一样游戏不恭。苏轼的诗曾
言及"地上仙"；仙人是长生不老的，但"地上仙"并不住
在与人世隔绝的虚无缥缈间，而是游戏于地上——人的世
界。同时，苏轼在其名作《赤壁赋》中，虽然指陈相对于
永恒的时间而言，人生不过一瞬，而且"渺沧海之一粟"，
但亦指出像在汪洋飘浮的一粟的人类，却能自由享受"江
上之清风与山间之明月"，且"耳得之而为声，目遇之而
成色"。他认为大自然的确是人类真正的快乐的泉源，取之
不尽用之不竭的宝库，是"造物者之无尽藏"。这种思想虽
是来自道家和道教哲学，但他的文学最能表现这种活生生
的形象。李白曾被文学史家（李长之等）称为"道教徒诗

人"，我想苏轼是个足以媲美李白的道教的诗人。最低限度，他的自然观与王维等纯粹佛教的（净土观）不同，在其精神中道教和佛教是可并存不悖的。

苏轼值得讨论的地方甚多。富幽默感（例如《石苍舒醉墨堂》等）、活用俗语和鄙俗的表现（例如《新城道中》的"铜钲"，参阅《诗的比喻》，本书第六章）等等，都值得深入研究。这些特质都与梁昆氏所说的"诗格的解放"有关。同时，梁氏认为苏轼的粗率（粗杂、疏忽）、"议论"过多、含蓄不足等等，都是缺点。在这些批评中，我只想就评论家们动辄责苏诗不够含蓄这一点，略作辩护。

正如在《石苍舒醉墨堂》（《苏诗合注》卷六）所见，苏诗常常以警句起首："人生识字忧患始"如此，《金山寺与柳子玉饮大醉卧宝觉禅榻夜分方醒书》的首句"恶酒如恶人"也是如此（《合注》卷一一）。《石苍舒醉墨堂》一诗是苏诗典型的例子，由第一句至最后结尾为止，全诗的叙述实际上都极其流畅轻快地进行。那机智洋溢的词语接连涌现的样子，使人觉得作者是个喋喋不休的谈话者。事实上苏轼又是个懂得谈话艺术的名手。他的口才，不，他的好辩，曾经招惹评论家的责难；这与他漫不经心地开玩笑而刺伤对方的情况是一样的。（据说举行司马光丧事时，理学家程颐被苏轼戏弄后，一直恨他。就是南宋的朱子学派也继承了这一怨懑，故苏轼不获理学家的好评。）

然而，缺点和优点是一物的两面。他那种轻快流畅的

笔法（style），对于一般读者（并非以诗学为专业的读者），
毋宁是赏心悦目的。苏轼自言："作文如行云流水，初无
定质。行于所当行，常止于不可不止而已。"（《宋史》卷
三三八，本传）正是这种轻快的、似不知其所止的笔法，
使那掠过脑际的思念得以扩展开来，通过他的诗而传遍所
有相信大自然和人类的善意的热心人。他的作品在生前便
拥有很多读者，死后乃至数百年后的今天，依然为无数人
士爱读，这是绝非偶然的吧。

五

苏轼的诗在生前已经出版刊行，这是与唐代及以前诗
人作品不同的地方。如前所述，他在元丰二年（1079）被
捕，在审讯时官方提出其诗集作为指控诽谤皇帝的证据。
在当时的文件中，有"印行四册"字样。被裁定有罪之后，
这些木板亦被毁灭。他被流放黄州时，杭州官吏陈师仲曾
编纂苏轼诗集，据说有《超然集》《黄楼集》（元丰四年，
1081）等集。不过，在他死后，当新党势力强大时，他的
诗集就成为禁书。传说宣和年间（1119—1125），有人犯禁
藏有东坡诗集，出都门时被发现，因而被捕查办（《梁溪漫
志》）。踏入南宋，苏轼名誉完全恢复，赐谥文忠，其地位
已牢牢确立，其作品集亦越发广为流布。

以下略述苏轼诗集的主要版本以及注释、解说、传记

等参考书。

　　（一）《东坡七集》百十一卷（光绪三十四年，1908 刊本）

　　（二）《施注苏诗》四十二卷（康熙三十八年，1699 刊本）

　　（三）《王状元集注分类东坡先生诗》二十五卷（《四部丛刊》影印的宋刊本）

　　（一）是明朝成化年间（1465—1487）刊本的复刻（亦有《四部备要》、《国学基本丛书》等活字排印本），集合其中一部分诗篇而成的《东坡集》（又称《前集》）四十卷和《后集》二十卷，更是基于宋刊本，现存中国和日本，是目前最可信赖的版本。（二）为南宋施元之和顾禧二人合著。诗的排列采编年体。《施注》也有宋刊本，但多残缺；康熙刊本由清代邵长蘅等人编补。（三）一般称《王注》，传为王十朋（1112—1171）所编，搜集了不少宋代注释家的注释，全书据诗题分类排列。在日本有两种以上江户时代（1600—1867）的复刻本，十分流行。

　　（四）《苏文忠公诗合注》五十卷，冯应榴著（乾隆五十八年，1793 刊本）

　　（五）《苏文忠公诗编注集成》四十六卷，王文诰

著（附《总案》四十五卷，道光二年，1822刊本；光绪十四年，1888浙江书局重刊本）

（六）《苏诗查注补正》四卷，沈钦韩著（光绪十四年，1888心矩斋刊本等）

（四）以下全是清代学者所编著。（四）《合注》以查慎行精心的著作（《补注东坡编年诗》五十卷，1761年刊，此书以断定全部苏诗的写作年代为目的）为基础，注记每首诗字句的异同，载录《施注》和《王注》全文，并加新注，引用旧注时则又逐一查对典故的出处，并予考证。这是一部值得信赖的注释书。（五）《编注集成》几乎原封不动地袭用（四）的资料，只是略予删削。但其附录的《总案》，却是苏轼传记最详细的研究资料集。（六）订正查注谬误，补其缺漏；所考正批驳，甚为精到，但（四）、（五）两者的编著者似乎没有见过沈氏的"补正"。

（七）《韩苏诗钞》七卷，赖襄（山阳）评注（日本嘉永七年，1854大阪刊）

（八）《苏诗选详解》土屋弘（日本大正六年，1917年东京刊）

（九）《国译苏东坡诗集》岩垂宪德、释清潭、久保天随译注（《续国译汉文大成》文学部，第13、14、15、16、17上、下共六册，日本昭和3—5年，

1928—1930 年东京刊）

（七）以下都是日本学者所编著。（七）只选韩愈和
苏轼的古诗，附加用汉文写成的评语；苏诗占其中三卷。
（八）则选录古诗、律诗、绝句共 196 首，用日文施以简单
的译注。以上两书篇幅不大，但很具参考价值。（九）是以
（四）为基础的全部苏诗的日文译注，这是一部费煞苦心的
译注。

（十）《苏轼诗选》陈迩冬注（1957 年，北京）

（十一）《苏东坡诗词选》陈迩冬注（1960 年，北
京）

（十二）《宋诗选注》钱钟书著（1958 年，北京）

以上三册是最近在中国刊行的书。（十）收 340 首，
（十一）收约百首（"词"除外），两书都可作为诗句解释的
参考。在（十二）可以见到从新角度评论苏诗的特色。

（十三）《苏东坡》田冈岭云著（日本明治三十年，
1897 年东京刊，《中国文学大纲》卷四）

（十四）*The Gay Genius: The Life and Times of Su
Tung-p'o*, by Lin Yutang, New York, 1947。

用日文所写的苏轼评传，恐怕以（十三）田冈氏的著作为最早了。（十四）是林语堂氏的著作，苏轼的西文传记，以这本书最为详尽。本书收录了不少苏轼的诗篇和散文的英译，读来兴味无穷。

以上记于 1962 年，而此后 20 年间刊行的资料和著作甚多。兹列举主要文献如下（以单行本为限）：

（十五）《苏东坡》（汉诗大系 17）近藤光男（1964 年，东京，集英社）

（十六）《苏诗佚注》（上、下）仓田淳之助、小川环树编（1965 年，京都，京都大学人文科学研究所）[6]

（十七）*Su Tung–p'o: Selections from a Sung Dynasty Poet*, tr. by Burton Watson（New York and London: Columbia University Press, 1965）。

（十八）《苏东坡》（中国诗人选 5）近藤光男（1966 年，东京，集英社）

（十九）《苏东坡》（中国人物丛书，二之 6）竺沙雅章（1966 年，东京，人物往来社）

（二十）《宋刊施顾注苏东坡诗》（残存三二卷）（1969 年，台北，艺文印书馆影印）（本书有增补缩印版）

（二十一）《宋刊施顾注苏东坡诗提要》郑骞（1970 年，台北，艺文印书馆）

（二十二）《四河入海》二十五卷，僧笑云清三编（1971年，大阪，清文堂影印四册；东京，勉诚社影印十二册）

（二十三）《苏东坡集》（中国文明选2）小川环树、山本和义译注（1972年，东京，朝日新闻社）

（二十四）《苏轼》（中国诗文选19）山本和义译注（1973年，东京，筑摩书房）

（二十五）《苏东坡诗选》（岩波文库）小川环树、山本和义译注（1975年，东京，岩波书店）

（二十六）《苏轼选集》刘乃昌选注（1980的，济南，齐鲁书社）

（二十七）《苏轼诗集》五十卷（中国古典文学基本丛书）孔凡礼点校（1982年，北京，中华书局，八册）

（二十八）《苏轼诗选注》吴鹭山、夏承焘、萧湄（1982年，天津，百花文艺出版社）

（二十九）《苏轼》（新修中国诗人选集6）小川环树注（1983年，东京，岩波书店）

以上诸书之中，专收苏诗古本影印的有：（十六）收日本宫内省书陵部所藏宋刊本《东坡集》和《东坡后集》（诗的部分共计25卷），以及（二十）收《施注苏诗》〔前之（二）〕的宋刊本（翁万戈氏所藏）。[7]清代诸家的注释书〔前之（四）、（五）及查慎行《补注东坡编年诗》等〕，近年在台北影印发行，颇易得到。（二十七）最近在北京刊行，这是清王文诰《编注集成》〔前之（五）〕的复刻（添附标点），虽然删除了附录《总案》（东坡年谱），但所收诸本都经孔凡礼氏细密校勘，其《校勘记》附录于 3 卷之后。又，日本语翻译的《国译苏东坡诗集》〔前之（九）〕最近在日本亦有影印本刊行。

有关苏东坡的专书和论文甚多，可参阅吉井和夫编《苏东坡研究文献目录》，见杂志《书论》第二十号（1982年 11 月，京都，书论研究会）。

（1962 年稿，1983 年增订）

注　释

1. 祖父名序，曾巩《苏序墓志铭》云："君读书，务知大义，为诗务达其志而已。诗多至千余篇。"（《元丰类稿》卷四三）。这是委婉曲折其辞的说法。据说苏轼本人曾说过这一番话："祖父……才气过人，虽不读书，而气量甚伟。"（李廌《师友谈记》，《东坡事类》卷二）。后者想是较为接近真相的实话。

2. 苏序的第二子涣，于天圣二年（1024）进士及第，"蜀人荣之，意始大变，皆始受学。"（曾巩《苏序墓志铭》）可见苏涣之前，蜀中（特别是眉山县）读书而有学问的人并不多见。关于苏洵的家世及其生平，参看曾枣庄《苏洵评传》（成都，1983年）。

3. 司马光《程夫人墓志铭》云："程氏富而苏氏极贫。"（《文正司马公集》卷七六）。

4. 见《宋史·宰辅表三》卷二一二。

5. 纪昀评《荆州十首》之十云："此犹少年初出，意气方盛之时也。"（纪评《苏诗》卷二）。

6.《四河入海》卷首所载编者自序（天文三年，即公元1534年）云，该书是合集四家注解而成的。四家都是十四和十五世纪的日本禅僧。这段时期，日本讲习苏诗的风气很盛行。四家之一大岳周崇的《翰苑遗芳》称引《施顾注》甚夥，极可宝贵，现存宋本《施顾注》之缺卷，可用大岳所录辑补。我们合编的《苏诗佚注》的根据，就是此书。

7.《佚注》又附载施宿（施元之子）的《东坡先生年谱》二卷，据日本旧钞本影印。宋人谱东坡出处岁月者几十家，传世者尚有二种，即傅藻的《东坡纪年录》（附于王注）和王宗稷的《东坡年谱》（附于明刊《东坡七集》），但以施氏之作最为精审。参考王水照《评久佚重见的施宿〈东坡先生年谱〉》（《中华文史论丛》，1983年第三辑）。

第十章　苏东坡古诗用韵考

一

在北宋诗人苏轼（东坡，1036—1101）的作品中，古诗（古体诗）的押韵方法，不但与同时代的名诗人大异其趣，与前代（唐代）诗人的作品比较，亦颇多不同。这里所谓押韵方法，是指用作韵脚的韵字，其读音的共通范围，到底是广或狭的运作问题。在这意义中，就苏东坡的情况而言，特别是在入声韵脚的诗篇，其押韵的特色是非常明显的。附录 A 列举了有关实例，以说明其大略。

二

附录 A 载录十七首用入声字为韵脚的苏诗，选自《唐宋诗醇》卷三二至四一。入声韵诸篇全都是古体诗，没有律诗和绝句等近体（今体）诗。在《诗醇》所收苏诗中，押入声韵的古诗共五十首，这不包括《和陶诗》（东坡袭用晋代陶渊明作品韵脚而创作的诗），但包括东坡与同时代诗人唱和的次韵作品。东坡诗总数约二千八百首，因此古诗的数目亦算相当可观了。我的调查只限《诗醇》一书，而该书选录苏诗共540首。据此，我想可以从这本书看出苏诗押韵的趋势来。此外，为了方便起见，除一二例外，附录A只注第一句以外的韵脚，并于韵脚之下标注该字在韵书上所属的韵部。这里所称的韵书是指北宋宝元二年（1039）刊行的《集韵》；但为方便计，我用的是清代戈载据《集韵》而编纂的《词林正韵》（1821年初刊，现据光绪十七年，1891年刊本），有关原因，本文第五节将有所交代。又，题目上的编号，是《诗醇》收录东坡作品的通卷号码。

附录A的实例显示，苏轼古诗的押韵法，有不少是越出唐以来诗人近体诗所惯用的"通用"范围的。所谓"通用"（或"同用"），都注录于《广韵》（1008年初刊）、《集韵》或《礼部韵略》（1037年初刊）等官定韵书，亦即"官韵"的韵目上，至于哪些韵可以当作某一个韵来使用都是有所规定的。例如，A2《过宜宾见夷中乱山》一诗中，句末押韵的字有日、壁、历、碧、适、魄、迹共七字，据《广韵》或《集韵》，其发音分属五质（日）、二十陌（碧、魄）、二十二昔（适、迹）、二十三锡（壁、历）四个韵部。《广韵》（《集韵》亦同）规定其中二十陌的韵字与二十二昔的韵字"同用"，但二十三锡的韵字则注明"独用"，不能与在韵目上毗邻的二十二昔"通用"；至于五质韵，因与其他韵相隔甚远，当然更不能互相"通用"了。不过，前述"官韵"关于"通用"或"独用"的规定，都是专为近体诗而设的。故此，北宋的诗人固然不用说，即使上溯唐代，古体诗押韵的通用范围较近体诗宽广得多。（《集韵》所见平、上、去声的通用状况，见附表Ⅱ）

　　说到通用的广狭范围，唐代古诗还是有一定的界限的。查阅一下《唐宋诗醇》所收杜甫（712—770）的古诗，就可知道这界限的大概了。例如，在杜甫《白水县崔少府十九翁高斋三十韵》一诗（《诗醇》卷十），二十陌与二十三锡可以通押，比《广韵》所规定的通用范围稍广（陌锡二韵通押的例子不少）。不过，虽然五质韵与八物、十月、十三末、十四黠、十六屑等韵通押（例如，《自京赴奉先县咏怀》《诗醇》卷九，这类例子甚多），但与二十陌以下通押的例子一个也不见。还有几个同样的例子，清代邵长蘅《古今韵略》（1696年刊）的《例言》已有提及，特别在《自京赴奉先县咏怀》一诗，声明五质以下的韵绝对不能与二十陌以下的韵通押。[1]

　　唐人之所以坚持在古体诗中，五质以下至十七薛诸韵绝对不能通押二十陌至二十三锡诸韵，当我们考虑到近人构拟的音值时，其理由是不难明白的。五质至十七薛韵字的发音，就其韵母（即押韵部分，主要元音与其相续的末尾辅音）而言，韵尾的辅音完全相同，其推定音值为 –t。用宋以后盛行的等韵学的术语来说，属"臻摄"和"山摄"。[2] 又，在二十陌至二十三锡四韵，其韵母末尾辅音（以下称韵尾）全都可以推定为 –k，在等韵学属"梗摄"。韵尾 –t 和 –k 的发音，就是今日广东福建等地的方言保存下来的内破音（implosive）；在传入日本的汉字音中，–t 类以假名ツ·チ表示，–k 类以ク·キ表示，二类之分大致还保留到今天，这都是人所共知的事实。

又，A3《八阵碛》一诗中，十六屑（啮、诀、结、血、决、瞥）十七薛（蓺、列、说、雪、辥）三十一洽（峡）三十四乏（法）的韵字通押。十六屑和十七薛在《广韵》是通用的，但与三十一洽和三十四乏却不通用（不过，《集韵》则承认洽与乏通用）。不但如此，等韵家认为十六屑十七薛都属"山摄"，至唐代为止，其韵尾辅音推定为 –t，而三十一洽三十四乏都属"咸摄"，推定音为 –p。然而，这样的实例，即使是古体诗，在唐代诗人的作品中，几乎是完全见不到的。（《广韵》三十一洽，《集韵》却是三十二洽）。

如上所述，我所说的唐代古诗押韵范围有一定的界限，是指 –t、–k、–p 等韵尾辅音的差异不能忽视。虽然我所举的例子全都以入声字为韵脚，但入声韵尾的闭塞音 –t、–k、–p 的对立，与在对应的平上去声诸韵上鼻音 –n、–ng、–m 的对立，是大有分别的。

	平上去声	入　声
舌内（穿鼻）	–n	–t
口内（抵颚）	–ng	–k
唇内（闭口）	–m	–p
舌内	臻摄、山摄	
口内	通摄、江摄、宕摄、梗摄、曾摄	
唇内	深摄、咸摄	

平、上、去声的三类韵尾音，清朝词曲家名之穿鼻音（–n）、抵颚音（–ng）、闭口音（–m），日本的汉字音用假名ン（–n）、ウ（–u）、イ（–i）、ム（–m）表示，而佛教的梵文学家（悉昙家）及其继承者——日本的"国学家"——则称之为舌内音、口内音、唇内音。

以上三大类的区别，唐人写古体诗押韵时大致上都严格遵守。虽然不能说全无例外，但例外少到几乎可以不必理会。其大体状况可参阅邵长蘅的《例言》；至于所用的韵，不论是平、上、去声（即有鼻音的韵尾辅音）抑或入声（即有闭塞音的韵尾），都并无二致。

然而，在苏东坡的古诗中，尽管见不到在平上去声（舒声）中越出三大类界限的例子，但我们发觉他漠视入声中 –t、–k、–p 三种界限，非常自由地选用押韵的字。这到底是意味着什么呢？但是，严格说来，如附录表 A 所示，舌内 –t 音与口内 –k 音混用的例子，以及舌内或口内音任

何一个与唇内 –p 音混用的例子，为数最多。又，正如在A301《歧亭》五首那样，也有舌内、口内、唇内音的韵字几乎无差别地通押的情形。由此可见，事实上苏东坡似乎并无意识到这种区别的存在。

我曾经考查东坡同时代诗人对上述区别的态度。以王安石（1021—1086）的古诗为例，《王荆公诗文集》（李壁笺注）卷一至卷十三所收，以入声字为韵脚的作品有 38首。比起近体诗来，这些古诗的押韵当然较为自由，但漠视唇内、舌内、口内界限的一首也没有。又，《六一居士集》卷一至卷九所收欧阳修（1007—1072）的入声韵的古诗，其押韵法与王安石的几乎同样，也完全没有三类混用的例子。

三

我们应该怎样理解这些事实呢？我的想法如下：东坡之所以不受《广韵》等韵书的规定和分类的拘束，恐怕是因为他以自己生存的时代，即十一世纪汉语实际的语言——其实并非纯粹的口语音而是书面语的读音——为基础去选用韵字之故吧。大体说来，韵书虽然未能十足完整地记录成书之初，即六世纪末叶汉语实际的语音（现存最古韵书是隋朝陆法言的《切韵》，编于 601 年），但却比较忠实地记录当时的读音。然而，从六世纪到十一世纪共五百年岁月中，汉语音韵发生了不少变化。虽然明知如此，后世诗人大体上依然使用《切韵》或同一系统的韵书，写作诗文时，只依从这些韵书的音韵分类去押韵。《切韵》的分韵一般认为是 206 韵。实际上，陆法言的原著只有 193 韵，如果不计声调的不同而以四声相配（换言之，拿韵母相同但声调不同的韵算为一类），那就只得 60 类而已。这 60 韵的分类极其细密，属于每一个韵的文字数目并不多，作诗者感到不便，因此从唐初开始，便已容许"附近通用"，亦即容许合并使用《切韵》韵目上相邻的韵字。[3] 不过，容许这样的合并，最初也许对每个韵字的实际语音都作一定程度的考虑而后决定的，但却没有顾及在韵书韵目上相距较远的韵字。换言之，被"考虑"的始终是纸上（韵目）次序的问题，似乎很少考虑唐初以后口语语音的变化同异。北宋初年（十世纪）编纂的官定韵书《广韵》韵目上所载有关"同用"和"独用"的注记，后来略经改订，宋以后一直被使用，成为 106 个所谓"平水韵"，直到最近依然作为"旧诗"作者必须遵从的音韵分类。由唐初至北宋初约三百年间，"通用"的规定修订过几次呢？我们今日没有足够资料去查考其经过。正如清朝学者戴震（1723—1777）所考证，[4] 唐代诗人写作近体诗时，似乎大致上都遵从同样的规定；至于因时代变迁而引起的差异，他们认为问题不大，不必理会，只要掌握《广韵》的"同用"规定，便足以应付押韵的需要。

东坡古诗的押韵并不遵从上述官书的规定。不过，不但东坡一人如此，其实古体诗的押韵，大体上比近体诗宽缓。这是一般熟知的事实，不必冗述。

本来，近体诗因某种竞赛的结果以致其押韵规则逐渐严格起来的，"应制"和"省试"就是这种竞赛的实例。然而，古体诗存在于科举考试的束缚之外，其体裁较为自由，押韵也不必像近体诗那样严守一定的规则，这是当然的了。

可是，在一般的观念中，古诗的押韵还是要用"古韵"的，所以我想就此事略加说明。"古韵"这个名称，顾名思义，恐怕就是指模仿古代作品押韵得来的东西。不过，所谓"模仿"，实际上是大有问题的。古代的语言（所谓上古汉语 Archaic Chinese）与宋代的官定韵书所根据的语言（中古汉语 Ancient Chinese），两者的音韵体系差异甚大。苏东坡这位十一世纪的诗人，要想袭用五世纪（齐梁）以前或公元前数世纪（先秦）的语言去押韵的话，就必须具备有关上古汉语音韵体系的精确的知识。但经过整理而成体系的知识，要到他死后数百年的十八世纪（清朝）才开始确立，才成为诗人可以使用的形式。在此意义下，古韵研究在东坡时代可说尚未兴起。

今日所知的最早的古韵（上古音）研究者是吴棫（才老）；他死于南宋绍兴二十二、二十三年（1152、1153）前后，是东坡的后辈。吴氏著作中唯一流传下来的《韵补》，收集了很多过去诗人（包括东坡）违犯规则的押韵实例，可以反映古诗容许例外的实况。然而，如后所述，[5] 当我们审视吴氏所总结容许条件的韵目时，就可发觉，特别是入声古诗，其押韵的区分与词韵大致相合。也就是说，在吴氏心目中，上古音与他的时代（十二世纪）的实际语音，几乎是没有区别的。

唐初经学者陆德明（553—630）说："古人韵缓，不烦改字。"（《经典释文·毛诗·邶风·燕燕》篇），这句话成为后世古音学者各种学说的起点。对于并非以研究音韵学为目的的诗人，这句话很可能被理解为：学习古人作诗法，押韵是可以宽缓的。既然容许"韵缓"，即音韵的区分范围可以放宽，那么，押韵时是否严谨地符合古人真实的音韵体系，恐怕没有诗人再为这一问题而伤脑筋了。故此，"韵缓"的结果，使所押的韵更加接近诗人自己实际口语的语音，也就不足为奇了。[6]

话得说回来，以上只不过是从押韵的实例得来的推想。为了确证东坡古诗的押韵包含了口语音，我们必须另外提出证据来。以下我将转而探讨这个问题。

四

为了证明东坡古诗的押韵颇多根据十一世纪的语音，我认为最好是将其古诗（本文所举只限于用入声韵的古体诗，不包括其他种类的诗）与"词"加以比较。据近人龙沐勋氏《东坡乐府笺》（三卷，上海，1936 年），东坡的词共 346 首，其中押入声韵的有 35 首。我从中选取十首为例，列举于附录 B。体例与附录 A 一样，为了识别每一首作品，使不致与其他同名词调的作品混淆，只标出首句，以下则只录韵脚字，又在其下注记其在《集韵》韵目所属的韵名。从附录 B，我们大概可以清楚地看出：这些诗余的押韵方法，并不遵从韵书（特别是本文第一节所述的"官韵"）的规定。

"词"是一种特殊的韵文类型（genre），习惯上与狭义的"诗"（旧诗）区别开来。如所周知，词（诗余）是在狭义的诗（包括古体诗和近体诗）之后新兴的类型，始于唐末（九世纪）而大盛于宋代，其所用的语言，不论是语法构造或单调，都比"诗"更加接近当时的口头语。因此，诗余的押韵不符合已经成为古典的"官韵"也就并非不可思议；又诗余与官韵背道而驰一事，正可作为诗余大致原样使用口语语音的证据吧。

从诗余盛行起约二百数十年间，诗余作家是不用特定的韵书（后称"词韵"）的。这也是使我们想象诗余的押韵系基于当时实际语音的原因。我们所知道的专用于诗余的韵书，以南宋朱敦儒（希真，1080—1174，河南洛阳人）所编纂的为最早。[7] 这与元曲的情形十分相似。比诗余更后起的文学类型"元曲"（戏曲及散曲），其押韵最初亦以北方（以北京为中心的地区）方言为基础，直到元朝泰定元年（1324）才由周德清编成《中原音韵》，成为元曲作家参考用的"曲韵"。

正如吉川幸次郎氏所指出，戏曲作家的出生地由北渐次南移，我想这与曲韵亦不无关系。北方的汉语，恐怕在十四世纪便与江南方言有相当大的差异。与现代人一样，古时以江南方言为母语的人学习北方语音，并非易事。故此，当江南人写作最先在北方盛行而形式亦已确立的元曲时，需要参考书是当然的了。宋代诗余的情况虽然略有不同，但却是原先流行于北方的开封附近的新兴韵文，其他地方出生的人，特别是江南人，在南宋都城杭州等地执笔创作时，自然会感到专用参考书的必要。不仅这样，一方面诗余的形式在二百数十年间逐渐固定下来，另一方面作词又已成为"应制"这种竞赛的项目之一，因此与近体诗的情况一样，为了竞赛和考试，严格的诗余押韵规则也就应运而生了。据传在朱敦儒编韵书之前，已有《应制颁韵》为名的书，可以作证。

五

朱敦儒所编韵书《词韵》已经失传，我们只能从明初学者陶宗仪的《南村文集》窥见其内容。[8]虽然我们无法得悉其详，但当曾一度没落的诗余经明末清初再度兴盛时，词人辈出，结果有好几种新的词韵参考书出现。其中直到今天依然流行的是清朝戈载的《词林正韵》；我撰写本文时亦以此书为主要参考书，现略述其内容如下：

这本书成于道光元年（1821）。戈氏凭自己见解，删除在宋代"官韵"《集韵》中实际上很少用到的韵字，只选较为常用的韵字，其排列亦与官韵的分类不同。这样一来，既保存了《集韵》原来的分类（韵目），每一个韵字亦照旧保存了《集韵》的反切，[9] 但将它们放进较大的韵部（戈氏称之为"部"，共十九部）之内。故此，在这本书里，我们可以同时知道某一韵字在宋代"官韵"所属的韵部以及用于诗余押韵时的读音，十分方便。最称方便的是：在《集韵》属某韵（甲）的韵字，如果屡屡被宋代诗余作家当作另一种韵（乙）使用，本书就特别补入部属相异的韵部（乙）中，而且注明与《集韵》不同的反切读音。例如，国字在《集韵》属二十五德韵（《广韵》同），在戈氏的分类则放在第十八部之内，是故一方面在本部的德韵条注"骨或切"，而以国字在不少诗余中被当作一屋的韵字之故，又一方面在第十五部的一屋韵附注"古六切"。这种附注字音一概标示"增补"二字。[10]

戈氏的书如此方便适用，难怪大受诗余作家欢迎。不过，实际上我们从这本书知道的只是戈氏脑海中所描绘的宋代词韵的理想形态罢了。当我们验证于宋词实例时，就会发觉其押韵不一定与戈氏所定的分部完全一致。这种歧异，并不限于戈氏一书；说是韵书一般共同的弱点亦不为过。其实，当韵书标示字音标准的固定形态时，必然会暴露其与现实之间的矛盾。我想戈氏所暴露的矛盾较大，因为他的态度与隋朝陆法言《切韵》意图忠实记录[11]某时某地的语言略有不同；他只图掌握显现于诗余作品中的主要趋向，而要以此成为近代作家所必须考虑的准则。

戈氏的书常常（只有少数例外）把分属《集韵》某一个韵的韵字原封不动地搬入其较大的分部之内，是故难免招惹粗心大意的指责。大体上，《集韵》（亦包括《广韵》、《切韵》）与《词林正韵》之间的差异，也不妨看作是中古（六世纪）与近世（十世纪以后）音韵体系之间的差异。简单地说，中古与近世之间所发生的音韵演变，不但汉语如此，任何语言的音韵变化也一样，即在相同的音韵条件下，单语音（为了简便起见，字音与单词音视同一物）应该引发出相同的音韵变化。然而，在《集韵》属于同韵的字音，却并非具有完全相同的音韵条件的。换言之，属于同韵云云，意思是具有相同的韵母罢了。韵母相同的字音发生音韵变化时，如果韵母以外的要素——声母及其他因素（例如，称为"等呼"的主要元音与声母的中间的介音）相异的话，就会产生不同的变化趋势，这是语言史上普遍的现象。戈氏的书没有注意到这一点，诚属憾事。故此，这本书虽然方便，但比起清朝古音（上古音）学者优秀的著作（段玉裁《六书音均表》以下诸书），难免稍逊一筹。

本文无意重建苏东坡语言的音韵体系，亦不打算全面批评戈氏的《词林正韵》以图透视宋代音韵的真相。我尚未有足够的文献资料从事这些工作。我只想特别强调：戈氏书所示的分部与苏东坡诗余的押韵，实际上不一致的地方很多。这些不一致的状态标示于附录的表 I。以下说明其大略。

六

附录 B 所举的诗余例子，全都是越出戈氏分部而押韵的作品。当然，只用戈氏各部韵字押韵的作品亦复不少。例如：

> 四　醉落魄（席上呈杨元素）龙氏一卷二八叶
> 分携如昨铎泊铎索铎错铎却药落铎约药鹤铎[12]

这里押韵只用戈氏第十六部的韵字（在《集韵》则分属十八药和十九铎；药铎二韵在《集韵》也是通用的）。

不用说，在戈氏所分部内，也有为《集韵》等官韵的规定所不容通用的押韵（以下称"通韵"）。例如：

> 八　千秋岁（徐州重阳作）龙氏一之五十三
> 浅霜侵绿烛沐屋幅屋菊屋馥屋玉烛肉屋逐屋复屋烛烛

这里用的是戈氏第十五部一屋和三烛的韵字；而《广韵》以来的官韵全都规定一屋"独用"、二沃三烛"同用"，亦即屋韵与沃烛二韵不许通用。二沃韵虽然与三烛韵可以通用，但韵内所属的字甚少，故在东坡的诗余中，见不到使用这韵字的作品。在其他韵中也出现这样的情况。不过，在古诗中仅有少量作品使用沃韵的字。

必须注意的是：在戈氏所分各部之内，都有越出唇内与舌内或口内（已于本文第二节述及）二大类或三大类的界限而通押的作品。例如：

七　满江红（东武会流杯亭、上巳日作。城南有坡，土色如丹，其下有堤，壅邦淇水入城。）龙氏一之四十

东武南城，新堤就邦淇初溢质碧陌觅锡一质○毕质日质出术逸质迹昔

这里虽然全是戈氏第十七部的韵字，实际上五质（溢、一、毕、日、逸）六术（出）与二十陌（碧）二十二昔（迹）二十三锡（觅）诸韵通押。前二韵（质、术）有舌内 –t 韵尾，后三韵（陌、昔、锡）有口内 –k 的韵尾。

这样的例子，可以在附录 B 所举作品中找到更多。兹表列如下：

舌内·口内通押者　5、10、12

舌内·唇内通押者　2、16、21

舌内·唇内·口内通押者　1、6、19、31

由此可见：–t·–k 通押、–t·–p 通押、–t·–p·–k 通押，可谓各式样实例一应俱全了。因而我们认为苏东坡诗余的押韵，尤其是入声韵诗余的押韵，比戈氏所定的音韵分部宽缓得多。

如此通押三内韵的，是不是只有苏东坡的作品呢？我们调查一下北宋诗余名家柳永（三变，约略 960—1050）和周邦彦（美成，1056—1121）二人的作品押韵情况，就可知其详。这方面的实例请参阅附录 CD。C 的 6·9·11·16 是舌内 –t 唇内 –p 通押，D11·15 是舌内 –t 口内 –k 通押，而 D19 则是舌内 –t 唇内 –p 通押。不过，最后的例子 D19，即柳永《小镇西》，其第五句"是笑时媚靥"的"靥"字虽属二十九叶韵，但这一句是否真为押韵句，不无些少疑问；今从杜文澜校刊《词律》卷十一的解释，作押韵句处理。总而言之，在柳周二家的作品都见不到 –t、–k、–p 三内通押的例子，但 –t、–p 与 –t、–k 通押的实例甚多，这和苏东坡词的情况大致相同。

最近，坂井健一氏《宋词韵字上所见音韵上的一些特色》（《东洋学报》三八卷二号）一文，列举了很多三内混用的实例。坂井氏按诗余作家年代顺序划分六个时期，并且指出：三内混用的现象只见于第二期（十一世纪后半，北宋后期）以后的作家作品，但在第一期（十世纪至十一世纪后半，北宋前期）的作品中，则绝对见不到；这现象很值得注意。在坂井氏所谓第一期作家中，我只调查了欧阳修（1007—1072）的作品，的确见不到三内混用的例子。关于这一点，我将在本文第七节再加申论。

以上，关于附录ABCD的说明，业已全部完毕。为了使实例的押韵特质更加一目了然，我在实例之后补加附表I。所举的例还是以入声韵为限。表中的号码是举例的号码，只用《集韵》韵目中某一韵字的便标示一个黑点，用两个韵的字标示二个黑点，用三个韵以上的字则标示三个黑点。诗余的押韵法，即使在同一词调中也常常不尽相同。有时，我们怀疑一首之中某些句是否为押韵句；有时，因版本不同而有异文。这些有问题的句，我们在举例中加以注明，又在表中附加问号。词曲家所称的闭口韵–p（即梵文家的唇内韵），特于"《集韵》韵目"栏附加"○"号，以资识别。词曲家所称的穿鼻韵–t（即梵文家的舌内韵），附加"△"号。余下的抵颚韵（梵文家的口内韵）则不附任何符号。本表似可显示：若据戈氏所说，大部分闭口韵只与闭口韵互押，但在北宋诗余作家的作例所见，则并不尽然，有些诗余是越出戈氏的分部而押韵的。

我想就戈氏的第十九部再说几句话。这一部包括了《集韵》的闭口六韵；但正如表I所显示，这一部与其他分部，特别是第十八部的韵字通押的例子所在多有。这不单止诗余如此，东坡的古诗亦如此。但是，在东坡全部诗余和古诗中，只用第十九部所含韵字押韵的作品，我一首也见不到。既然这样，要是不把这一部独立成部而把它归入第十八部之内，岂不是更加符合北宋诗余作家的用韵吗？果如是，光是入声，便有四个分部了（十五、十六、十七、十八）。据陶宗仪的记载，先前引述过的朱敦儒的《应制词韵》，[13] 分为十六条（即十六部）；此外，据说尚有入声韵四部。如上所述，如果不让戈氏的第十九部独立，便成为入声四部，这样便正好与朱敦儒之说不谋而合了。当然，话得说回来，朱氏分韵的详情，我们无法得知，这里只好暂且记而存疑。[14]

不过，正如坂井氏指出，北宋初期（第一期）的作品中，尚未见三内混用的事例；由此观之，只使闭口韵独立成部的话，并不是毫无道理的。果如是，第十七部的二十六缉、第十八部的二十九叶和三十帖三韵，也就必须使之分立了。

七

在以上六节，本文论述苏东坡的古诗和诗余一样，主要是根据口语语音去选用韵字押韵。我相信，以东坡作品为限，本文结论大致上不会有错。当我着手这项研究时，以及后来（1955 年 10 月）在日本的"中国学会大会"（关西大学）发表上述所论的大要时，我作了推测：由于这样的押韵特色要到东坡才开始显著，在他以前的诗人不会像他那样放手自由押韵的。可是，同年 11 月，从贺登崧（W. A. Grootaers）神甫借阅周祖谟氏《宋代汴洛语音考》（《辅仁学志》十二卷一、二合期，北平，1943 年）一文之后，我才知道必须订正一些最初的推测。

周氏的考证，首先注意到北宋著名理学家邵雍（康节，1011—1077）《皇极经世书》中《声音倡和图》所述音系，与中古音（《广韵》）的音系大异，继而详细分析其组织的特异性，认为这是显示北宋初期汉语体系的重要资料。周氏更进而调查邵雍诗集《伊川击壤集》的押韵，发觉与《皇极经世图》的图表十分吻合；又因邵氏在洛阳附近居住了三十年，他的口音可能是当地的方言音，周氏于是详细调查出身于洛阳及其邻近的开封（北宋首都，亦称汴京）的诗人用韵，制成"汴洛文士诗分韵"。所举例子，除邵雍之外，尚有尹洙（1001—1046）、程颢（1032—1058）、程颐（1033—1107）、陈与义（1090—1148）（以上洛阳）、宋庠（996—1066）、宋祁（998—1061）、韩维（1017—1073）、史达祖（1160？—1210？）（诸人都是生于开封及其附近），合共八家的作品。其中陈史二家是南宋人，其余全是北宋人。周氏根据上述资料，论证宋代汴洛地方的音韵与《广韵》所示大异，声母极之接近元代《中原音韵》的声类，《广韵》所录四十种以上的声母，现已减少近二十种，韵类亦同样单纯化起来。[15]

详细介绍周氏的考证并非本文的目的。我只想提出一些与本文所论有密切关系的问题来讨论。第一，邵雍和程氏兄弟的作品都有显著的特色，即不论是古体诗或近体诗，都采宽缓的押韵法，都可以说是当时口语音的反映。这种特色的成因，不是可以理解为三人因是理学家，故可不受通常诗人的拘束而用韵吗？其余诗人对古体诗和近体诗的押韵，所采态度是有分别的。像陈与义般同时遗下诗和诗余两类型作品的人，诗余押韵的态度比较自由，但诗的押韵则较为保守。

关于这方面，苏轼的情况成了问题。他对古体诗和诗余的押韵，几乎采同样自由的态度。只有一个例外：正如在附录 A160、265 和 B5 的例证中，他并没有通押四觉与十八药或十九铎的韵。虽然我不能尽举所有的例子，但四觉韵独用的作品甚多。此外，如表 I 所示，在 C 周邦彦和 D 柳咏的诗余中，C2、D21 都是三韵通押的。戈氏将这两韵归入第十六部是有理由的。[16]

但据周氏的研究，在邵雍的作品中有觉、药、铎三韵通押的例子，又据《皇极经世图》的附表，也可以推定这三个韵的实际语音并无区别。周氏又指出，早在唐代后期（八世纪）元稹的诗中，已可见到同样通押的例子。也就是说，光从这一点就可知道：东坡的押韵与前后诗人的一般趋向是相反的。这个问题可能有两种解释：（1）东坡的押韵就是他的方音特色的反映；（2）东坡被韵书（官韵）所牵制。周氏评论陈与义诗中平声江韵独用而不与阳唐韵混用，说：“尚沿韵书之旧。”[17]这样解释陈氏的态度是妥当的，但从东坡对诗和诗余都采自由的态度看来，第一种解释似乎难以马上被驳倒。周氏推定在邵雍时代，觉、药、铎三韵的主要元音为 –ɔ。在东坡的方言中，只有觉韵的主要元音为 –ɔ，而药铎二韵都是 –a；这样的区别不是没有可能的。

周氏的考证的结果，尚有一事值得注意：在邵雍的"正声图"，所谓闭口韵与其他韵的区别是很显著的。兹从邵氏"七声"部分，列举如下例字：

	平	上	去	入	
辟	心侵	审寝	禁沁	○	
翕	○	○	○	十缉	七声
辟	男覃	坎感	欠梵	○	
翕	○	○	○	妾叶	

按：每个例字之下所注的是《广韵》所属韵的名称，注记悉从周祖谟氏。

在上图中，平上去声的例字与入声的例字相配恰当，毫无混乱。前者有 –m 韵尾，后者有 –p 韵尾。根据周氏"分类"中的例证（11 咸摄 12 深摄），也可知道在邵雍诗中，闭口韵绝不会与其他韵混用。不过，当查阅 10 臻摄条时，我们发觉用入声韵的作品中，有失质力职（《击壤集》

十九·《费力吟》）通押的例子，显示舌内 –t 口内 –k 二韵开始混用。正如周氏在"皇极经世图声音图解"一章所推定，在邵雍时代，即北宋初期，–t、–k 两个韵尾子音已经消失，必定是转化为"声门（喉头）闭塞音"（？）。亦即是说，在三内韵尾中，只有 –p 子音依然独立存在。

果如是，坂井氏的三内混用始于北宋后期（十一世纪后年）之说，便得到一项确证。不但如此，"混用"的途径——由舌内、口内而起，继而遍及唇内，大致上也明确起来了。[18]可是，与入声韵尾 –t · –k · –p 相配的平上去声的韵尾 –n · –ng · –m，其变化似非相伴而来。对于这一点，我的调查非常不完整，附录所举只是其中一端罢了。又，附表 II 所示苏东坡和周邦彦诗余的例子，全都是上声与去声通押。黑点所代表的与附表 I 相同，而黑点上所注数字则是所属韵的编号。例如，上 24 是指上声二十四缓的韵字，去 29 是指去声二十九换所属的韵字。

如表 II 所示，在上去二声所见的舌内 –n 韵与唇内 –m 韵的混用，恐怕就是 –m>–n 的推移吧。由于我尚未见平声韵作品中有同样的例子，因而推测：这样的推移并非始于上去二声，而是诗人使用平声韵脚写作近体诗时，他的内心总是感到韵书的限制，从而产生强烈反应所致。为什么呢？因为近体诗原则上只用平声字押韵。

最后尚拟补充几句。如上所述，要是我们同意苏东坡的古诗与其诗余一样，其押韵都是口语音的反映，那么，我们研究宋代口语音时，不用说，诗余是重要的资料，但不能忘记：古诗的押韵也是参考资料之一。我并不是说所有诗人的作品都有相同的参考价值，而且我也知道，东坡那样的诗人也许稍属异例。但是，从周氏的考证，我们可以猜度：用周氏那样的方法尝试分析各种诗人的作品的话，是会有成功的可能的。况且，一般说来，很多诗余作家的传记都是隐晦难明的；与此相反，诗人（狭义上的）的经历比较易知。既然古诗较能保证资料年代的精确性，因此我认为它对音韵史的研究也许不无裨补。

（1956年10月稿）

注　释

1. 在唐代诗人作品中，超出《广韵》所规定的通用范围而押韵的，不止是纯粹的古体，连近体也往往如此，很是值得注意。这种状况的大略，可从马宗霍氏《音韵学通论》（上海，1931年）卷四第四章《唐人用韵考》一节所举实例得知。不过，京都大学中国文学研究室同人，在吉川幸次郎教授指导下，曾调查唐初四杰（王勃、杨炯、卢照邻、骆宾王）的作品，发觉超出《广韵》通用部次而押韵的例子甚少。拙作《唐诗的押韵——韵书的约束力》一文（1975年3月稿，1976年5月补订，收于拙作《中国语学研究》，第87—115页）曾略述其情况，但尚需加以详细调查。

2. 等韵学代表著作是南宋张麟之的《韵镜》（1203 年刊）和郑樵的《七音略》，两书尚未言"摄"，使用"摄"这个名称而包括几个韵的图表的，则始于推定为十二世纪著作的《四声等子》（著者未详）和元刘鉴《经史正音切韵指南》（1336 年刊）二书。

3. 至于稍微不合规律的押韵，杜甫已有上平声十三佳与下平九麻韵字通押的例子（《诗醇》卷十，《喜晴》——古诗；《杜诗详注》卷二七，《柴门》——律诗）。本文第七节所引邵雍的诗，以及苏东坡的古诗（《诗醇》卷三二，《司竹监烧苇园云云》），也有同样的例子。这些例子都是远隔韵的部次而押韵的。但是，在清朝故宫所藏抄本《刊谬补缺切韵》（唐王仁昫撰，所谓"项跋本"）中，佳韵并不排在上平齐韵与皆韵之间，却排在下平三十九歌（《广韵》的戈韵包括于歌韵之内）与四十一麻的中间，作为四十佳而存在。故宫项跋本并不是把王仁昫《切韵》原形照样誊写的，传抄之际可能有后人加以更改增添，故此其部次不能保证保留了唐代的原状。然而，由于有这样的钞本存在，虽然只得一种，亦可知韵书的各韵部次并非一定不变的。参阅马宗霍氏《音韵学通论》，卷四，第 37 页。

4. 据《封氏闻见记》（八世纪，封演著）卷二，唐初许敬宗（592—671）曾上奏，请求准许把《切韵》细分的一些韵部合用。戴震所考定的《广韵》独用同用四声表，见于其《声韵考》卷二，马氏书和王力氏《中国音韵学》上册等书亦转载。严格说来，马氏认为《广韵》韵目的注记就是北宋初年（十世纪末）的规定，这是正确的。许敬宗上奏的内容未详。戴氏之说应予修正，拙文《唐诗的押韵——韵书的拘束力》（前引）已述。

5. 参阅注 14。

6. 关于陆德明之说和吴棫的叶韵说，赖惟勤氏最近的论文《清朝以前の协韵说について》（《论清以前之协韵说》，《お茶の水女子大学人文科学纪要》第八卷，东京，1956 年 3 月），论之最详。

7. 清张德瀛《词征》卷三云：

陶宗仪《韵记》曰，本朝应制颁韵，仅十之二三，而人争习之，户录一篇以粘壁，故无定本，后见东都朱希真复为僻韵，亦仅十有六条，其闭口侵寻监咸廉纤三韵（以阴阳二声标引，此为曲韵之祖），不便混入，未遑校辑也，鄱阳张辑始为衍义以释之，洎冯取洽重为缮录增补，而韵学稍为明备通行矣，值流离日，载于掌大薄蹄，藏于树根益中，湿朽虫蚀，字无全行，笔无明画，又以杂叶细书，如半菽许，愿一有心世道者，详而补之，然见所书十六条，与周德清所辑小异大同，要以中原之音，而列以入声四韵为准，○观南村所记，知宋人制词，无待韵本，若张冯所记者，亦泯灭久矣。（据词话丛编本）

以上引文中，由开头至有"○"号的一段文字，我想当是引自陶宗仪《韵记》。这一段虽非全文，但我尚未见到比上文引用得更详备的文献。又，清沈雄《古今词话》（词话丛编本）卷四称陶氏有《宋颁韵序》，见于《南村集》。但现存的《陶南村集》四卷（汲古阁刊本等），只录诗而不收散文。

在张德瀛氏的引文中，"本朝"似指宋代。我想，在这段引文之前，大概陶氏曾论述诗韵与诗余的韵（词韵）互异，这段引文继续申论。陶文的大意是：在宋代的应制诗余，虽有关乎押韵的规定，但在民间没有定本。一直到了朱希真（朱敦儒）才开始撰写简略的韵书（"儗韵"的"儗"字同拟，即以私意撰作之未定稿）。这本韵书的分类有十六条，亦即十六部（十六韵）。据闻南宋张辑和冯取洽曾增补本书的注释。该书虽有闭口三韵，但陶氏所云"不便混入"这一句的意思颇难了解（在这一句上头的加括弧的注语，当是张氏所为）。在朱氏的韵书，似乎凡有 –m 韵尾的闭口韵都合并于 –n 韵之内，不作独立的韵部处理。这是陶氏从周德清的《中原音韵》推测得来的。在周氏书中，闭口三韵都独立，全部共十九韵（不分平上去声）。由此减去三韵，正好成为十六韵。侵寻、监咸、廉纤三韵的名称，亦大概借自周氏。但据张氏注，朱氏书已经使用这些名称，故此周氏可以照用朱氏的名称，我想张氏误解了事实真相。

总之，陶氏认为朱敦儒与周德清二人的著作"小异大同"，相异之处只有两点：缺少闭口三韵以及另立入声四韵。朱氏《词韵》在明初（十四世纪）陶氏时代仍然流传，此后便没有人能够再见，想早已散逸。

8. 参阅注 7。陶宗仪的生卒年推定为 1320 至 1402 年，美国学者牟复礼（Frederick W. Mote）氏曾作考证。见 F. W. Mote: Notes on the Life of T'ao Tsung–i, *Silver Jubilee Volume of the Jinbun Kagaku K–enkyusho*（Kyoto: Kyoto University, 1954）, p. 281 note.

9. 可是，戈氏转载的反切未必与《集韵》相同。除注 10 所述情况之外，其理由不明。

10 另立"古六切"这个反切，实际上不合《集韵》的反切体系。在戈氏书"国"字与"掬"字（居六切）同音；似应作"古禄切"。果如是，则与"谷"字同音。考虑到戈氏为苏州人，我所以作此推断。

11 "忠实记录"是现时大多数《切韵》研究者和音韵史家所持的见解。但也有学者怀疑陆法言是否真的以忠实地记录当时（六世纪）的语言为唯一的目的。

12 附录及本节举例的号码，是指《东坡乐府》（龙沐勋氏笺，三卷）所收，押入声韵的三十五首的顺序。题下标示龙氏笺本的卷数和页码。

13. 参阅注 7。

14. 若将吴棫《韵补》卷五入声韵各条所注录（例如，"二沃古通屋、三烛古通屋"等）的古音通用范围当作数韵合并，可得如下六部：

1、一屋——三烛。

2、四觉、十八药、十九铎。

3、五质——九迄、廿四职、廿五德、廿六缉。

4、十月——十七薛、廿陌——廿三锡、廿九叶、卅帖、卅三业。

5、廿七合、廿八盍。

6、卅一洽，卅二狎、卅四乏。

这六部中的 5 和 6，由于韵内字数甚少，亦可进而合并为一部。如此，便正好与戈氏所分的五部一致。这不是偶然的。吴氏《韵补》乃论述"古韵"的书籍，这是戈氏所熟知的，是故我们或可作出这样的解释：《词林正韵》的分类采用了《韵补》考论的结果。其实，不单止是入声五部的约数问题，戈氏书中的职·德韵和缉韵都归入了吴氏的第 3 部，月——薛韵和叶·帖·业等（闭口韵）同入于第 4 部，两书雷同之处至此。仅就 3、4 二部而言，大致符合东坡诗余的押韵。我们可以推断：事实上，吴棫考论的古诗通韵是以其时代口语音为基础的。

15. 开封虽然是北宋首都，但却是个新兴都会。因此，后汉及晋以来长期成为文化中心的洛阳的语音，即使在宋代，亦被公认为全中国的标准音。据闻，北宋初年的宰相寇准（951—1102）曾对大臣丁谓说，西洛（洛阳）位处全国正中，其语音亦最正。（"寇莱公与丁晋公同在政事堂，一日论天下语音，何处为正，莱公言西洛人得天下之中，丁曰，不然，四方皆有方言，惟读书人然后为正。"见《宋人轶事汇编》卷五）。意义相同的记载，亦见南宋陆游

（1125—1210）的《老学庵笔记》卷六。

16. 如注 14 所述，吴棫亦把这三韵归入可以通用的一部。

17 不论是东坡的古诗或诗余，都没有独用江韵韵字以及与唐阳韵通押的例子。

18. 如本文第二节末略为触及般，在东坡的前辈王安石和更大的前辈欧阳修的作品中，都没有入声韵尾三内混用的例子。这一现象，也许有人以为是二人所说的方言与东坡相异之故。然而，对于这个问题，我认为与其从空间的方言上的差异去考虑，似不如以时间上音韵变化为基础去考虑来得更妥当。虽然东坡生年比王安石仅晚十五年而已，但我想东坡可能是个对音韵变化特别敏感、具有毫不迟疑地以变化了的音韵入诗这种气质的人，不是吗？

附录　东坡诗词用韵举例

（凡所注韵目皆从戈氏《词林正韵》、戈氏略据《集韵》，微有出入，兹不详列。）

A　古诗（篇目以唐宋诗醇所编先后为次）

一　辛丑十一月十九日既与子由别于郑州西门之外马上赋诗一篇寄之（诗醇卷三十一王文诰苏文忠公诗编注集成卷三）

不饮胡为醉兀兀没、此心已逐归鞍发月、归人犹自念庭闱、今我何以慰寂寞铎、登高回首坡陇隔、惟见乌帽出复没没、苦寒念尔衣裘薄、独骑瘦马残月月、路人行歌居人乐、僮仆怪我苦凄恻职、亦知人生要有别、但恐岁月去飘忽没、寒灯相对记畴昔、夜雨何时听萧瑟栉、君知此意不可忘、慎勿苦爱高官职职。　十九铎（戈氏十六部）、七栉、廿四职（十七部）十月、十一没（十八部）通押。按第五句隔麦第九句乐铎第十三句昔昔疑亦入韵，三字均在戈氏通用韵内，诸如此类，后多从略。又凡言通押者，指戈氏书内隔部之字，下仿此。

　　二　过宜宾见夷中乱山（醇三十二编注一）

　　江寒晴不知、远见山上日、质壁锡历锡碧陌适昔魄陌迹昔　五质廿陌廿二昔廿三锡通用（戈氏十七部）按凡言通用者从戈氏书之、非谓宋世功令所许通用者也、下仿此、又以下各篇止录韵脚字、惟存首句或首二句、以便查核。

　　三　八阵碛（醇三十二编注一）

　　平沙何茫茫、髯鬣见石蕴、薛啮屑列薛诀屑说薛杰薛结屑血屑雪薛法乏掣薛决屑瞥屑折薛峡洽　十六屑十七薛（戈氏十八部）卅二洽卅四乏（十九部）通押

　　一五　李氏园（醇三十二编注三）

　　朝游北城东、回首见修竹、屋屋屋谷屋目屋族屋曲烛绿烛鹄沃蹙屋独屋木屋斛屋蓄屋鹜屋馥屋扑屋陆屋秃屋筑屋叔粥屋哭屋赎烛麓屋鞠屋缩屋沐屋卜屋逐屋　一屋二沃三烛通用（戈氏十五部）

三一　和子由记园中草木十一首（其四，醇三十二编注五）

萱草虽微花、孤秀能自拔、黠插洽蘽麦约药泼末落铎

十八药十九铎（戈氏第十六部）廿一麦（十七部）十三末

十四黠（十八部）卅二洽（十八部）通押

一六〇　次韵景仁留别（醇三十五编注十五）

公老我亦衰、相见恨不数、觉岳觉浊觉学觉荦觉角觉邈

觉握觉　四觉韵（戈氏十六部）按苏公古诗每独用觉韵、不

与他韵通、参看下二六五。

二〇一　中秋月三首（其二，醇三十五编注十七）

六年逢此月月别薛咽屑掷昔阙月樾月叶叶说薛栗质雪薛

绝薛　五质廿二昔（戈氏十七部）十月十六屑十七薛廿九叶

（十八部）通押

二〇五　九日黄楼作（醇三十六编注十七）

去年重阳不可说薛发月滑黠袜月呷狎锸洽杀黠刹辖轧黠压

狎献辖鸭狎雪狎　十月十四黠十五辖十七薛（戈氏八部）卅

二洽卅三狎（十九部通押）

二三三　与王郎昆仲及儿子迈遶城观荷花登岘山亭晚

入飞英寺分韵得月明星稀四首（其一、醇三十六编注十九）

昨夜雨鸣渠、晓来风袭月、月啜薛绝薛叶叶发月没没

十月十一没十七薛廿九叶通用（戈氏十八部）

二六五　东坡八首（其六、醇二十七编注二十一）

种枣期可剥觉斫觉壳觉雹觉学觉岳觉荦觉渥觉角觉　四觉

韵（戈氏十六部）参看上一六〇

二九六　自兴国往筠宿石田驿南二十五里野人舍（醇三十七编注二十三）

溪上青山三百叠、帖抹曷渴曷滑點阖盍　十二曷十三末十四點卅帖（戈氏十八部）廿八盍（十九部）通押

三〇一　岐亭五首（其一，醇三十七编注二十三）

昨日云阴重、东风融雪汁、缉湿缉得德急缉鸭狎幂锡赤昔白陌帻麦泣缉缺薛客陌集缉　廿陌廿一麦廿二昔廿三锡廿五德廿六缉（戈氏十七部）十七薛（十八部）卅三狎（十九部）通押、按五首皆叠韵之作、兹止录首篇

三一三　高邮陈直躬处士画雁二首（其二、醇三十七编注二十四）

众禽事纷争、野雁独闲洁、屑节屑鸭狎雪狎月月雪薛十月十六屑十七薛（戈氏十八部）卅三狎（十九部）通押

三一九　观杭州钤辖欧育刀剑战袍（醇三十八编注二十五）

青绫衲衫暖衬甲、狎胁业柙狎杂合插洽杀點點罨狎雪狎十四點（戈氏十八部）廿七合卅一业卅二洽卅三狎（十九部）通押　按罨色甲切、戈氏十九部、又色辄切、廿九叶韵、戈氏十八部、两读

三四六　郭熙画秋山平远（醇三十八编注二十八）

玉堂昼掩春日闲、……我从公游如一日、质不觉青山映黄发、月为画龙门八节滩、待向伊川买泉石、昔　五质廿二昔（戈氏十七部）十月（十八部）通押

四〇八　聚星堂雪（醇三十九编注三十四）

窗前暗响鸣枯叶叶雪薛绝薛折薛灭薛掣薛纈屑屑屑瞥屑说薛铁屑　十六屑十七薛廿九叶通用（戈氏十八部）

五〇〇　次韵子由月季花再生（醇四十一编注四十一）

幽芳本长春、暂悴如蚀月、月柿薛苗薛烈薛拔黠芟末蹶叶匝合叶叶活末折薛　十月十三末十四黠十七薛廿九叶（戈氏十八部）廿七合（十九部）通押　按柿蘗或体、蘗字戈氏曷薛韵两收

上录古诗都十七首、盖苏诗之选入诗醇者凡五百四十篇、予编东坡古诗韵谱、仅成入声一卷、约五十首、亦有押入声韵而未及载者、今自稿本录出、另附表A、略见一斑耳

B　苏词（录自龙氏沐勋东坡乐府笺三卷、所注韵目亦从戈氏、通用通押之分、悉同前例）

一　泛金船（流杯亭和杨元素）龙笺卷一叶十六

无情流水多情客、陌劝我如相识、职杯行到手休辞却药似轩冕相逼、职曲水池上、小字更书年月月还对茂林修竹、似永和节、屑〇纤纤素手如霜雪、薛笑把秋花插、洽尊前莫怪歌声咽、屑又还是轻别、薛此去翱翔、遍上玉堂金阙、月欲问再来何处、应有华发、月　十八药（戈氏十六部）廿陌廿四职廿五德（十七部）十月十六屑十七薛（十八部）卅二洽（十九部）通押

按万氏树词律卷十三载此、万云、却字乃坡老借韵、非不叶也、

二　醉落魄（苏州阊门留别）笺一之廿五

苍颜华发、月决屑绝薛别薛○咽屑颊帖裹缉说薛　十月十六屑十七薛廿九叶卅帖（戈氏十八部）廿六缉（十七部）通押、按裹字、戈氏乙及切音邑、又读忆笈切、在叶韵、则通首皆在十八部、此下但录韵脚、

五　减字木兰花笺一之卅一

空床响琢、觉霅觉……○索铎拨末……　前段四觉韵（戈氏十六部）后段十九铎（十六部）十三末（十八部）通押、按此阕换韵、止录入声字、

六　满江红（正月十三日雪中送文安国归朝）笺一之卅七

天岂无情、天也解多情留客、陌雪薛石昔隔麦○必质白陌觅锡睫叶绝薛　五质廿陌廿一麦廿二昔廿三锡（戈氏十七部）十七薛廿九叶（十八部）通押

一〇　满江红（寄鄂州朱使君寻昌）一之六六

江汉西来、高楼下蒲萄深碧陌色职客陌说薛○读屋惜昔瑟栉忽没鹤铎　一屋（十五部）十九铎（十六部）七栉廿陌廿二昔廿四职（十七部）十一没十七薛（十八部）通押

一二　念奴娇（赤壁怀古）二之九

大江东去、浪淘尽千古风流人物、勿故垒西边、人道是三国周郎赤壁、锡乱石崩云、惊涛裂岸、卷起千堆雪、薛江山如画、一时多少豪杰薛○遥想公瑾当年、小乔初嫁

了、雄姿英发、月羽扇纶巾、谈笑间强虏灰飞烟灭、薛故国神游、多情应笑我、早生华发、月人间如梦、一尊还酹江月、月 八勿十月十七薛（戈氏十八部）廿三锡（十七部）通押

一六 好事近（黄州送君猷）二之廿二

红纷莫悲啼、别薛切屑〇楫缉咽屑 十六屑十七薛廿九叶（戈氏十八部）廿六缉（十七部）通押、按楫字又读即涉切、在叶韵、则通首在十八部、

一八九 满江红（怀子由作）二之五九

清颍东流、翩、麦叠帖瑟栉发月〇侧职说薛月月色职雪薛 七栉廿一麦廿四职（戈氏十七部）十月十七薛卅帖（十八部）通押

二一 三部乐三之四

美人如月、月绝薛缺薛咽屑叶叶〇雪薛疾质答合切屑发月 五质（戈氏十七部）十月十六屑十七薛廿九叶（十八部）廿七合（十九部）通押

三一 皂罗特髻三之四八

采菱拾翠、算似此佳名、阿谁消得、德采菱拾翠、称使君知客、陌千金买采菱拾翠、更罗裙满把珍珠结、屑采菱拾翠、正髻鬟初合、合〇真个采菱拾翠、但深怜轻拍、陌一双手采菱拾翠、绣衾下抱着俱香滑、黠采菱拾翠、待到京寻觅、锡 廿陌廿三锡廿五德（戈氏十七部）十四黠十六屑（十八部）廿七合（十九部）通押、万氏词律

云、此调无别词可按、右苏词都十首、计龙氏乐府笺所载三百四十六首、以予所见、押入声韵者、只三十五首耳、兹将其用韵越在戈氏通用各部外者，录出一二、其非押入声字而用韵特异者、附录于下、

附一　满庭芳（有王长官者弃官黄州三十三年云云）二之十八

三十三年、今谁存者、算只君与长江、凛然苍桧、霜干苦难双、闻道司州古县、云溪上竹坞松窗、江南岸、不因送子、宁肯过吾邦〇搅搅、疏雨过、风林舞破、烟盖云幢、愿持此邀君、一饮空缸、居士先生老矣、真梦里相对残釭、歌声断、行人未起、船鼓已逢逢、末句龙氏笺云、集韵、逢音蓬、鼓声也、按蓬音蒲蒙切、在一东韵、（戈氏未收）此首皆用四江韵、惟搅逢字为异耳、

附二　渔家傲（赠曹光州）二之七

此小白须何用染、琰点忝箭线厌琰贬琰〇敢敢忝忝冉琰渐琰减赚　上声四十九敢五十琰五十一忝五十三赚（戈氏十四部）去声卅三线（七部）通押　按坡词全集从未以抵颚闭口韵通叶、惟此似为变例也

C　周美成邦彦词（据朱氏孝臧强村丛书本片玉集十卷录、参考杨氏易霖周词订律）

二　解连环朱本卷二叶一

怨怀无托、铎邈觉薄铎索铎药药〇若药角觉却药萼铎落铎

四觉十八药十九铎通用（戈氏十六部）

四　满江红二之二

昼日移阴、揽衣起、春帷睡足烛束烛肉屋局烛〇卜屋曲烛屋宿　一屋三烛通用（戈氏十五部）

六　浪淘沙朱本卷二叶四

昼阴重、霜凋岸草、雾隐城堞、帖南陌脂车待发、月东门帐饮乍阕、屑正拂面垂杨堪揽结、屑掩红泪玉手亲折、薛念汉浦离鸿去何许、经时信音绝、薛情切、屑望中地远天阔、末向露冷风清无人处、耿耿寒漏咽、屑嗟万事难忘、惟是轻别、薛翠尊未竭、月凭断云留取西楼残月、月罗带光消纹衾叠、帖连环解旧香顿歇、月怨歌永琼壶敲尽缺、薛恨春去不与人期、弄夜色、空余满地梨花雪、薛　十月十三末十六屑十七薛卅帖通用（戈氏十八部）

九　华胥引（秋思）五之一

川原澄映、烟月冥濛、去舟似叶、叶喽狎轧黠怯业〇镊叶阅薛箧帖叠帖　十四黠十七薛廿九叶卅帖（戈氏十八部）卅一业卅三狎（十九部）通押

一一　满路花六之四

金花落烬灯、银铄鸣窗雪薛绝薛折薛阔末节屑〇血屑接叶切屑说薛别薛　十三末十六屑十七薛廿九叶（戈氏十八部）通用

一三　大酺（春雨）七之二

对宿烟收、春禽静飞、雨时鸣高屋屋触烛竹屋熟屋独

屋〇速屋縠屋目屋曲烛国德菽屋烛烛　一屋三烛（戈氏十五部）

廿五德（十七部）通押、按国、骨或切、在德韵、戈氏于十五部增补是字、云古六切、考美成词德字多与十七部叶、如六丑（落花）七之五兰陵王（柳）八之一是也、独此首为异

一六　三部乐（梅雪）八之四

浮玉霏琼、向邃馆静轩、倍增清绝薛月月发月叶叶〇说薛睫叶切屑结屑　十月十六屑十七薛廿九叶通用（戈氏十八部）

附一　凤来朝（佳人）十之四

逗晓看娇面、线遍霰乱换见霰〇敛琰断换拚缓暖缓　上声廿四缓去声廿九换卅二霰卅三线（戈氏七部）上声五十琰（十四部）通押

附二　齐天乐（秋思）五之三

绿芜凋尽台城路、殊乡又逢秋晚阮翦獮掩琰簟忝卷獮〇限产转獮远阮荐霰敛琰　上廿阮廿六产廿八獮去卅二霰（戈氏七部）上五十琰五十一忝（十四部）通押

附三　绕佛阁（旅情）九之二

暗尘四敛、琰馆换短缓幔换满缓远阮婉阮岸翰〇线线面线箭线见霰乱换展獮　上廿阮廿四缓廿八獮去廿八翰廿九换卅二霰卅三线（戈氏七部）上五十琰（十四部）通押

附四　夜游宫第二　六之三

客去车尘未敛、琰点忝见霰箭线〇转獮乱换远阮面线上廿阮廿八獮去廿九换卅二霰卅三线（戈氏七部）上五十琰

五十一忝（十四部）通押

周美成词片玉集都一百二十八首、押入声韵者十九首、今录五首如上、其以抵颚闭口韵通押者、亦录四首、附钞备考、

D　柳三变永词（录自强村丛书本乐章集三卷）

一〇　秋蕊香_{中卷叶六}

留不得　^德光阴催促、奈芳兰歇、月好花谢惟顷刻、^德彩云易散瑠璃脆、验前事端的、^锡〇风月夜、几处前踪旧迹、^昔忍思忆、^职这回望断、永作终天隔、^麦向仙岛、归冥路、两无消息、^职　廿一麦廿二昔廿三锡廿四职廿五德（戈氏十七部）十月（十八部）通押、徐氏本立词律拾遗卷二载此、称秋蕊香引云、歇字在月韵、不同部、当是借叶、然必有讹脱处、

一一　浪淘沙^{歇指调}　（中八）

梦觉透窗风一线、寒灯吹息^职滴^锡客^陌戚^锡〇极^职阑焦^{本作阒}、屑^韵力^职惜^〇隔^麦说薛忆^职　廿陌廿一麦廿二昔廿三锡廿四职（戈氏十七部）十六屑十七薛（十八部）通押

一五　轮台子^{中吕调}　（下一）

雾敛澄江、烟锁蓝光碧^陌、断续半空残月、徐氏作壁、朱云、壁疑从璧而误、璧^昔韵寞铎笛^锡色^职客^陌翻思故国、^德、徐作故乡隔^麦息^职〇织^职得^德出^术侧^职益^昔陌陌别薛圻陌魄陌役昔掷昔

六术廿陌廿一麦廿二昔廿三锡廿四职廿五德（戈氏十七部）十月十七薛（十八部）十九铎（十六部）通押、（此阕又见徐氏词律拾遗卷六）

一九　小镇西　（下八）

意中有个人、芳颜二八、黠黠黠绝黠屫叶滑黠〇缺薛雪薛节屑悦薛月月　十月十四黠十六屑十七薛廿九叶通用（戈氏十八部）词律卷十一载此、万氏"是笑时媚屫"句、杜文澜云、屫字疑是叶韵、今从杜氏。

一四　木兰花其二　（中十八）

佳娘捧板花钿簇、屋伏屋簇屋〇续烛逐屋曲烛　一屋三烛通用（戈氏十五部）

二一　女冠子（下十）

淡烟飘薄、铎落铎幄觉廓铎跃药阁铎〇幕铎诺铎朔铎乐铎四觉十八药十九铎通用（戈氏十六部）万氏词律卷三载此云、图谱以蕙字为恶字、谓是叶韵、幕字翻不注叶、想读作暮音矣、但光风转蕙、乃招魂句、改为转恶、无理之甚、柳七虽俗、未必如此村煞也、按此作下半阕十一句、若如万氏说，则至第四句披襟处逗波翻翠幕、始叶韵、第三句楚榭光风转蕙、不叶、然宋人词亦有此种用韵之法、当从万氏为是。

朱本乐章集三卷、附续添曲子都二百六首、押入声韵者二十四首、今录六首如上。

第三编

第十一章　辛弃疾《菩萨蛮》（郁孤台下）背景述略

　　最近阅读邓广铭氏著《辛稼轩年谱》（上海，1957年）和《稼轩词编年笺注》（同上）二书，获益良多。这两本书提供了研究辛弃疾（1127—1207）所必需的事实和资料。二书早在二十年前便完成，《年谱》曾于1947年印行，但我是因为有了新印本才有机会拜读。二书都有精心的结构，与梁启超《辛稼轩先生年谱》（饮冰室合集本）及梁启勋《稼轩词疏证》（1930年，曼殊室刊本）等比较，考证和注解都远为详细致密。我们不能不说，二书作为宋代文学的研究专著是有很大价值的。可是，我对邓氏关于辛弃疾《菩萨蛮·书江西造口壁》一词的解释感到有些疑问。因此，我参考了一些资料，尝试略加修正。我的尝试以探索辛氏的写作动机为主，但在熟读其作品的过程中，尚产生了一二其他疑问。虽然我对词学的见识浅陋，没有自信，但亦不妨奉献一得之愚，抛砖引玉。

　　一般来说，诗并非只能容许一个解释的，而"词"的多义性更甚。在宋代作家中，辛弃疾的词与苏轼并列，其体裁也比较平易，可是像这一阕那样充满复杂的联想的作品亦为数不少。凡读词时，首先必须抓住这作品的情调，但由于构成情调或气氛的种种要素互相紧扣，要把它们分解开来，往往并非易事。至于本文拟探讨的一阕，我想要是把诸般要素与作品写作动机结合起来，便能使其含义显得较为明确。

兹引述全词如下：

> 菩萨蛮　书江西造口壁
>
> 郁孤台下清江水，中间多少行人泪。
>
> 西北望长安，可怜无数山。
>
> 青山遮不住，毕竟东流去。
>
> 江晚正愁余，山深闻鹧鸪。
>
> （邓氏《笺注》，卷一，第35页）

第三句本或作"东北是长安"，又第六句"东流去"或作"江流去"。

关于这阕词的写作年代，邓氏的考证认为是淳熙二年或三年（1175或1176年），即辛弃疾任职江西路提点刑狱的时期，大概是没有错的了。当年作者三十六（七）岁（与梁启超及梁启勋之说相同）。

第一个问题在于词题的"造口"一词。关于这阕词所吟咏的事迹，历来学者大都从罗大经的解释。罗说见《鹤林玉露》。

> 其题江西造口词云"郁孤台下清江水……"。盖南渡之初，虏人追隆祐太后御舟至造口，不及而还。幼安因此起兴。"闻鹧鸪"之句，谓恢复之事，行不得也。
>
> （日本宽文二年即1662年刊本"天集"卷一，本集罗氏自序于淳祐戊申，即1248年）[1]

独邓氏不从罗说。邓氏先引《宋史·后妃传》（卷三四三），说"并无谓追至造口之事"，又进一步指出《宋史·高宗本纪》，及护卫太后之刘珏（卷三七八），滕康（卷三七五）二人传，并《金史·宗弼传》（卷七七）等，都没有提及此事，于是断定罗说不可信。可是，果真是这样的吗？

我们暂且依从邓说，看看这阕词的解释会变成怎么样。邓氏说："所谓'山深闻鹧鸪'者，盖深虑自身恢复之志未必即得遂行，非谓恢复之事决行不得也。"（《笺注》，第36页）这句话是以《菩萨蛮》为辛氏壮年（三十六、七岁）的作品为前提的。邓氏否定罗说的前半，但取其后半并加以修正。同时，我想邓氏认为辛氏作品的后半阕比前半阕来得重要。

故此，倘使全篇都从邓说，前半阕意思如下：

郁孤台下清江水，中间多少行人泪。

郁孤台是位于虔州（今江西省赣州市）的台地的名称，唐李勉任职此州刺史时，曾登此台北望，不堪思都之情，改台名为"望阙"。[2] 望阙的典故，见《庄子》等书。[3] 邓氏就第三句"西北望长安"，说："盖用李勉登郁孤台北望故事"，断定这首词的后半章"泛说行役，不关孟后"。孟后即是罗大经所说的隆祐太后。

假设如此，前半章重要的所在便是"西北望长安"这一句。这样一来，四句都成为仅仅描写虔州（赣州）附近的胜景及路经该地的旅行者（行人）的烦恼而已。看来邓氏就从"泛说行役"说起；那么，他就将"行人"二字，解作因公出差的官吏，而不视之为单纯的旅行者了。的确，辛弃疾曾有那样的出差经验的。

若是那样，第二句的"行人泪"就是作者本人所洒的泪了。而第三句"西北望长安"的"长安"，实指宋都（这时在杭州）。[4] 但因采用了李勉的故事，所以才说"西北"。唐都（长安）的方向确是离江西省虔州很远很远的西北。"可怜无数山"这一句，邓氏如何解释，就不得而知了。"可怜"是个表示感动的词语，可以有很多不同的含义；说不定辛弃疾因群山横亘于现在身处的江西与首都之间，阻挡着视野，故对其产生厌恶之感。张相氏说，有些情况之下"可怜"宜解作"可惜"。[5]至于邓氏是否依从此说，我不知道。"可怜"亦可为赞美语，故此这一句亦可解作称赞群山之美。

现在，让我们看下阕。"青山遮不住，毕竟东流去"，语势稍转。那无数青山也阻挡不住江水，终于向东流去了。而"江晚正愁余，山深闻鹧鸪"，黄昏来临了，眼前景物渐渐为微黑所笼罩。从群山深处传出来的鹧鸪鸣叫声音，好像是在嘲笑诗人。一般都说鹧鸪的叫声，彷佛像是"行不得也哥哥"这样一句话的。[6]罗大经解释为"恢复之事行不得也。"即"行"字亦有"行事"的意思。邓氏则基于这是辛弃疾壮年的作品，认为"行不得"并非是绝对办不到的意思，而是对收复南宋失地这一事业（弃疾与同时代的陆游诸人都是强硬的主战论者）并非易事所发的忧虑。也就是说，辛氏的真意在最后一句模模糊糊地表露出来，其余诸句只不过是"泛说行役"之事而已。

假如像邓氏那样解释，题中的"造口"二字几乎毫无意义。只要是一个从赣州至赣江下游的地名，便哪处都一样。在前半阕，邓氏只注目于郁孤台这个地名。直到后半阕最后一句才看到作者心中所含的苦闷。果如是，这首词的构造不是不大均衡吗？一般来说，辛弃疾的作品大体上都是最能明确显示其意图的。

以下，让我尝试解释这阕词的含义。关于词题，我从罗大经以来的旧说。邓氏单凭《宋史》并无记载金人追击隆祐太后至造口，便把旧说一笔抹杀。诚然，《宋史》的确没有这样的记载，但却可根据《宋史》而略叙太后的事情。

隆祐太后就是哲宗的皇后孟氏（隆祐二字原是她曾居住的宫殿名）。《宋史》称其谥号为"哲宗昭慈圣献孟皇后"。元祐七年（1092）被立为皇后，但后来成为政争的牺牲品而被废。可是，靖康元年（1126年）金军攻陷宋都（开封），徽、钦二宗及皇后妃嫔等全被掳去，孟氏因已被废而幸免于难，次年被迎回宫中，促使康王（高宗）即位。自此之后，孟氏被尊为隆祐皇太后。由于当时在即位后的高宗之上，一个长辈也没有，故对待孟氏好像亲母一样，尊敬有加。因此，太后是个象征宋朝皇室存亡绝续的人。

建炎三年（1129）五月，高宗暂时留驻江宁（今南京）。七月，太后和高宗的妃嫔女官等，捧奉太庙的神主，定住豫章（今江西省南昌）。太后等八月出发，而高宗则于次月（闰八月）起程前往浙西。十月，金军乘刘光世军不备，横渡长江（刘当时驻兵于江州，即今日的九江市，奉命掩护太后）。接着，金人从大冶县前来袭击洪州（即南昌）。因此，太后被迫退至虔州（赣州）。据《宋史·高宗本纪》（卷二五），太后撤退的日期是十一月壬子（八日）。十四日（戊午），金军攻陷洪州，十七日（辛酉）太后抵达吉州（吉安县）。二十一日（乙丑），太后从吉州出发，投宿于太和县（今泰和县）时，卫兵叛乱。金军追至太和县，

附 记

写完这篇稿后，读到唐圭璋《辛弃疾》一书（上海，人民出版社，1957年）。该书第七章"词的评价"亦引这首《菩萨蛮》，同样地连结隆祐太后的事而解释的。第二句"行人泪"，解释为当时人民"遭受敌人掠夺和杀戮的血泪"。又第三句的"长安"，指"沦陷已久"的北方。这些解释大抵和我个人意见相同。但唐氏谓第七句"江晚正愁余"的"晚"字，"寓迟暮之感"，则不敢苟同。对于末句鹧鸪鸣叫声，唐氏认为辛弃疾含有对难遂"恢复之志"的叹息，这一点与邓广铭氏的看法相同。

注 释

1. 梁启超著《年谱》（1936年刊，第14页）曾引《鹤林玉露》，说："此词盖感与前事，故沉痛乃尔。"

又《鹤林玉露》述及此事的逸闻，云：

吉州吉水县石滨有石材庙。隆祐太后避虏，御舟泊庙下。一夕，梦神告曰："速行，虏至矣。"太后惊寤，即命发舟，至章贡，虏果蹑其后，追至造口，不及而还。事定，特封庙神为刚应侯。（《天集》卷三，幸不幸条）

《玉露》续载陈刚中被贬安远（今江西省县名）途中，题此庙柱的一首五言律诗，有句云："能形文母梦，还讶佞人来"。"文母"即指太后。

2.《舆地纪胜》卷三二及《嘉庆重修一统志》（四部丛

刊续编本）卷三二七及卷三二八。

3. "身在江海之上，心居乎魏阙之下"（《庄子·让王》）。该文亦见于《吕氏春秋》卷二一《审为》及《淮南子》卷二《道应》。这是战国时代魏国公子牟的话，已经成为表示身在异乡而不能忘怀首都（君主）的典故。

4. 在辛弃疾词中，以"长安"为首都的代用语的一例是：长安故人问我，道愁肠殢酒只依然。（《木兰花慢·滁州送范倅》,《笺注》卷一，第21页）这是送别范昂归都所作，词中的"长安"实指"临安"（杭州）。

5. 张相《诗词曲语辞汇释》下册（上海，1953年），第544页。

6. 鹧鸪的鸣叫声，古时作"钩辀格磔"（《重修政和经史证类备用本草》卷十九《禽部》，又见《师旷禽经》）。鸣叫声变成了"行不得也哥哥"，似是宋以后的事（《本草纲目·禽部》）。辛氏其他作品亦有咏鹧鸪鸣叫声的，例如：

绕屋人扶行不得，闲窗学得鹧鸪啼。

却有杜鹃能劝道，不如归。

（《添字浣溪沙·三山戏作》,《笺注》卷三，第244页）

这是弃疾任福建提点刑狱时所作（绍熙三年，公元1192年）。当时未能决定应否留在任地，心情烦恼，因而作歌寄意鸟声。杜鹃的鸣叫声"不如归去"与鹧鸪的鸣叫声"行不得也哥哥"，意思刚刚相反。鹧鸪的是留客的声音，而杜鹃的却是催客的声音。

补注·在皂口或皂口溪作诗的，尚有南宋的杨万里。诗题是《晨炊皂径》。据夏敬观氏，这是淳熙七年（1180）的作品。当时杨万里从吉水（江西省）赴提举广东常平茶盐任，曾停留于万安县。万安县南有皂口铺，离皂径二十里云（《杨诚斋诗》，学生国学丛书，上海，1940年，第83页）。

7. 如注6所述，"行不得也哥哥"是留客的说话。这也是预告前途困难的说话。如果照邓氏的解释，视这首词为"泛说行役"的话，赣州附近的赣江中，的确有好几处叫作十八滩的急流飞湍。凭苏轼诗而出名的惶恐滩就是其中之一。因此，若单凭字面，这一句亦可解释为鹧鸪发出了"这是危险的地方，去不得"的警告。至于邓氏把"恢复之事"连结一起去解释，已是触摸到这首词的内在含义。

8. 在诗和词之中，"可怜"很多时解作"可喜"、"可爱"、"可羡"、"可贵"等等（张相《诗词曲语辞汇释》，第541页以下。）。在辛弃疾词集中，"可怜"解作"可爱"的例子亦不少。我注意到的就有三个例子（《笺注》，第136页、153页、370页）。解作"可悲"（张相，第543页）的只有一个例子（《笺注》，第370页）。

第十二章 《敕勒歌》——中国少数民族诗歌论略

北齐斛律金（488—567）咏唱的《敕勒歌》，为明清以来古诗选本所必收，评论家亦咸认为此诗价值很高。可是，此诗原来是用少数民族语言唱咏的，现在我们所读的不过是一份汉文译本而已。关于它的原来语言是什么，看来一直到现在，文学史家似乎都不太重视。这首被译成汉语的少数民族诗歌，作为一首优秀的诗歌，曾经感动过许多人。这不是罕有的例子吗？我在探索其原来语言的过程中，意外地又发现了其他的问题。它已经不止于文学史上的事件，而是属于文化史上的现象了。要阐明这个问题，有很多地方我还不能胜任。尽管如此，我还是敢于提出管见，敬乞博雅赐教。

一 《敕勒歌》的全文

斛律金歌唱此诗的原委，具见于正史，但歌词却没有记载下来。现在所见最早的纪录，则是宋郭茂倩的《乐府诗集》，[1] 其全文如下：

《敕勒歌》（原注）《乐府广题》曰："北齐神武（即高欢）攻周（北周）玉壁，士卒死者十四五，神武恚愤，疾发。周王下令曰：'高欢鼠子，亲犯玉壁。剑弩一发，元凶自毙。'[2] 神武闻之，勉坐以安士众，悉引诸贵，使斛律金唱《敕勒》，神武自和之。"其歌本鲜卑语，易为齐言，故其句长短不齐。

敕勒川，

阴山下。

天似穹庐，

笼盖四野。

天苍苍，

野茫茫，

风吹草低见牛羊。

（《乐府诗集》卷八六，《杂歌谣辞》，1958 年，北京影印宋本，第 1967 页）

此歌南宋洪迈的《容斋随笔》（淳熙七年，1180 年序）卷一亦有引用。除第四句"笼盖四野"作"笼罩四野"外，并无异文。《资治通鉴》（卷一五九，参考次节）胡三省注亦引洪迈语，仍作"笼罩"。

二　诗歌的背景

关于斛律金咏唱《敕勒歌》的背景，单凭《乐府广题》的记载不是充分的。而且，这段记事还有一些谬误之处。据李延寿《北史》卷六《齐本纪》的记载，神武帝（高欢）进攻西魏玉壁城失败，是在东魏武定四年（546），《北齐书》（李百药撰）和《资治通鉴》（卷一五九，梁武帝，中大同元年条）的记载也大致相同。玉壁相当于今山西省稷山县（据吴熙载《通鉴地理今释》）。而高欢让唱《敕勒歌》，乃在撤兵之后，可能在晋阳吧。作歌者是高欢的部将斛律金，但据说高欢本人也和唱。可知此歌定非当时新作，向来在高欢军队中便经常唱咏，为很多人熟悉的。

洪迈曾引北宋诗人黄庭坚（1045—1108）《山谷题跋》之语，[3] 谓作此歌者斛律明月，胡儿也，虽不以文学知名，然因老胡（指高欢而言）之命，于仓猝间作成这首诗，"语奇壮如此，盖率意道事实耳。"明月是斛律金之子，这多半是黄氏记错了，洪迈早已辨之。

又，黄氏以此歌为明月（实则其父）即兴之作，并似乎认为原作是中文，这也是错误的，因为前引《乐府广题》[4] 已明确地指出："其歌本鲜卑语，易为齐言。"该书著者沈建所据的更原始资料，今已不能稽考，惟决非无稽之谈。沈建所说的"齐言"，大抵是中国语（就是"汉语"）。这与在北朝所翻译的佛经中，凡引梵语，辄称"秦言某某"

者，是即指符秦（351—394）或姚秦（384—417）的语言，也即汉语，是一样的意思。从"易为齐言"这一句，我们可确知此歌原语非汉语，而是别的民族的语言。[5]但鲜卑语究竟是怎样的语言呢？这个问题我们在下面再作讨论。

三　作歌者的民族和语言

我们首先需要知道咏唱《敕勒歌》的斛律金的身世。据传记说，斛律金字阿六敦，朔州敕勒部人，其高祖名倍侯利，北魏道武帝时（402年左右）内附，[6]获赐"大羽真"之位阶和"孟都公"的称号，世仕于北魏（《北史》卷五四）。史称"金性质直，不识文字"，颇为有趣。他或许能说汉语，却不识文字，字阿六敦，恐怕是突厥语的原来的名字吧。[7]汉名最初将之缩成敦，但因为签署文件时很难写，为了容易写些，便改成了"金"字，不过他就连"金"字也写得不好。据说是北齐将军司马子如曾教他只要像屋顶那样，始能正确地写出。我不相信连自己名字也写不好的斛律金，能即席吟出汉语文言的诗歌。

斛律金是敕勒部人，据《北史》说，斛律氏是高车族的一姓（Clan），这民族亦称为"狄历"或"高车丁零"（《北史》卷九八）。《本纪》上记载，北魏的道武帝曾和这民族作战。倍侯利在和蠕蠕族（Avars）一战中失利，逃入北魏域内，大概是401年（天兴四年）以后的事。他后来

以北魏将军的身份活动，卒年我想是在道武帝去世的 409
年以前。[8]

称敕勒为高车族，是北方（汉人）的叫法，他们本
来的族名是狄历 ti–li（中古音 d'iek–liek 或丁零 ting–ling
（tieng–lieng），敕勒（t'iok–liak）是其异译。以"别师"一
名记于史册的敕力犍，其中敕力（t'ok–liek）一语，跟唐时
给写作铁勒（t'et–lak）者，大概都是同出一源，即一声之
转吧。沙婉（Chavannes）氏曾经认为，它们这些名字相当
于 Tölös，然而，正如羽田亨先生考证所得，诸种译音的
原文，应当是 Türk，即突厥 Türküt。要之，这是属于广义
的土耳其民族的一支。[9]

这样，如果斛律金确是一个突厥族人，他所唱咏的
《敕勒歌》自应是一首突厥语的诗歌了。果真如此的话，则
前《乐府广题》的记载又怎样呢？倘按沈建所述（"其歌本
鲜卑语"），那么，鲜卑语跟突厥语又是否相同呢？

建立北魏国家的拓跋氏虽是鲜卑族的一支，但另外还
有好几个部族是各自建立了自己国家的。这些部族的语
言，即鲜卑语，以前被认为是蒙古系的语言，但近年认为
应属于土耳其语系的看法，似乎也相当有力。[10] 假定鲜卑
语是蒙古语之一种的话，蒙古语与突厥语虽同属阿尔泰语
族（Altaic family），但却是不同的语言。一个人如果只懂
一种语言，当他听到另一种语言时是否轻易理解，显有疑
问。不过，斛律金所属的敕勒部久离故地，数代居于今山

西省北部，而这一带当时正在鲜卑政权治下，因此，受其语言影响的程度相当大，是可以想象的。又，不管《乐府广题》所据之资料为何，那一定是汉人的纪录，而没有留意到鲜卑语和敕勒语的区别，也是有可能的。[11] 另一方面，如果依从近人的学说，认为鲜卑语毋宁说是最接近土耳其语的话，则前述疑问，自可涣然冰释。[12]《乐府广题》的记载亦可谓毫无错误了。

无论如何，恐怕是高欢自己喜爱《敕勒歌》，故命斛律金歌咏之，这歌词的意思在当时是十分明白的，于是由北齐宫廷中的某人将之译成中文了。

四　突厥语民歌的形成

《敕勒歌》的原文是否突厥语，看来似乎是无益的探讨，然而，我之所以要略为固执地坚持讨论这一问题，其理由是为这一首歌的形式通过汉语译文来看，它与突厥民歌的形式非常相似。我在这里说的"突厥民歌"，是指 Mah–mud ibn al–Husain al Kāgari 在 1073 年写成的《土耳其·阿拉伯语辞典》Diwān lugāt at–Turk 中所引用的。[13] 这本书（以下简称 Diwān）中，称引了很多突厥民歌的片断。我虽一点儿也不懂土耳其文和阿拉伯文（Diwān 除民歌原文外，还附有阿拉伯语译文），但据 C. Brockelmann 氏的研究，看到原文和德文译文后，却很感兴趣。[14]

据 Brockelmann 氏说，大多数的引文（也有同一句子给引用两次以上的），虽只是片断的二行诗（Doppelverse），但搜集起来，却可以恢复若干篇歌诗的原貌。Brockelmann 氏所提示的，可以说是歌篇的辑佚本。由于断片每一节的末尾处必有脚韵，因此，以歌句的内容和韵脚为线索，是可以知道其中若干节是构成某个长篇的一部份，而从其内容，亦不难分别出何者是挽歌（Totenklage），何者是英雄叙事诗（Heldensage），何者是情诗（Liebeslieder）和其他。

就形式而言，每一断片虽然都是两行诗，但其实是一首四行诗（如仿中国旧诗的格式而言是四句诗），各行音节的数目大致相等，在每一行中间的一定位置上有"休止"（Zäsur），各行末尾押脚韵。其中第一、二、三的三行用同一韵脚，而第四行用另外的韵脚，这第四行的韵，多与其他片断相通，故能凭此编或辑本。辞典（Diwān）虽于十一世纪时编成，但内中所辑录的民歌，年代恐怕更古，而且看不出有十世纪末叶以后伊斯兰文明的影响，不论形式也好，内容也好，都是作为一个游牧民族的突厥人接受阿拉伯和波斯文学影响以前的东西。这就是 Brockelmann 氏说明的概要。

关于形式上，能够引起我们注目的是，有很多断片的一行有七个音节，各行在第四音节之后有休止。现举 Brockelmann 氏辑录的第七类"自然描写"（Naturschilderungen）之中的一节为例来说明。据藤本胜次氏的日文翻译，试汉译如下：

> Kizil sariğ arkasip
>
> 极诗意河边黄色的花陆续出现
>
> Yipkin yasil yüzkesip
>
> 堇菜的绿芽抬头出来
>
> bir bir Kerü yürkesip
>
> 互相缠绕（交织在一起）
>
> Yalnğuk ani tanğlasur
>
> 人们在惊奇地看着
>
> （Prockelmann, II, p.31）
>
> （藤本胜次 Mahmūd Kāšgart《土耳其·阿拉伯语辞典》的翻译（地名篇），《东西学术研究所汇报》第五号，关西大学，吹田市，1957 年，第 21 页。）

此外，还有以八个音节成为一行的四行诗，由以五个音节的三行和有七个音节的一行所构成的，有以十四（或十三）个音节和十五个音节构成的二行诗；六个音节的二行和有七个音节的二行构成的四行诗，以及其他种种形式。但为数最多的，还是这里所引用的以七个音节为一行的四行诗，押韵方式（aaab）也以这种方式为代表。[15]

五　《敕勒歌》和突厥民歌的类似性

拿上述第四节中所介绍突厥民族和《敕勒歌》相比较，可以发现极其类似之处。兹再引用《敕勒歌》如下：

敕勒川，阴山下。●

天似穹庐，笼盖四野。●

天苍苍，○　野茫茫，○

风吹草低见牛羊。○

（●为仄声韵　○为平声韵）

这虽是汉译，但各句的音节类仍为三·三（韵）四·四（韵）三（韵）三（韵）七（韵）。如果按着这种韵法来整理一下的话，则前半的四句是可以作为六个音节（三休止三）和八个音节的两行（四休止四）。仿此，后半的三句亦可认为是六个音节（三韵三）和七个音节的两行。此诗汉译虽是七句，但其原文跟 Diwān 所辑录的断片一样，不也是四行诗吗？汉译是尽量配合原歌的音节来选取译词的。我认为是，叫译诗与原作合用同一旋律，可以歌唱。于是，我们便得到了一首六世纪突厥民歌的忠实的汉译。虽然迻译其内容是如何精密则无从知悉。不过，却极其忠实地遵守着原歌的韵律。如果，净从音节的数目来看，近于"六·八·六·七"形式的诗，实际上能够从 Diwān

所辑录的断片中也可以见到的。[16]

六　所谓北歌和唐代的歌曲

单是看 Diwān 所辑录的民歌的断片，首先叫我们联想到的，是中国的七绝。二者都同是四行诗，每行七音节。那么，突厥民歌的形式，是否在中国影响下产生的呢？肯定这一点并不困难。自七世纪初至九世纪末璀璨一时的大唐帝国的文明，其影响及于比邻的突厥民族，可能性是很大的。不过，我却认为，与此相反方向的影响，亦应加以考虑。因为 Diwān 即使没有包括十世纪以前的古老传说，但《敕勒歌》却远在六世纪之初便已由人唱咏。那时，七绝的形式在中国也只是刚刚开始萌芽。[17]

不仅如此，从整个的中国音乐文学的历史来看，有一种很明显的现象：我们必须注意到外来的音乐和歌曲，经常促使中国的韵文产生新的形式。从东晋、南北朝至唐代（四至十世纪），不，恐怕从更早的时代开始，西北民族的歌曲便不断传入中国，在中国诗的文学上遗下痕迹。这里我们先举出一个于当前问题有关的事实来。

从北魏、北周到隋朝，有一种被称为"北歌"的歌曲，常与西凉的音乐一起交杂演奏。到唐代还存有五十三章，从其中多有"可汗"这一个称呼的词来看，恐怕是鲜卑的歌曲吧。唐开元初年（八世纪）的歌师长孙元忠说，他的祖父在贞观年间（627—649）随将军侯贵昌学北歌。贵昌是并州人，大概是鲜卑。至于歌词的意思，连朝廷的翻译官也听不懂（见《旧唐书·音乐志》）。[18] 歌词不可解，我想是因为用鲜卑语的原文唱出，而其中又杂有讹音的缘故。这段记载中亦提及北魏"簸逻回"的歌，据我推测，"簸逻回"可能就是北魏尔朱荣和唐李景伯传中所见的"回波乐"。"回波乐"的歌词是六言四句的（《乐府诗集》卷八十）。[19]

我进一步联想到的，是唐代乐府体的诗，绝大多数是不可唱的，惟五言和七言的绝句，却是可以唱咏的。《集异记》所载有关盛唐诗人的逸事，是广为人知的，王维以"渭城朝雨浥轻尘"起首的绝句（即《送元二使安西》），后来叫作《阳关三叠》之曲，在中唐时送别宴席间常为人所唱咏，因而脍炙人口。[20] 至于歌曲所唱之辞，以用七言四句的诗为多，因为七个音节的句子恰好适合歌曲的旋律和节奏的缘故，这无可怀疑。唐代乐府体的作品里，有不少的曲名含有西北的地名。比如《凉州歌》，其中有很多歌辞是七言绝句。这都令人想见西凉音乐流行一时。西凉乐曲不一定全是突厥语的歌，但中亚及北亚少数民族的诗歌形式的影响及于中国，也应充分地加以考虑。我们早已说过，七言绝句似比五言绝句发生得晚些。前者的出现，我猜想，七绝的发展大概和北歌的形式有很深的联系。不仅如此，六言绝句的发生，与北歌有更密切的关系。除了《回波乐》

之外，还有几首以六言四句作为歌辞的歌曲。其中之一作于北齐时代。这些现象，可以认为是互相连贯的。[21]

此歌的原文早已亡佚，只有可以认为能把原歌韵律相恰当地传达出来的《敕勒歌》，作为唯一的译词给保存下来。我觉得通过这一译词进行研究，或可更深地认识北歌在中国文学史上的意义，这又是我所切望于学术界的。

附记 （一）

教我阅读 Brockelmann 氏对土耳其民歌所作的研究的，是羽田明教授；鲜卑语就是土耳其语这一个最新的学说，是据内田吟风教授指引得知的。还有出示《辅仁学志》[17]并借给我看的贺登松（W. Grootaers）神甫，以及让我对下述事实加以留意的莱·米勒（Roy A. Miller）教授，对于这几位先生，我都致以深切的谢忱。将异民族的歌，逐字译成中文的先例，有后汉永平年间（58—59）笮都夷族白狼王朝贡时所作的歌（《后汉书·西南夷传》卷一一六）。《后汉书》只载译文，但李贤注则录出采自《东观汉记》的音译全文。一般认为这音译是忠于原歌的韵律的（《西夏研究》第一卷中有王静如氏的研究）。据王静如氏说，白狼的语言属于藏缅语（Tibeto–Burmese）系，虽然情况有异，亦属夷歌汉译的先例。

1959 年稿

附记 （二）

这是 1959 年的旧稿，1981 年春间我访问北京大学，曾略述大概，承严绍璗君与中岛碧女士两位译成中文，后来登载于《北京大学学报》（哲学·社会科学版），1982 年第 1 期（总第 89 期）。去年又承梁国豪、陈湛颐两位翻译全稿，并加详注，厚意可感，谨此鸣谢，我不过略加修补而已。

1984 年 2 月环树识

注 释

1. 郭茂倩的传记有很多不明之处。据增田清秀氏说，他是郭劝之孙，郭源明之子，元丰七年（1084 年）左右，任职河南府法曹参军，大概卒于北宋之末（约 1126 年）。增田清秀，《乐府诗集之编纂》（《东方学》三，东京，1952 年，第 61—62 页）。

2. 此处所引之《乐府广题》，据《宋史·艺文志》为沈建著，二卷。亦见于南宋书目的《四库阙书目》、《中兴馆阁书目》，惟前者只作一卷。（《宋史·艺文志》，上海，商务印书馆编印，1957 年，第 18、276、308、409 页）。沈建大概是北宋人。

3. 《山谷题跋》卷七《书韦深道诸帖》（《津逮秘书》本，《丛书集成初编》，1564 年影印本）。这是黄庭坚为韦深道书《敕勒歌》时所作的跋，有崇宁元年（1102 年）的日期。他所用的版本为何，并不清楚。

4. 参注 2。又，就我所知，特别留意到此歌是翻译的，只有最近出版的余冠英氏的《汉魏六朝诗选》（人民出版社，北京，1958 年，第 338 页）。

5.《敕勒歌》原是鲜卑语，而被译成汉文者，早已为胡适氏所注意到。（《白话文学史》上卷，上海，1928 年，第七章，第 114 页）又 Muhaddere N. Özerdĭm 有论文全面地探讨北魏乐府诗，且刊载了《敕勒歌》的英译，关于原文是鲜卑语这一点，亦有留意到。（见 "The Poems of the Turkish People, who ruled in North China in 4–5th Century A.D," *Turk Tarih Kurumu Belleten*, XXII–86, Ankara, 1958, p.288 ff.）

6. 参注 8。

7. 阿六敦 a–liu–tun（a–liuk–tu n）应是土耳其（uigur）语 altan（=gold）的音译。他的汉名金，是意译。Ramstedt 氏怀疑 altun 这一词与蒙古语的 altan（gold）相同，大概都是借用阿拉伯语 ρātūn（黄铜）。他说，这是阿尔泰系语言借用以 ρ– 或 r– 辅音开始的外来语时，出现添加元音（Prothetischen vokal）现象的一个例子。（G.J. Ramstedt Einfuhrung in die altaische Sprachwissenschaft, bearbeitet herausgegeben von Penti Aalto, Helsinki 1957, I. Lautlehre, p.36.）但斛律金的名字是六世纪的实例。因此，这个单语

应该远在土耳其人和阿拉伯人接触之前，便已存在。又斛律金的姓，依 Boodberg 说是 Oyal > Oylut 的音译，Oylut 是用了蒙古语式的复数形。（P.A. Boodberg, "Two Notes on the History of the Chinese Frontier," *Harvard Journal of Asiatic Studies*, Vol. I, p.306, note 80。）Oyal 在土耳其语是"儿子"的意思。

8. 合看《北史·高车传》和《魏书》（及《北史》）的《本纪》，可以推定敕勒部统帅侯利跟蠕作战失利，而归属北魏，是在天兴五、六年（402—403）之间。倍侯利卒时，道武帝曾哀悼之，赐他"忠壮王"的谥号（《高车传》）。假若这一记述无误，倍侯利之死先于道武帝。

9.E. Chavannes: Documents sur les Tou–Kiue occidentaux, 1903, p.87. 注及其他。羽田亨《论九姓回鹘和 Toquz oyuz 的关系》（《羽田博士史学论文集》上卷，昭和卅二年（1957），京都，第372及377页，注1）。又，此处附记汉字的（括弧内）中古音，乃据 Karlgren 氏。参 Karlgren: Grammata Serica Recensa, Stockholm, 1957.

10. 据白鸟库吉博士说，鲜卑诸族是以蒙古族为骨干，再加上通古斯（Tunguse）族的混血。（《东胡民族考》I,《史学杂志》，二一编四号，1909年，东京，第391页；同 II，二一编七号，第742页及其他。）但近年有些学者如 Boodberg 氏，主张北魏（T'o–pa Wei）言语的根干是土耳其语，而混入了少量蒙古语的要素。Bazin 氏则根据艾贝哈劳（W. Eberhard）氏的社会史研究，认为北魏是在土耳其民族的霸权下，结合多数的蒙古民族的部族而组成的联合国（federation），语言上亦呈现出这一情况。（P.A. Boodberg: The Language of T'o–Pa Wei, *Harvard Journal Of Asiatic Studies*, Vol. I, 2, 1936, ... "Two notes on the history of Chinese Frontier," *HJAS*, Vol. I., 3.4; Louis Bazin: Recherches sue les parles T'o–pa（5e siècle aprie J–C）*T'oung Pao*, XXXXIX, 1950. P.288–329）

11. 高欢虽自称是汉人的子孙（渤海高氏），但应该把他当作鲜卑人，他说鲜卑语是毫无疑问的。即使鲜卑语和敕勒语并不完全相同，但一定程度上说不定他也是了解敕勒语的。鲜卑族和敕勒族是高欢（就是北齐）武力方面的两大支柱。（《北史》卷六《齐本纪上》，武定四年条。又参范文澜《中国通史简编》，1958 年，北京，第 482 页。

12. L. Bazin 氏说，从北魏资料得出的结论，是土耳其语者与蒙古语者，已给区分开来，可见这两种语言（原土耳其 Pré–ture 语和原蒙古 Pre–mongol 语）之间已经存有相当大的距离。（T'oung pao, XXXXIX, p.323）即是说，语言上的统一早已失去（第 325 页）。但是，两个系统的语言在同一国家中共存的话，便应该有共通的语言或公用语，这被称为"国语"（即鲜卑语），但其性质如何，Bazin 氏没有加以说明。

13. 关于 Diwān 的著作年代，详见藤本氏的解题。

14.Garl Brockelmann: "Altturrkestanische Volkspoesie, I," *Asia Major*, Hirth Anniversary volume（London, 1923）, pp.1–22; II, *Asia Major*, Vol. 1（1924）, pp.24–44.

15.Brockelmann 氏所辑录的断片共计 229 节（同一断片由 Diwan 引用两次以上者不算在内），其中七音节的四行诗数达 150 节以上。藤本氏《地名篇》所收十七节的译文中，七音节的形式也占了八节。在藤本氏的文中，还可以见到八音节四行诗的例子两个和八·八·八·七的四行诗例子（第 17 和 19 页）。这种形式从何而来呢？我对土耳其民族形式的发展虽无所知，但或许可以认为它曾受佛教文学"偈"（slo–ka）的影响。

16.Brockelmann 氏的第 I 部 II4G1 是十四音和十三音的两行，他说是四、四、六和四、四、五的两句（第 18 页）。虽然意义上的段落不同，但一行的音节数，跟把《敕勒歌》并为二句后所得是相当接近的。此外，还有六＋六＋七＋七、七＋六＋七＋六、六＋六＋六＋七等形式，只有六音节的四行诗也相当多。又《乐府诗集》中在《敕勒歌》题下附录了唐温庭筠之作，五言八句。不过这只是题名相同，内容形式上跟原歌均全无关系的。

17. 关于七言绝句和起源，参看罗根泽氏的《绝句三源》(《中国古典文学论集》，北京，1955 年，第 52 页)。梁简文帝，元帝及萧子显等的七言四句诗，见于《玉台新咏集》卷九，均为六世纪初期的作品。

18.《新唐书·礼乐志》的记述大致与《旧唐书》同，俱本《通典》卷一四六。又，关于北歌亦传入（南朝的）梁而为人唱咏的情况，可参孙楷第氏《梁鼓角横吹曲同北歌解》（《辅仁学志》十三卷，一、二合期）。此外，可认为"胡歌之汉译"者，还有《折杨柳》的歌辞等。（余冠英氏，《汉魏六朝诗选》，第 344 页。）

19.《乐府诗集》所载歌辞为李景伯所作。据《旧唐书·李怀远传》（卷九十）和《通鉴》（卷二〇九）景龙三年的记载，这一歌辞作于 709 年。但是，北魏的尔朱荣唱"回波乐"之歌，是在 528 年（《北史》卷七四，《通鉴》卷一五二，大通二年条）。记载中作"虏歌"，大概是鲜卑歌。虏歌与北歌是同义词。《旧唐书》《新唐书》均以"簸逻回"为北歌之一（《通典》诸本俱作"逻回"二字，无"簸"字，怕是误脱）。簸逻回 Po–lo–huei（puâ–lâ–ruai）与回波罗乐 huei–po–lo（yuâi–puâ–lâk）很可能是同一支曲，"回波乐"的"乐"字音"洛"（见于《通鉴》注）。

20.《集异记》卷二（顾氏文房小说本），述及伶人唱王昌龄、王之涣、高适的诗。宋王灼的《碧鸡漫志》卷二作"旧说"来辑录。关于"阳关三叠"，参看清赵殿成的《王右丞集笺注》卷十四。《乐府诗集》题此诗作《渭城曲》。

21. 若以《乐府诗集》举些例子，则有《三台》（卷七十五）、《破阵乐》（卷八十）等。《三台》的歌辞中有题

为《突厥三台》之作，可见其原为土耳其的歌曲。据说是
北齐文宣帝（高洋）时作成的，后者则为唐太宗时之作。
后者虽是六言八句，我想：它说不定也用了北歌的旋律。

附录一　迎小川环树先生来新亚书院讲学

新亚书院院长　金耀基

一

1977 年秋，新亚书院提出了一个建立"新亚学术讲座"的构想。当时的构想是这样的：

"新亚学术讲座"拟设为一永久之制度。此讲座由"新亚学术基金"专款设立，每年用其孳息邀请中外杰出学人来院作一系列之公开演讲，为期二周至一个月，年复一年，赓续无断，与新亚同寿。"学术讲座"主要之意义有四：在此"讲座"制度下，每年有杰出之学人川流来书院讲学，不但可扩大同学之视野，本院同仁亦得与世界各地学人切磋学问，析理辩难，交流无碍，以发扬学术之世界精神。此其一。讲座之讲者固为学有专精之学人，但讲座之论题则尽量求其契扣关乎学术文化、社会、人生根源之大问题，超越专业学科之狭隘界限，深入浅出。此不但可触引广泛之回应，更可丰富新亚通识教育之内涵。此其二。讲座采公开演讲方式，对外界开放。我（个人）相信大学应与现实世界保有一距离，以维护大学求真理之客观精神；但距离非隔离，学术亦正用以济世。讲座之向外开放，要在增加大学与社会之联系与感通。此其三。讲座之系列演讲，当予以整理出版，以广流传，并尽可能以中、英文出版，盖所以沟通中西文化，增加中外学人意见之交流也。此其四。

在这个构想下，第一个成立的是"钱宾四先生学术文化讲座"。（1980 年，新亚成立的"龚雪因先生访问学人计划"是循此构想而建立的第二个计划。）我们所以首先设立"钱宾四先生学术文化讲座"，其理甚明；宾四先生为新亚创办人，一也；宾四先生为成就卓越的学人，二也。新亚对宾四先生创校之功德及学术之贡献，有最深之感念，所以，我们用钱宾四先生之名以名第一个学术讲座。1978 年秋，宾四先生亲自来港，主持讲座之首讲，讲题是"从中国历史来谈中国民族性及中国文化"。当时，钱先生虽已八三高龄，且困于黄斑变性症眼疾，惟先生神形贯注，一丝不苟，讲堂风采，不减当年，听者如沐春风，诚香港学术文化界近年之盛事。钱先生的首讲无疑为这个讲座树立了声誉与矩范，他的讲稿亦已分别在港台二地以专书刊布，影响更为深远。1979 年 10 月，讲座的第二位讲者是誉满中外的剑桥学者李约瑟博士（Dr. Joseph Needham）。我们邀请李约瑟博士为讲座的第二位讲者，毋宁是很自然的：讲座成立之初，我们就立意要使它成为世界性的。我们相信学术没有国界，它是超越政治、种族、宗教之上的。这个讲座以发扬中国文化为宗旨，而中国文化早已成为世界文化的一个组成。在世界各国对中国文化有温情之敬意而卓有成就者，颇不乏人。因此，我们愿意通过这个讲座逐年邀请他们来院讲学。李约瑟博士从事《中国科技史》（Science and Civilization in China）之巨构，焚膏继晷，数十年如一日，其对中国文化之热诚，令人动容。他在新亚主讲"传统中国之科学：一个比较的观点"，通过严谨的科学方法与丰富的想象力和识见，拓展了中国文化的视野，引起中外学界的重视。李约瑟博士之讲稿刻已分别由中文大学出版社及哈佛大学出版社出版。

二

当我们考虑讲座的第三位讲者时，我们的视线又返回东方。在中国文化的研究上，日本是一个极具历史与贡献的邻邦。日本与中国有源远流长的文化关系，中国的《论语》和《千字文》早在晋武帝时代即已传入日本。隋唐时代，中国文化直接输入扶桑三岛，促发了日本的"大化革新"，使社会文明的面貌焕然改变。自兹之后，儒家思想实际上成为型塑日本价值规范的重要因素，其影响迄今不斩。明治维新之前，儒家经典为日本学者钻研之对象，且均有一定之修养。明治维新之后，西方学术思想与方法传入日本，使日本传统汉学发生重大激荡，在研究领域上，从经学，扩展到文学、史学以及美术等，光景丕然一变。故在世界汉学研究史上，日本始终是重要中心之一，且代有卓然成家的巨子。新亚讲座最先希望能邀请到的是吉川幸次郎先生与小川环树先生，并决定1980年的讲座先由年龄较长的吉川先生担任。吉川先生是日本汉学界的权舆，在国外，久享盛名。吉川先生才气纵横，方面广，开拓多，文章吸引力大，更能"从人人读的一般书里，提出新的见解"。他与三好达治合著的《新唐诗选》，脍炙人口，洛阳纸贵，而自编的《吉川幸次郎全集》，皇皇巨制，尤声华夺人。吉川先生讲一口京片子，识者称美，而他不但能写典雅的中文，且有一手老辣的书法。1978年秋，我写信请先生担任讲座时，他在乙未12月6日的复信中特别说："踵二老之后，征管窥之说，何荣如之"，惟当时他正患胃病，延医割治不久，十分担心身体的情况，他特别忧虑在讲座时"若临时中辍，尤恐不安"，因此很感到犹豫。接其来书后，我再次去函，重申邀请之诚意，并趁饶宗颐先生赴京都讲学之便，请其顺道催驾，就在这段时间，我陆续接到吉川先生身体有变化的消息，忐忑不安者久之。1980年

4 月 8 日，就听到吉川先生谢世之噩耗。毫无疑问，这不止是我们的损失，日本的损失，也是世界汉学界的损失。为了表示我们对这位邻邦杰出学者的诚敬之意，新亚决定1980 年不另请其他学人，讲座停办一年。

吉川幸次郎先生的逝世，日本汉学界不无寂寞之感，幸而，小川环树先生仍健在。我们于是决定请小川先生担任 1981 年的"钱宾四先生学术文化讲座"。小川先生与吉川先生的样貌、性格与文风，十分不同，惟二人皆是日本中国文学方面的巨擘，再者二人情谊深厚，皆以发扬中国文化为毕生大业，且合作从事过不少学术工作，如《中国文学报》《中国诗人选集》等。所以由小川环树先生来主持讲座，不但使讲座享有崇高声誉，更且弥补了去岁因吉川先生之逝世而停办讲座的遗憾。

三

小川环树先生，生于 1910 年，1932 年在京都大学文学部中国文学科毕业。在文学方面，师承铃木虎雄、青木正儿，在语言学方面，受仓石武四郎影响最深；1934 年到中国北京大学及中国大学留学二年，从魏建功、吴承仕、钱玄同诸先生游，并受知于罗常培先生。返国后，执教于大谷、东北帝国大学等校。1948 年返其母校京都大学担任讲席，直至 1974 年荣休，前后达四分之一世纪。京大为敬崇先生之成就与贡献，于先生荣休后聘为名誉教授。京都大学近数十年来在中国文学之享有显赫地位与深远影响力，与吉川幸次郎及小川环树这二位先生的坐镇是分不开的。熟知日本汉学界者，皆认为当吉川与小川二先生在京都大学主持讲座时，一时瑜亮，尽得精彩，京大中文学系达于黄金时代。

小川先生不止受业于名师，更是出身于名门。小川先生的家庭真正当得起中国人所说的书香世家。他的尊大人小川琢治先生，是地质学家，并且精通中国古代地理；他的三位兄长在学术上无不饮誉一方，小川芳树先生，冶金学家；贝冢茂树先生，历史学家；汤川秀树先生，则是日本第一位获得诺贝尔奖的物理学家（汤川先生最近不幸谢世，我们在此特表敬悼之意）。小川环树先生生长在这样的学术世家，与其说他拥有一个登向学术之宫的优势环境，毋宁说构成了他心理上的重大冲击与挑战。但小川先生毕竟以深厚的学识与坚毅的定力，昂然走向中国文学的广阔天地，而开辟了一片独特领域。在中国文学的研究上，小川先生与吉川先生互相契合，而各有所擅，现在京都大学执教的兴膳宏先生曾受业于二人；对此有一段很好的描写：

两位先生所授课目，实际上在多方面互相关连，连二人的著作也显示并行不悖的趋向：吉川教授著

《诗经国风》《宋诗概说》《元明诗概说》等，小川教授则著《唐诗概说》《苏轼》等；吉川教授翻译《水浒传》，小川教授则翻译《三国志演义》；吉川教授出版《元杂剧研究》，小川教授则出版《中国小说史研究》，如此学术上相辅雁行，齐头并进，实属罕见。

在世界汉学界，小川先生无疑是对中国古典文学作返本开新工作的第一线学者，他在《风与云——中国文学论集》等著作中，对中国文学中的一些问题，不止有新的看法，而且对后来的研究有定性定向的作用。小川先生是一位十分谨严的学者，轻易不落笔，落笔必有物，而且细致精纯。从他著作的内涵观察，小川先生的兴趣与心得，是多方面的，他的学养是博通而又专精的。最难能可贵的是，他不但在中国古典文学上有深湛渊博的造谐，同时在中国语言学上也有夐然不凡的成就，他的《中国语言学研究》一书奠定了他在这方面的声誉。

四

前一辈的日本汉学家，不止能说中国话，看中国古典，并且都能写一手可观的中国字。当我收到第一封小川先生的信时，很为他的书法所吸引，觉得有地道的中国气味，令人感到亲切（钱锺书先生认为他的书法大有唐人欧阳询的风格）。品其书，而思见其人，去年 8 月，我有幸在南港"中央研究院"举办的国际汉学会中见到小川先生，他给我的印象，诚如兴膳宏先生所说："清瘦如鹤，风度翩翩"。在会议中，他用中国话宣读《陆游诗及其家学》的论文，英华内敛，朴实中见其精纯。之后，我们有机会在故宫博物院阁楼一起饮咖啡，当时，楼外细雨迷蒙，先生一边赏景，一边谈些书画之事，文静轻淡，恂恂儒雅，一身充满了艺术性与古典气质。

小川先生在世界汉学界享有盛誉，但迄今为止，他的重要著作还没有译为中文，使不谙日文者无缘一近先生的学问，不能说不是一遗憾。小川先生毕生精治中国文学、语言学，在日本为中国文化的传播、发扬不遗余力，在中国学术上贡献卓越。我们久在盼望能有机会一接他的言论风采。现在，小川环树先生翩然莅港，为新亚书院主持1981 年的"钱宾四先生学术文化讲座"。先生将作三次演讲，总题是："中国风景之意义及其演变"。小川先生对中国诗学素有深刻独到的研究，对中国风景诗之阐发尤名于世，此次讲学之有精彩论析，是可以预见的。我们相信，这不止是新亚书院历史中的重要一章，也将是中日学术交流史上的重要一章！

1981 年 9 月

附录二　小川环树先生其人

兴膳宏　作

谭汝谦　译

　　我在京都大学读书的时候，文学院中国语文学系（简称"中文系"）分别由吉川幸次郎先生担任第一讲座教授，小川环树先生担任第二讲座教授。现在回顾起来，那真是中文系盛极一时的黄金时代。如所周知，两位先生学问识见卓荦不凡，都是既博且精的人；我辈学生亟具信心，凡是有关中国文学的问题，两位先生都一定可以解答。

　　两位先生所授科目，实际上在多方面互相关连，连两人的著述也显示出并行不悖的趋向：吉川教授著《诗经国风》《宋诗概况》《元明诗概说》等，小川教授则著《唐诗概说》《苏轼》等（两位先生上述著作都收入《中国诗人选集》丛刊）；吉川教授翻译《水浒传》，小川教授则翻译《三国志演义》（二者都收入《岩波文库》丛刊）；吉川教授出版《元杂剧研究》，小川教授则出版《中国小说史研究》，如此学术上相辅雁行，齐头并进，实属罕见。

　　两位先生的样貌和性情，却呈对比之趣。吉川教授可以说是昂藏魁伟，相貌堂堂；小川教授则清瘦如鹤，风度翩翩。对我辈学生来说，魁伟先生和翩翩先生并肩而坐的情景，特别是在毕业论文口试等紧张时刻，彷佛涌现两种个性合奏的和声，其妙绝之处，教人感动。我们一向以为至刚的魁伟先生（吉川先生），时而流露柔和的一面，叫人顿感安慰；我们一向以为至柔的翩翩先生（小川先生），有时也会显露其坚定不移的至刚，令人心寒胆栗。我们沐浴在两位先生春风之中，岂敢吊儿郎当混日子，但当时身在福中不知福，只求追随两位先生左右，并祈"可长同相保"（曹丕《吴质书》）。现在，在悲悼吉川先生永逝的同时，我们为活跃于学术界第一线的小川先生的硕健而喜。

　　每当我拿出学生时代的笔记来看，虽然自己的东西不像样，总是觉得只有小川先生的课，我才记的称意。这并不是因为我特别留心听先生的课，而是因为先生在讲课时关怀学生。先生的声调并不特别抑扬顿挫，音量亦非特别洪亮；相反地总是淡淡地侃侃而谈。俏皮的高年班同学挖苦地说，先生讲课简直像在诵读阿呆经。但是，每一课的内容，我都能充分咀嚼，因而能够整理出一部良好的笔记，一直保存到现在。先生一定是相当留心学生的理解能力，配合实际情况而讲授的。这一点，我当时并不在意，后来自己成为教师，厕身讲坛之上，才痛感因才施教实在绝非易事。

　　在研究院的时候，我还是上小川先生诗文写作的课。

在那漫长的三年当中，为了完成功课，我总是夙夜不寐，吟哦推敲，好歹都得凑集一些东西来。虽然，挤出来的诗或文（当然是汉文）并不怎么高明，我还是抹亮蒙蒙睡眼，用毛笔誊正，呈交先生斧正添削。有时，领回来的稿件通卷残红，只有先生改正的地方才可入目。无论原作如何稚拙，先生总是先行循循垂询原意，经过一番思虑之后才动朱笔的。原文生硬词句经先生略加修正，往往变得生气盎然，畅顺可读。先生坚决主张引发原作的长处，其苦心随处可见；削足就履的强横态度，我们没有碰到过。有时，我们径向先生拜借其墨宝，以便细心观赏。（借最近访日的钱锺书氏的话说，先生书法大有欧阳询风格，未知先生是否同意这一评语？）我记得曾经无理地将先生两幅墨宝攫为己有哩！

这类回忆拉杂写来会不着边际，我不妨强调一下，小川先生的性格可谓"威而不猛"。先生的谈吐常常平实文静，毫不修饰造作，亦不过甚其词。即使述说重大事情，也好像若无其事似的轻淡。由于表面上的轻淡，有时听了之后便会轻轻放过，但事后忽然又会感到事情的重要性，于是错愕不已。我对自己的迟钝感到惭愧的同时，对先生的轻淡益加钦佩。那是隐含真挚的轻淡！我憎恶那些无法领悟先生微妙风范的人！

小川先生喜欢聊天。围着先生闲聊，真的大有中国语所称"谈天"的乐趣。话题天南地北，从学问、时事问题、日常茶饭琐事，到百般人情世态，数之不尽，无所不包。记得在研究院就读时，通常下午四时左右，大伙儿开始在中文系研究室谈天，直到室内煤炉烧尽了，大家才散去——通常是晚上八时左右才尽兴而归。先生对什么话题都投入，充满高度好奇心。他不时尖刻地加以讽刺、批评，但表面上还是保持一贯轻淡的风姿。那时候的先生是"温而厉"的先生。中文学会每年举行的研究发表会，先生的评论总是相当严厉；先生并非故意刁难，所说的话实际上都是中肯的话，令人五体投地。

先生偶尔参加酒宴，但不贪杯，也不尽情买醉，常常保持上上酒品。仅有一回，在某次会议之后，在郊外一家破陋酒馆里，由于谈得性起，先生也破例喝得酩酊大醉。那时，先生词锋更加势不可当，品评人物较常倍加严厉，随手将左右一切推倒，大有"垒块有正骨"（《世说新语·赏誉》）的醉态。想起某人评先生为"六朝贵族"，我感到自己彷佛厕身王羲之和谢安清淡的场所。（但我们当时的场所实在有点儿凌乱和污秽！）

小川先生浩瀚的学术，或可冒渎地区分如下：第一，唐宋诗文研究；第二，古典小说研究；第三，诸子和史传研究；第四，中国语言学研究。小川先生最近而又最热心研究的是属于第一类的苏东坡研究，先生关于东坡研究的成果，目前已出版的有：《苏轼》上下二册（收入岩波书店《中国诗人选集》丛刊）、《苏东坡集》（收入朝日新闻社

《中国文明选》丛刊）、《苏东坡诗选》（收入岩波书店"岩波文库"丛书）等多种；又侧闻先生正在从事重新详细译注东坡全诗的大业。而且，支持先生大业的"读苏会"，多年来不断努力，环绕着先生的一群年轻学人在热心地研讨苏诗。相信在不久的将来，通过先生雅味洋溢的文章，苏诗的魅力将广泛地为世人重新认识。吾人翘首以待可也。先生的著述，包括已面世的《陆游》一书（收入筑摩书房《中国诗文选》），使日本读者（特别是近代读者）向来不大熟识的宋诗世界变得呕可亲近，意义大极了。先生的大作，谅必与吉川先生的《杜甫诗注》一起成为我国中国文学研究史上极其宝贵的财产。

小川先生于健康之道较常人倍加谨慎，我们还是要衷心祝愿先生珍惜保重，完成这项空前的名山事业。

（1980 年 12 月 9 日）

译者按：本文作者兴膳宏先生毕业于京都大学中国语言文学系，是小川教授入室弟子之一。兴膳先生现任京都大学中文系教授，主要著作有：《陶渊明·文心雕龙》（共同编译，1968 年）、《文学论集》（合编，1972 年）、《潘岳·陆机》（1973 年）等书。

附录三　小川环树先生年谱简编

谭汝谦　编

1910年　一岁　10月3日生于日本京都市。先祖小川五郎大夫，越前藩武士。祖父驹橘，纪州藩武士。父琢治（本姓浅井，后过继小川家，改姓小川，京都大学地质学教授），母小雪。环树先生为第四子。长姊香子；二姊妙子（谪武居氏）。长兄芳树（后，东京大学冶金学教授）；二兄茂树（后，改姓贝冢，京都大学中国史学教授）；三兄秀树（后，改姓汤川，京大学物理学教授，1949年获诺贝尔物理学奖，为日本获是项荣誉之第一人）；弟滋树（后，改姓石原，早逝）。

1918年　七岁　始读《大学》《论语》《孟子》《孝经》诸书。

1922年　十二岁　3月，京都府师范学校附属小学毕业。4月，入京都府立京都第一中学。祖父驹橘卒。

1926年　十六岁　3月，京都府立京都第一中学毕业。4月，入第三高等学校文科丙类。

1929 年　十九岁　3 月，第三高等学校毕业。4 月，入京都帝国大学文学科，主修"中国语学中国文学"，受学于铃木虎雄、小岛祐马、仓石武四郎诸教授。

1932 年　二十二岁　3 月，京都帝国大学文学科毕业，毕业论文为《论〈儒林外史〉之结构与内容》。4 月，入京都帝国大学研究院。编辑京都大学所藏汉籍目录（集部）。

1933 年　二十三岁　4 月，任京都帝国大学文学科助教（无薪给）。

1934 年　二十四岁　4 月，赴中国留学，在北京大学及中国大学注册为旁听生，修读魏建功、吴承仕、孙人和、钱玄同诸教授之课程。留学北京时，受知于语言学者罗常培氏。

1935 年　二十五岁　春，旅行江南。在南京历史语言研究所访问赵元任氏，于上海内山书店会晤鲁迅。9 月，赴苏州学习苏州语（到翌年 4 月），拜访章炳麟氏。

1936 年　二十六岁　4 月，归国，仍任京都帝国大学文学部助教（无薪给）。

1937 年　二十七岁　4 月，任京都市大谷大学临时教授（至翌年 3 月）。

1938 年　二十八岁　3 月，任东北帝国大学法（律）文（学）学部专任讲师。

1939 年　二十九岁　5 月，与滨田精子结婚。7 月，任东北帝国大学法文学部助教授。

1940 年　三十岁　3 月，《毛诗抄》一（与仓石武四郎共同校订）出版（岩波书店，收入"岩波文库"丛书）。

1941 年　三十一岁　1 月，长男克明生。4 月，任东北帝国大学"中国学第二讲座分担"。11 月，父琢治卒。

1942 年　三十二岁　6 月，《毛诗抄》二（与仓石武四郎共同校订）出版（岩波书店，"岩波文库"丛书）。11 月，任东北帝大"中国学第二讲座担任"。12 月，母小雪殁。

1947 年　三十七岁　6 月，升任东北帝国大学教授。10 月，东北帝国大学改称东北大学。12 月，《吴船录》（译）出版（养德社，"养德丛书"）。

1948 年　三十八岁　任京都大学文学部兼任讲师（至1950 年 7 月）。

1950 年　四十岁　7 月，调任京都大学文学部教授，主持"中国语学中国文学第二讲座"（至 1974 年 4 月退休止；第一讲座由吉川幸次郎教授主持，1970 年 10 月起由入矢义高教授主持）。10 月，次男信明生。

1951 年　四十一岁　4 月，受文学博士学位，论文题目为《元明小说史之研究》。

1953 年　四十三岁　1 月，《三国志·一》（译注）出版（岩波书店，"岩波文库"丛书）；《三国志·二》出版（岩波书店，"岩波文库"丛书）。

1954 年　四十四岁　5 月，茅盾《脱险杂记》日译本出版（弘道馆，"中国文学选书"一五六）。7 月，《三国志·三》出版（岩波书店，"岩波文库"丛书）。本年，与吉川幸次郎共同编辑之期刊《中国文学报》发刊（京都大学中国文学研究会）。

1956年　四十六岁　9月，《三国志·四》出版（岩波书店，"岩波文库"丛书）。

1957年　四十七岁　5月，《三国志·五》出版（岩波书店，"岩波文库"丛书）。11月，《汉文入门》（与西田太一郎合著）出版（岩波书店，"岩波全书"丛书）；同月，与吉川幸次郎共同编校之丛刊"中国诗人选集"发刊（至1959年共出16集，岩波书店）

1958年　四十八岁　6月，《现代中国文学全集（三）茅盾篇》（与奥野信太郎、竹内好、松井博光合译）出版（河出书房新社）。9月，《唐诗概说》（"中国诗人选集"别卷）出版（岩波书店）。本年罗常培氏卒。

1959年　四十九岁　3月，《文学上彼岸表象之研究》（上田义文、加藤龙太郎、佐佐木理合编）出版（中央公论社）。五月，《中国诗人选集总索引》（吉川幸次郎合编）出版（岩波书店）。

1960年　五十岁　8月，《三国志·六》（金田纯一郎合译）出版（岩波书店，"岩波文库"丛书）。《骈文史序说》（校订，铃木虎雄著）出版（油印本）。

1961年　五十一岁　《三国志·七》（与金田纯一郎合译）出版（岩波书店"岩波文库"）。

1962 年　五十二岁　3 月，与吉川幸次郎共同编校之丛刊"中国诗人选集·二集"发刊（至 1963 年共出 15 集，岩波书店）；同月，《苏轼·上》（"中国诗人选集·二集"五）出版（岩波书店）。4 月，《高等学校汉文·一、二》两册（教科书，与藤野岩友、赤冢忠合编）出版（角川书店）。12 月，《苏轼·下》（"中国诗人选集·二集"六）出版（岩波书店）。

　　1963 年　五十三岁　1 月，铃木虎雄（豹轩）卒；同月，《中国古典诗集（二）》（与村上哲见等四氏合著，"世界文学大系"七 B）出版（筑摩书房）。3 月，《苏诗佚注》上、下（与仓田淳之助合编）出版（京都大学人文科学研究所）。四月，《高等学校汉文一·指导参考书》（与藤野岩友、赤冢忠合编）出版（角川书店）；同月，《高等学校汉文三》（与藤野岩友、赤冢忠合编）出版（角川书店）。

　　1964 年　五十四岁　1 月，以"富伯拉特访问教授（Fulbright Visiting Professor）"名衔赴美国加利福尼亚州大学（柏克莱校园）讲学，晤陈世骧、夏济安诸教授。7 月，归途，先赴苏联列宁格勒科学院亚洲人民研究所，调查所藏之敦煌卷子。8 月，转赴法国参加"少壮东方学者会议"（XVI Congrès international des études Chinoise, à Bordeaux）。9 月，归国。同年 2 月，《三国志·八》与金田纯一郎合译）出版（岩波书店，"岩波文库"丛书）。4 月，《高等学校汉文二·指导参考书》（与藤野岩友、赤冢忠合编）出版

（角川书店）。十二月，青木正儿（迷阳）卒。

1965年　五十五岁　4月，《高等学校汉文三·指导参考书》（与藤野岩友、赤冢忠合编）出版（角川书店）。5月，《三国志·九》（与金田纯一郎合译）出版（岩波书店，"岩波文库"丛书）。6月，兼任京都大学人文学科研究所教授（至1969年4月）。

1966年　五十六岁　11月，小岛祐马卒。

1967年　五十七岁　3月，《宋诗选》（编译）出版（筑摩书房，"筑摩丛书"）。

1968年　五十八岁　1月，《角川·新字源》（与西田太一郎，赤冢忠合编）出版（角川书店）。2月，《三国志通俗演义》（与武部利男合译）出版（岩波书店）。7月，《老子·庄子》（与森三树三郎合译）出版（中央公论社"世界の名著"四）。8月，任京都大学评议员（至翌年6月辞任）。11月，《中国小说史之研究》（收录先生有关中国小说史之论文共17篇）出版（岩波书店）。

1969年　五十九岁　3月，当选日本中国学会1969—1970年度理事长。九月，《史记列传》（与今鹰真、福岛吉彦合译）出版（筑摩书房，"世界古典文学全集"二〇）。《唐诗选》（与吉川幸次郎合编）出版（筑摩书房，"世界文学全集"六）。

1970年　六十岁　4月，《史记（列传）·汉书（列传）》（与福岛吉彦、今鹰真、三木克己合译）出版（筑摩书房，"世界文学全集"四）。

1971年　六十一岁　3月，《内藤湖南》出版（中央公论社，"日本の名著"四一）。本年，美国哥伦比亚大学中国文学教授华兹生博士题献其新著《中国抒情诗论》(Burton Watson: *Chinese Lyricism: Shih Poetry From the Second to the Twelfth Century, With Translations*. New York and London: Columbia University Press, 1971)，用志受学启导之恩。

1972年　六十二岁　6月，《苏东坡集》（与山本和义合著）出版（朝日新闻社，"中国文明选"二）。10月，《王维诗集》（与都留春雄，入谷仙介合译）出版（岩波书店，"岩波文库"丛书）。12月，《风和云——中国文学论集》（收录先生有关中国诗文之论文共二十九篇）出版（朝日新闻社）。

1973年　六十三岁　1月，《李白》（英国 Arthur Waley 原著，与栗山稔合译）出版（岩波书店，"岩波新书"）。4月，《三国志·十》（与金田纯一郎合译）出版（岩波文库"丛书）。6月，《老子》（译注）出版（中央公论社，"文库"）。10月，《唐诗选》（吉川幸次郎合编）出版（筑摩书房，"筑摩丛书"）。

1974年　六十四岁　2月，《陆游》出版（筑摩书房，"中国诗文选"二〇），并应京都产业大学之聘，任外国语学部客座教授。4月，自京都大学文学部退休，受京都大学名誉教授称号。10月，京都大学文学部中国语学中国文学研究室·入矢教授·小川教授退休记念会编《入矢教授·小川教授退休纪念中国文学语学论集》出版（筑摩书房经销）。

1975年　六十五岁　11月，《唐代の詩人——その伝記》（编著）出版（大修馆书店）。

1976年　六十六岁　4月，改任京都产业大学文学部教授兼国际语言研究所教授。

1977年　六十七岁　3月，《中国语言学研究》（收录先生有关中国语言学音韵学论文共二十篇）出版（创文社，"东洋学丛书"）。7月，《论语征》上（译注）（即《荻生徂徕全集》第三卷经学一）出版（みすず书房）。

1978年　六十八岁　4月，访问中国。6月，《论语征》下（与西田太一郎合译并注，附解题）（即《荻生徂徕全集》第四卷经学二）出版（みすず书房）。

1979年　六十九岁　3月，《恽寿平、王翚评传》（《文人画粹编》第七卷）出版（中央公论社）。

1980年　七十岁　1月，《二刻英雄谱》（解说）出版（同朋舍出版）。4月，兼任京都产业大学国际言语科学研究所所长；同月，吉川幸次郎（善之）卒。5月，《史记世家》上（与今鹰真，福岛吉彦合译）出版（岩波书店，"岩波文库"丛书）。8月，出席台北"中央研究院"国际汉学会议，作学术报告《陆游诗与其家学》。

1981年　七十一岁　3月，《中国の漢字》（与贝冢茂树合编）出版（中央公论社，"日本语の世界"三）。3月，访问中国，在北京大学中文系作学术报告《敕勒之歌——它的原来的语言与在文学史上的意义》。9月，三兄汤川秀树逝世。10月，访问香港，主持香港中文大学新亚书院第三届"钱宾四先生学术文化讲座"（第一、二届主持人先后为钱穆氏及英国李约瑟 Joseph Needham 氏），作三次公开演讲，演讲总题为《中国风景之意义及其演变》；又应香港中文大学中国语文学系、新亚研究所及香港大学中文系之邀，演讲《风流词义的演变》。11月，作《苏州方言的指示代词》（刊于北京中国社会科学院语言研究所编《方言》1981年第四期）。

1982年　七十二岁　3月，辞京都产业大学教授职。11月至12月，《完译三国志》十二（与金田纯一郎合译）出版（岩波书店）。12月，《史记世家》中（与今鹰真、福岛吉彦合译）出版（岩波书店）。

1983年　七十三岁　1月至6月，《完译三国志》三、四、五、六、七、八（与金田纯一郎合译）出版（岩波书店）。2月，《苏东坡诗集》第一卷（山本和义合译并注）出版（筑摩书房）。5月，受日本国家二等瑞宝勋章。12月，《苏轼》出版（岩波书店，"新修中国诗人选集"六）。

1984年　七十四岁　（先生健在，研究著作不辍。本谱所录先生行谊及其著作暂至1983年为止。）

本谱据兴膳宏、清水茂二氏合编之《小川环树教授年谱略》及兴膳宏、小合康三、高田时雄、深泽一幸、松尾良树诸氏合编之《小川环树教授编年著作目录》（收于京都大学文学部中国语学中国文学研究室入矢教授·小川教授退休纪念会编《入矢教授·小川教授退休纪念中国文学语学论集》，东京，筑摩书房，1974年）增删而成，原则上所录小川先生之著译以单行本为限。本谱蒙小川先生亲自审订，并蒙兴膳宏教授校阅，谨此一并致谢。

编者　谨识

附录四　本书各篇原题及出处说明

谭汝谦

本书所收各篇，原发表于日本多种刊物。后来，除第二章《风流词义的演变》及第十章《苏东坡古诗用韵考》两篇收于《中国语言学研究》（东京：创文社，1977年）之外，其余均收于《风と云——中国文学论集》（东京：朝日新闻社，1972年），也有一些篇章收于其他刊物，题目屡有改易。现将原题及原载资料列后，以供读者参考。

第一编

第一章　风景的意义（陈志诚、谭汝谦、梁国豪合译）

原题《中国の詩における風景の意義》，原载《立命馆文学》第二六四号（京都：立命馆大学文学会，1967年6月）。作者在香港中文大学新亚书院"钱宾四先生学术文化讲座"所作三次演讲，即以本篇为稿本，但略事添削。

第二章　风流词义的演变（谭汝谦、梁国豪合译）

原题《风流の语义の变化》，原载《国语国文》第二十卷八号（东京：中央图书出版社，1951 年 11 月）。作者于1981 年 10 月在香港中文大学中国语文学系、新亚研究所及香港大学中文系所作演讲，即以本篇作稿本，但有所删节。

第三章　风与云——中国感伤文学的起源（谭汝谦译）

原题《風と雲》，原载《东光》第 2 号（京都：弘文堂，1947 年 11 月）。

第四章　镜铭的抒情成分——汉代文学的一个侧面（陈志诚译）

原题《汉代文学の一侧面——镜铭の抒情性》，原载《书道全集》第二卷之《月报》（东京：平凡社，1958 年 12 月）。

第五章　大自然对人类怀好意吗？——宋诗的拟人法（陈志诚译）

原题《自然は人间に好意をもつか》，原载《无限》第八号（东京：政治公论社，1961 年 9 月）。1972 年 9 月补订。

第六章　诗的比喻——工拙与雅俗（谭汝谦译）

原题《詩における比喻の工拙と雅俗：蘇東坡の場合》，原载《中国文学报》第二册（京都：京都大学文学部中国语学中国文学研究室，1955 年 4 月）。

第二编

第七章 唐宋诗人杂谈（梁国豪、陈湛颐合译）

《一》"吾道长悠悠"——诗人的自觉：杜甫

原题《吾道長悠悠——杜甫の自覚》，原载《中国文学报》十七（京都：京都大学文学部中国语学中国文学研究室，1962年10月）。

《二》"此身合是诗人末"——诗人的自觉：陆游

原题《詩人の自覚——陸游の場合》，原载《中国诗人选集二集》三之《月报》（东京：岩波书店，1962年8月）。

《三》落日的观照——王维诗的佛教成分

原题《都留春雄〈王維〉への跋》，原载《中国诗人选集》六（东京：岩波书店，1958年6月）。

《四》诗风和家学——陆游的"静"

原题《陸游の詩学——特に陸佃の学問との関係について》，原载《东方学会报》二十五（东京：东方学会，1974年1月）。1980年8月，作者出席台北"中央研究院""国际汉学会议"用汉语所作报告《陆游诗与其家学》，即以本篇为稿本，后来收于《国际汉学会议论文集》（台北，1981年）。译文经谭汝谦修补。

《五》书店和笔耕——唐代诗人的生计

原题《書店と筆耕——詩人のくらし》，原载《文库》1959年六号（东京：岩波书店，1959年6月）。

第八章　宋诗研究序说（陈志诚译）

原题《宋代の詩人と作品の概説》，原载《宋诗选》（东京：筑摩书房，1968 年 3 月）。

第九章　苏东坡的生涯和诗风（谭汝谦译）

原题《蘇東坡の一生とその詩》，原载《苏轼》上（《中国诗人选集二集》第五卷）（东京：岩波书店，1962 年 3 月）。

第十章　苏东坡古诗用韵考（谭汝谦译）

原题《蘇東坡古詩用韻考》，原载《京都大学文学部五十周年纪念论集》（京都：京都大学，1956 年 11 月）。

第三编

第十一章　辛弃疾《菩萨蛮》（郁孤台下）背景述略（谭汝谦译）

原题《辛棄疾“菩薩蛮”(鬱孤台下) 補考》，原载《中国文学报》十四（京都：京都大学文学部中国语学中国文学研究室，1961 年 4 月）。

第十二章　《敕勒歌》——中国少数民族诗歌论略（梁国豪、陈湛颐合译）

原题《勒勒の歌——その原語と文学史の意義》，原载《东方学》十八（东京：东方学会，1959 年 6 月）。本文有英文翻译本："The Song of Ch'ih–lê 敕勒歌：Chinese

Translations of Turkish Folk Songs and Their Influence on Chinese Poetry," in *Acta Asiatica, Bulletin of the Institute of Eastern Culture*, I（Tokyo, 1960）

1981 年 3 月作者访问北京大学中文系所作学术报告，即以本篇为稿本。本篇由严绍璗和中岛碧翻译为中文《敕勒之歌——它的原来的语言与在文学史上的意义》，刊于《北京大学学报》1982 年第一期（北京：北京大学，1982 年）。译文经作者参照严氏和中岛氏之译本予以修补。

编译后记

谭汝谦

本书选译小川环树先生有关中国古典诗歌的论文十六篇，分为十二章，取性质相近者合成三编，约为先生已发表的诗论的半数。篇目是由先生和笔者商议选定的。

我们承担本书的编译工作，固然是因为难辞金耀基院长的盛意，最大的理由是我们赞同金院长和新亚书院诸先生的见解：小川环树先生是最令人敬佩、最值得译介的当代日本"中国学"学者之一。

"钱宾四先生学术文化讲座丛刊"通常只刊作者在新亚

书院讲座的讲词，但本书除收录小川先生的讲词（本书第一、二章）之外，尚选译了先生十多篇论文及附录有关先生学行、年谱等参考资料；后者所占篇幅约为讲词的五倍。

我们破坏了"丛刊"的体例不是毫无道理的。首先，小川环树先生有关中国文学的论著，不但尚未有中译单行本，连一二散篇译文也是最近两三年才出现的。然而，先生著作的英译，早在二十世纪五十年代便已面世，对欧美学术界影响颇大。当代中国学者之中，与小川先生时有过从的大有人在，从香港、台湾及其他地区负笈东游，随小川先生学习的莘莘华裔学子亦为数不少，他们对小川先生学术的认识甚深，只是先生的著作尚未在中国学术界普遍译介开来。我们这个译本算是一个小小的开端。其次，小川先生与吉川幸次郎先生同称战后日本研究中国文学的双璧，但是先生尤以谦恭坦诚著称，绝不掠人之美，常常在其论著中表扬征引中外学者的言论，尤其是当代日本学者的研究心得。因此，我们阅读先生的论著时，不但可以了知一位当代日本学坛泰斗的见解，而且见到日本汉学家"群贤毕至少长咸集"的情景。新亚学术讲座其中一个主要的目的是"沟通中西文化、增加中外学人意见之交流"。我们相信多译几篇小川先生的论文，就更能达到这一目的。

小川先生的文章一如其人，轻淡、委婉、精炼，不容易译得好。本书篇幅虽然不大，为慎重起见，笔者敦请陈志诚和梁国豪两位先生分担翻译工作。为明责任，兹将各人翻译的章节列后。陈志诚先生翻译了第一章的第一节、第四章、第五章和第八章。梁国豪先生担任第一章的第二节、第二章、第七章（与陈湛颐先生合译）和第十二章。笔者则负责第一章的第三节、第三章、第六章、第九章、第十章和第十一章。陈、梁两位先生都毕业于香港中文大学中文系及新亚研究所，后来留学京都大学成为小川先生门下的高材生，对于先生的风范知之甚详。笔者留学京都大学时，虽以修习日本文学及历史课程为主，没有机会正式沾沐小川先生的教化，但长期以来蒙受先生课外的启导，对于先生的学风亦略知一二。职是之故，我们几个译者份属同门，堪称合作无间。

我们特别感谢原作者小川环树先生。先生不但审校全书，订正译文，补加注译，而且在一些章节里置原文于不顾，径用现代汉语写出自己最新的见解。因此，严格说来，本书不是纯粹的翻译，在一定程度上，也可视为小川先生的述作。

新亚书院院长金耀基教授和饶宗颐教授督导本书的编译工作，京都大学中文系兴膳宏教授提供宝贵的参考资料，本校中文系杨钟基先生悉心校阅译文，本校出版社魏羽展先生多方赐助，谨此一并致谢。

本书只能反映小川环树先生浩翰的学问的一斑。希望我国学者继续译介先生有关中国语言学、古典小说、诸子史传、文艺批评各方面的研究成果，以促进中日学术交流。

本书由多人分译，笔法未能完全一致，而且编者识力有限，谬误在所难免，冀盼同道先进不吝赐正。

1984 年 3 月于新亚书院